LE TEMPESTAIRE

1- LA CONFRÉRIE DES NAUFRAGEURS

Retrouvez l'univers du
Tempestaire sur le site :
WWW.EDITIONS-BRAM.FR

Johan Heliot

LE TEMPESTAIRE

1 - LA CONFRÉRIE DES NAUFRAGEURS

Baam!

Les mots suivis d'un astérique (*) renvoient au glossaire en fin d'ouvrage.

PROLOGUE

BIENVENUE À RÉDEMPTION

Les nuages s'étaient rassemblés au-dessus de la ville, tel un troupeau de grosses bêtes noires poussées par le vent. Ils étaient arrivés par la mer en lent cortège sombre, le matin même. Depuis, tout le monde attendait que l'orage éclate, mais les heures passaient et l'averse refusait de tomber. Le ciel pesait de plus en plus lourd à mesure que la journée avançait. Il donnait l'impression de vouloir écraser les toits couverts d'ardoise. On pouvait croire, en levant le nez, que les plus hautes cheminées allaient crever la panse des géants aériens chargés de pluie. Mais rien de tel ne se produisit.

L'orage se contenta de menacer. Chacun s'habitua à sa présence et reprit ses activités. La ville ne pouvait pas se permettre de faire de pause. Des marchandises arrivant du monde entier transitaient par ses entrepôts avant d'être distribuées dans l'arrière-pays. Ses quais accueillaient des navires jour et nuit. Les embarcations reprenaient la mer à peine leurs soutes déchargées et la solde des marins bue dans les tavernes du port. La grande cité ne dormait jamais.

À n'importe quelle heure, elle bruissait de mille rumeurs, propagées par ses marchands et ses dockers, ses tisserands et ses drapiers, ses bouchers et ses boulangers, ses crieurs publics et ses gardiens de l'ordre, ses mendiants et ses voleurs, ses honnêtes gens et ses fripouilles, et par des centaines d'autres catégories encore parmi tous ses habitants. Chaque jour, il en arrivait de nouveaux, attirés par la perspective d'une vie plus facile qu'à la campagne et dans les contrées reculées, demeurées sauvages, de l'intérieur du pays. Si bien que la ville ne cessait de s'étendre de façon anarchique, et ses immeubles de s'élever toujours plus près du ciel, car il fallait bien loger les hordes de miséreux qui affluaient le cœur gonflé d'espoir – avant de vite déchanter.

On disait que chacun venait ici trouver la rédemption pour un crime qu'il avait commis, peut-être celui de pauvreté... C'est pourquoi on avait appelé cette ville Rédemption. Ce nom en valait bien un autre, et il avait l'avantage d'être juste. Qui avait le premier ainsi baptisé la cité ? Personne ne s'en souvenait plus, si tant est que quelqu'un l'ait jamais su. Même les plus vieux habitants n'en avaient aucune idée, et certains étaient pourtant très, très âgés... Beaucoup plus qu'il n'aurait paru raisonnable de l'être !

Rédemption semblait avoir toujours été là, de toute éternité. C'était peut-être la vérité. Qui s'en souciait d'ailleurs ? L'essentiel demeurait qu'elle existât pour accueillir tôt ou tard ceux qui avaient besoin d'elle. Et, en ce jour où l'orage ne se décidait toujours pas à éclater, ils étaient nombreux à vouloir rejoindre

Rédemption. Parmi eux, les passagers d'un chariot qui avançait sur la route bordant le rivage, au sud de la cité.

Ils avaient vu le ciel se couvrir et noircir alors qu'ils approchaient de leur but. L'homme qui conduisait l'attelage par la bride se contenta de hâter le pas. La femme assise à la place du cocher rabattit la capuche de son manteau. Elle tenait un nourrisson pressé contre son sein. Les pleurs de l'enfant se mêlaient au martèlement des fers de la mule sur le pavé. Le vent levé au large les dispersait sur la lande alentour. Le chariot continuait d'avancer. Les lumières des faubourgs le guidaient comme un phare dans la tempête. Rédemption apparut d'abord comme un pan de ciel piqueté d'étoiles échoué en bord de mer. Des milliers de lampes à gaz brûlaient dans chaque quartier, soulignant le tracé compliqué des rues d'un trait bleuâtre un peu flou. De loin, on aurait cru une immense toile d'araignée semée de feux follets.

La route finit par s'écarter de la plage de sable noir où moussait une écume grise sous le ciel bas et obscur. Elle traçait une longue courbe à travers la lande et était désormais flanquée de murets élevés en pierre ronde. Les premières bâtisses apparurent. Il s'agissait d'anciennes fermes, autrefois éloignées du petit port de pêche qu'on n'appelait pas encore Rédemption. Aujourd'hui, les bâtiments avaient été reconvertis en auberge et en relais de poste. Là s'arrêtaient les voyageurs pas assez fortunés ou désespérés pour continuer leur chemin. Le chariot ne ralentit même pas.

Il arriva bientôt dans les faubourgs, constitués d'une ribambelle de villages engloutis par Rédemption avec le temps. Les espaces vierges, champs et prés communaux, vergers ou simples friches, avaient progressivement été avalés par la brique et la pierre, le verre et le métal. Des fabriques et des usines s'élevaient là où paissaient jadis moutons et vaches à la robe laineuse. De hautes cheminées fumaient tout le long de cette portion de la route. Des nuées de vapeur grasse, épaisse et sombre ajoutaient aux ténèbres de l'orage. Le chariot continua d'avancer.

Enfin, ce fut la ville, à proprement parler. Un incroyable enchevêtrement de ruelles tortueuses jalonnées de taudis et d'échoppes, une gangrène urbaine qui s'étendait depuis le port, véritable cœur et poumon de Rédemption. Le chariot s'arrêta. La femme serra l'enfant plus fort encore contre sa poitrine. Il pleura de plus belle. Peut-être à cause de l'odeur effroyable qui agressait ses narines, peut-être à cause de la cacophonie qui vrillait ses tympans. La pestilence et la voix de Rédemption lui souhaitaient la bienvenue, à leur inimitable manière. Quand on respirait l'une et qu'on entendait l'autre pour la première fois, elles vous marquaient à vie. C'est du moins ce que l'on prétendait.

L'homme repartit d'un pas hésitant, empruntant une rue un peu plus large que les autres, mais tout aussi encombrée. Une foule s'y pressait, épaule contre épaule, grands, petits et gros, jeunes, vieux et très, très vieux. Des animaux erraient dans cette forêt de jambes humaines, aussi à l'aise qu'au milieu des bois. Des strates d'ordures à divers degrés de décomposition pourrissaient dans l'indifférence générale au milieu de ce charivari. L'homme se fit bousculer, injurier et on lui rit au nez, mais jamais il ne lâcha la bride de sa monture. Il continua d'avancer jusqu'à une petite place dégagée, dans un quartier moins animé. Moins prospère également. Ici, les façades des maisons semblaient sur le point de s'écrouler. La crasse s'accrochait aux murs et aux fenêtres comme la peau à la chair. Comme elle, peut-être protégeait-elle les foyers des agressions de l'extérieur...

Une vieille femme tirait de l'eau à une pompe publique, au milieu de la place. Traînant sa mule derrière lui, l'homme s'approcha. Un sourire engageant aux lèvres, il attendit que la vieille ait empli son broc. Elle le détailla des pieds à la tête avant de lancer :

« Vous n'êtes pas né ici. Sûrement pas dans ce pays ! »

Elle parlait la langue commune des habitants de Rédemption, un mélange de tous les dialectes importés par les générations successives d'exilés. L'homme parvenait à en saisir le sens général, à condition qu'elle ralentisse son débit. Il le lui fit comprendre par signes. Puis il déplia le morceau de papier qu'il gardait au fond d'une poche et le lui présenta.

La vieille prit le temps de déchiffrer l'écriture en grandes lettres malhabiles, tracées à l'encre rouge. Quand elle releva le nez de sa lecture laborieuse, son regard exprimait de l'incompréhension et aussi un soupçon de tristesse.

« Vous cherchez le Maître des Innocents ? » demanda-t-elle.

L'homme acquiesça d'un hochement de menton.

« Après tout, c'est vous que ça regarde, fit la vieille. Vous devez avoir une excellente raison. Je l'espère de tout mon cœur... »

Elle lui expliqua quel chemin suivre en quelques gestes.

« Vous ne pourrez pas vous tromper de baraque, celle de Haggis est la moins misérable de ce quartier pourri ! »

L'homme la remercia d'un nouveau signe et reprit sa route. L'enfant n'avait pas cessé de pleurer pendant ce bref échange.

« Autant t'habituer à te plaindre si tu dois vivre sous le toit du Maître des Innocents, mon gaillard », marmonna alors la vieille en esquissant un bref salut du bout des doigts.

Mais ni l'homme ni la femme au capuchon n'entendirent cette dernière remarque. Sinon, auraient-ils changé d'avis et fait demi-tour ? Impossible de le savoir. Et cela aurait-il empêché le destin de l'enfant de s'accomplir ? À nouveau, rien ne permet de le penser.

L'homme suivit donc scrupuleusement les indications fournies par la vieille. Le chariot s'immobilisa quelques instants plus tard devant la façade d'une bâtisse plus imposante que ses voisines. D'instinct, la femme se raccrocha à l'enfant, dont les sanglots avaient baissé d'un ton. Il n'émettait plus que de vagues vagissements, comme s'il avait compris qu'il était désormais inutile de geindre. Ils étaient arrivés à destination.

Une immense porte de bois sculpté barrait l'entrée de la maison du Maître des Innocents. Des silhouettes d'anges y étaient représentées, et d'autres, moins facilement identifiables, qui évoquaient des hommes ou des femmes vêtus de longues tuniques plissées. Ces dernières portaient des masques, mi-souriants mi-grimaçants, ce qui leur donnait l'air de rire et de pleurer en même temps.

L'homme souleva la grosse patte de lion en fonte patinée et frappa le heurtoir plusieurs coups d'affilée. En attendant qu'on vienne ouvrir, il observa le reste de la façade. La vieille femme n'avait pas menti. L'endroit semblait avoir été arraché par la main d'un dieu facétieux dans le plus beau quartier de la ville et inséré de force entre les bâtiments mitoyens, en voie de délabrement. En effet, la grande demeure du Maître des Innocents resplendissait. Les vitres de chaque fenêtre, du rez-de-chaussée jusqu'au troisième et dernier étage, étaient lavées de frais. Le bois des huisseries ciré et astiqué. La pierre elle-même repoussait naturellement la crasse, semblait-il.

Il y eut un déclic et la moitié grimaçante d'un masque se déroba, pour laisser apparaître à la place le visage d'un homme dans la force de l'âge. Il fallut aux visiteurs quelques instants pour comprendre qu'il s'agissait d'une simple imposte, une ouverture habilement dissimulée dans les sculptures de la porte.

« Que puis-je pour vous ? » s'impatienta le nouveau venu d'un ton qui laissait supposer qu'on le dérangeait.

L'homme s'éclaircit la gorge avant de prononcer l'une des phrases qu'il avait apprises par cœur en prévision de ce moment :

« *Nous venons faire don d'un fils au Maître des Inno...*

— Vous croyez que je ne m'en doutais pas ? le coupa sèchement son interlocuteur. D'où arrivez-vous, avec votre rejeton ? »

L'homme écarta les bras et haussa les épaules. Il n'avait pas compris la question.

« Peu importe, en fait. Si j'accepte le morveux sous mon toit, il appartiendra à Rédemption de toute manière.

— *Êtes-vous le Maître ?* articula péniblement l'homme, s'arrangeant pour dissimuler son trouble – il ne s'était pas attendu à tomber sur le propriétaire de la maison, et croyait avoir affaire à un domestique ou un concierge.

— Je suis Haggis, oui. L'enfant a-t-il déjà un nom ? »

La femme prononça alors quelques mots dans une langue que personne ne parlait en ville.

« Je ne connais pas ton charabia, l'arrêta Haggis. Tais-toi et approche, montre-moi à quoi ressemble ton fils. »

Cette fois, l'homme avait compris le genre d'ordre proféré par le Maître. Il traduisit pour sa compagne. Celle-ci s'exécuta de mauvaise grâce.

« Présente-le-moi à la bonne hauteur », insista Haggis.

Elle fut obligée de tendre les bras pour atteindre le niveau de l'ouverture. L'enfant se remit à brailler dès qu'il aperçut le visage sévère du Maître des Innocents. Celui-ci eut un froncement de sourcils. Aussitôt, l'enfant se tut. L'homme et la femme échangèrent un coup d'œil étonné. Jamais ils n'avaient pu convaincre le nourrisson d'obéir aussi facilement ! Ils devaient déployer d'infinis trésors de tendre persuasion pour parvenir au même résultat.

« Laisse-le-moi, lâcha finalement Haggis, j'en ferai bien quelque chose. As-tu couché par écrit l'histoire de sa naissance ? »

L'homme présenta un rouleau de parchemin tiré d'une poche de son habit.

« Donne », fit Haggis, passant la main par l'imposte.

Le rouleau disparut promptement.

« Bien, reprit le Maître. Maintenant laisse l'enfant devant la porte et pars. Tu connais la règle : ne reviens jamais, n'essaie pas de savoir ce que ton fils est devenu. Désormais, il m'appartient. »

Il avait parlé d'une voix claire, détachant nettement chaque syllabe, pour être sûr de bien se faire comprendre. L'homme acquiesça gravement. Ses poings serrés tremblaient, mais il ne chercha pas à contredire Haggis.

Cependant la femme ne se décidait pas à lâcher l'enfant. Elle restait immobile, affrontant le Maître du regard, semblant le mettre au défi de sortir de sa maison pour lui arracher son bien le plus précieux. Haggis demeurait imperturbable. Puis, il changea soudain d'expression. D'un coup, ses traits se détendirent, comme si tous les muscles de sa face se

relâchaient d'une tension accumulée depuis des siècles. Son visage n'avait plus rien de commun avec
celui qu'il avait présenté jusque-là à ses visiteurs.

« POSE L'ENFANT ET PARS, QUITTE RÉDEMP-
TION À TOUT JAMAIS ! » tonna-t-il, et ce fut
comme si l'orage tant attendu éclatait enfin.

La femme fut parcourue de frissons. Le cœur
déchiré, mais incapable de résister à l'implacable
volonté du Maître des Innocents, elle abandonna
l'enfant devant la porte aux masques et se hâta de
regrimper dans le chariot. L'homme tourna les talons
à son tour, la tête basse et les épaules voûtées. Des
larmes inondaient ses joues piquetées de barbe.
Haggis les observa tandis qu'ils s'éloignaient, puis
disparaissaient au coin de la rue.

« Bon débarras, grommela-t-il. Nous n'avons pas
besoin d'autres va-nu-pieds dans leur genre. »

Il leva ensuite le nez vers le ciel, qui s'était encore
assombri.

« Le bourgmestre va-t-il enfin donner l'ordre de
tirer au canon pour disperser ces fichus nuages ? »
interrogea-t-il à voix haute.

En guise de réponse, l'enfant poussa un cri de
détresse à fendre l'âme la plus endurcie. Haggis ne lui
fit pas même l'aumône d'un regard. Il rabattit le
masque pivotant avec un claquement sec.

Les pleurs de l'enfant résonnèrent longtemps
devant la porte close. Personne n'osa s'approcher et
tenter de le consoler. Personne n'osa l'emporter
pour le mettre à l'abri alors que la nuit tombait, car
ç'aurait été aller contre la volonté du Maître des

Innocents. L'enfant allait devoir survivre à sa première nuit passée à Rédemption, et recevoir sa première leçon, sans se douter que sa formation d'Innocent venait de commencer.

PREMIÈRE PARTIE
L'INITIATION

Chapitre 1
Un rêve de nuées sombres

I l chutait.

Le sol venait tout juste de se dérober sous ses pieds et le garçon tombait, aspiré par un vide ténébreux où résonnait l'écho d'une terrifiante canonnade. Il eut beau se débattre, agiter bras et jambes dans l'air glacé, rien ne put le ralentir. Ses poings se refermaient sur le néant. Un vent moqueur lui soufflait à la face une haleine chargée de froidure. Il allait geler et serait bientôt transformé en un bloc de chair aussi dur que le roc, condamné à une chute éternelle...

« Jed ! »

Il ne voulait pas mourir ainsi. Il tenta de lutter. Quelque chose le frappa à l'épaule.

« Jed ! Réveille-toi, bon sang. »

Il reçut un nouveau choc dans le dos et finit par ouvrir les yeux. Il se calma aussitôt. Une paire de sandales à semelle de bois traînaient sur sa paillasse. Leur propriétaire vint les récupérer en maugréant.

« Tu m'as fichu une de ces trouilles, dit-il. J'ai cru que tu allais tout casser à force de t'agiter. Qu'est-ce qui t'a pris ?

— Encore un mauvais rêve », murmura Jed.

Il se frotta les yeux, très fort, comme pour en chasser les images du cauchemar qui l'avait tourmenté. Comme d'habitude, tout avait commencé avec l'accumulation de nuages noirs au-dessus des toits de Rédemption. Puis il s'était retrouvé perdu au milieu de la lande, désemparé. Il s'était alors mis à courir en direction de la mer, dont le ressac grondait au pied de la falaise vers laquelle il se précipitait, incapable de ralentir. Le tonnerre avait accompagné sa course folle. Les rochers s'étaient soudain effondrés sous lui. Toujours la même histoire.

« Voilà en plus qu'il se met à pleuvoir », fit Corey en se ruant vers la lucarne restée ouverte.

Un courant d'air s'infiltrait dans le grenier, remuant les strates de poussière accumulée avec le temps. Jed comprit d'où lui était venue cette impression de froid. Les premières gouttes de pluie battirent la couverture d'ardoise plusieurs coudées au-dessus des têtes des garçons, achevant de réveiller les autres dormeurs. On aurait cru une mitraille tirée depuis la voûte des cieux sur le toit de la maison du Maître des Innocents.

« Je n'aime pas ça, dit Corey. Sûrement un mauvais présage !

— Ce n'est rien que l'orage, voulut le rassurer Jed.

— La veille de notre initiation... Je n'aime vraiment pas ça ! »

Jed ne pouvait pas lui donner tort. Lui aussi redoutait l'épreuve qui les attendait, même s'il s'efforçait de n'en rien laisser paraître. Demain – ou plutôt dans quelques heures à peine – Haggis allait révéler aux cadets le Premier Secret des Innocents, conformément à la règle qu'il avait lui-même édictée. Jed et ses compagnons de dortoir avaient enfin atteint l'âge requis.

Après dix années, ce n'était pas trop tôt !

Dix années passées à subir les insultes de leurs aînés et l'indifférence du Maître, qui semblait ignorer leur présence...

Dix années à survivre en se nourrissant des restes abandonnés par les autres protégés de Haggis, à briquer le sol et les murs de l'immense demeure du matin au soir sans jamais être autorisés à en sortir, à dormir sur ces immondes paillasses reléguées dans le coin le plus sombre et le plus misérable du grenier...

Jour après jour, le même rituel immuable, désespérant, seulement brisé par les leçons prodiguées deux à trois fois dans la semaine par un précepteur embauché tout exprès par le Maître. Le jeune homme se faisait appeler monsieur Torrence et parlait avec un drôle d'accent. Il était chargé d'apprendre à lire, écrire et calculer aux pensionnaires de la Maison, mais dans les strictes limites définies par Haggis. Il n'était pas question pour les cadets de devenir savants. Cependant, ils devaient être capables de décrypter les écriteaux dispersés partout dans la cité, afin de ne pas s'y égarer, et d'additionner les différentes valeurs des monnaies qui avaient cours à Rédemption. Monsieur Torrence s'était parfaitement acquitté de sa tâche, secondé par sa fidèle badine, une canne de bois souple dont les sifflements furieux terrorisaient ses élèves chaque fois qu'elle fendait l'air avant de s'abattre sur le dos d'un malheureux. Jed en avait plus souvent qu'à son tour fait la cuisante expérience. Sa peau en conservait les traces sous forme de longues stries blanchâtres, souvenirs de plaies douloureuses. En cela, il était semblable à ses camarades.

« Je ne vais pas pouvoir me rendormir, avec tout ce raffut, se plaignit Corey.

— Alors n'en rajoute pas et ferme-la ! » lui lança quelqu'un depuis l'autre bout du grenier.

Il devait s'agir d'un des jumeaux, songea Jed. Edwyn ou Wyned, impossible de faire la différence : non seulement ils se ressemblaient comme deux boulets de charbon, mais en plus, ils avaient la même voix.

« C'est vrai, ça, y en a marre de t'entendre râler », renchérit Pucket.

Cette fois, Jed ne pouvait pas se tromper. Chaque fois que Pucket prenait la parole, on avait l'impression d'entendre une vieille scie mal affûtée s'attaquer à une barre de métal rouillée. Incroyable de posséder un timbre pareil à son âge ! Pucket avait également un physique en adéquation avec cette voix si impressionnante. Alors que les autres cadets étaient demeurés chétifs, par la faute de la mauvaise alimentation fournie par le maître, lui avait poussé autant en hauteur qu'en largeur. Il dépassait déjà ses camarades d'une bonne tête et semblait déterminé à ne pas s'arrêter là. Sa carrure rivalisait avec celle de nombreux aînés des classes supérieures. Quand on l'interrogeait sur ce phénomène, Pucket se contentait de hausser ses massives épaules et de supposer que chacun était taillé sur ce gabarit à l'endroit où il avait vu le jour – même si, comme tous ses compagnons, il n'avait pas la moindre idée d'où il venait.

« Vous devriez essayer de dormir, conseilla alors Isiane, la seule fille du dortoir. Il faudra être en forme, tout à l'heure, si vous ne voulez pas échouer. Vous savez ce qui arrive à ceux qui ratent l'épreuve du Premier Secret... »

Ce n'était pas une question, dans la mesure où aucun cadet ne le savait vraiment. Mais les aînés avaient été formels : tous ne pourraient pas supporter la révélation, et les plus faibles seraient impitoyablement rejetés de la Maison du Maître, abandonnés à eux-mêmes et promis à un sort affreux. Jed se demandait ce qui pouvait être plus terrible que vivre comme ils le faisaient, reclus et méprisés, guère mieux considérés que les rats du garde-manger, mais il n'était pas pressé de l'apprendre. Au moins, se disait-il, ils avaient un toit pour les protéger de la pluie, des habits à peu près propres, de quoi se nourrir presque correctement et, enfin, un semblant d'éducation. Monsieur Torrence leur rappelait souvent que nombre de citoyens ne pouvaient prétendre à autant d'avantages, dans Rédemption comme dans les contrées situées à l'intérieur des terres. Qu'ils étaient en quelque sorte des privilégiés, et qu'ils devaient chaque jour remercier Haggis pour sa prodigalité – l'un des mots compliqués que le précepteur affectionnait.

Jed remonta sa couverture de toile jusqu'au menton et ferma les yeux. Isiane avait raison. Il devait absolument se détendre, mais la perspective de replonger dans le rêve des nuées sombres l'angoissait. L'orage ne l'aidait pas non plus à se calmer. Le tonnerre menaçait la ville de son grondement sourd. L'averse crépitait de plus belle. Bientôt, les ronflements de Pucket se mêlèrent à la cacophonie. Comment s'endormir dans ces conditions ?

Il dut pourtant y parvenir, car lorsqu'il rouvrit les yeux, un timide rayon de soleil filtrait par le carreau de la lucarne. L'orage s'était enfui avec le lever du jour.

Jed procéda à une rapide toilette dans la cuvette débordant d'eau de pluie récupérée pendant la nuit – le toit avait une fuite fort utile dans la mesure où Haggis refusait aux cadets l'usage du puits creusé dans le jardin, comme de la pompe installée dans les cuisines. Il passa ensuite sa vareuse de laine usée jusqu'à la trame par-dessus l'unique chemise de sa garde-robe. Cette dernière ne quittait que rarement le corps de son propriétaire, à l'occasion du blanchissage de la saison chaude, par exemple, ou d'un rapiéçage. Le reste du temps, de jour comme de nuit, Jed la conservait sur lui. Il avait fini par s'habituer à l'odeur de l'étoffe imprégnée de sa propre crasse. Enfin, il enfila la paire de pantalons courts qui lui battait les mollets, resserra la ceinture de corde autour de sa taille, qu'il avait mince, et chaussa ses sandales à semelle de bois, d'un modèle identique pour tous les cadets. Il n'y avait aucun miroir où s'admirer dans le grenier, aussi Jed ne perdit pas de temps en vanités.

Il fit le tour de ses camarades pour les tirer du sommeil. Corey bâilla et s'étira à s'en déboîter les os des bras. Pucket grogna avant d'accepter d'entrouvrir les paupières. Comme à leur habitude, les jumeaux posèrent un pied par terre dans le même mouvement, sans avoir eu besoin de se concerter. Isiane, quant à elle, se leva aussi fraîche et vive qu'elle l'était la veille au soir. Dans la clarté du petit jour, ses boucles blondes prirent la couleur du miel doré dont les aînés tartinaient leur pain au petit déjeuner. À cette pensée, l'estomac de Jed émit un gargouillis. Il n'avait jamais goûté la saveur sucrée du précieux nectar qui provenait des ruches du Maître, installées dans le fond du jardin.

« Moi aussi, je suis affamé, dit Corey. J'espère que pour une fois, on ne devra pas se contenter des miettes. »

Isiane sourit tristement.

« Crois-tu que Haggis aura aujourd'hui plus d'égards envers nous qu'à l'accoutumée ? »

Les mots précieux de monsieur Torrence trouvaient un écho favorable dans l'esprit et la bouche de la jeune fille.

« Inutile de rêver, lâcha Pucket. On va encore se contenter de pain noir et de cette infâme bouillie d'avoine que même les chevaux du Maître refusent d'avaler ! »

Le grand garçon ne se trompait pas. Le réfectoire, contigu aux cuisines, était déjà à moitié plein lorsque la troupe des cadets se présenta sur le seuil. Les aînés ne leur accordèrent aucune attention, continuant de bâfrer avec entrain. Au bout de l'immense table, la place de Haggis était vide. Jed en profita pour contempler les gueules d'animaux fabuleux sculptés à même le dossier et les accoudoirs du fauteuil où le Maître trônait quand il daignait honorer les Innocents de sa présence.

« Tiens, tiens... Voyez un peu qui arrive ! s'exclama un des aînés. La vermine a quitté son trou ? »

Jed n'eut pas besoin de voir qui avait parlé pour reconnaître Morrow. Il était le plus fort en gueule des aînés et ne manquait jamais une occasion de provoquer les plus jeunes pensionnaires. Dans la mesure du possible, mieux valait éviter de lui répondre. Mais Jed n'eut pas le temps de se défiler. La main de Morrow s'abattit soudain sur son crâne, saisissant une pleine poignée de cheveux. L'aîné tira brusquement pour attirer le cadet vers lui. Jed serra les dents pour ne pas crier, malgré la douleur éprouvée.

« Pouah ! cracha Morrow en faisant semblant de le renifler. Il pue encore plus que le cul d'un chien galeux ! »

Autour de la table, une salve d'hilarité salua la douteuse plaisanterie. Cette réaction ravit son auteur, en ce qu'elle confirmait son autorité sur les autres Innocents. Le moindre trait d'esprit de leur chef déclenchait un réflexe d'approbation qui n'était rien que l'expression de leur soumission. Cela l'encouragea à persévérer :

« Est-il propre sous ses nippes ? Il faudrait s'en assurer avant de le laisser manger dans la même pièce que nous. »

Morrow empoigna le col de la vareuse. D'un geste sec, il déchira le vêtement jusqu'au nombril de Jed.

Le rire des aînés redoubla. Les cadets avaient prudemment reflué vers la sortie avant de subir le même sort que leur ami. À l'exception de Pucket, qui serrait les poings et dont les lèvres tremblaient d'indignation.

« Si tu avais pour deux sous de courage, lâcha-t-il, tu t'en prendrais à quelqu'un de ta taille. »

Il n'aurait pas produit davantage d'effet en bondissant tout nu sur la table. Tous les regards étaient à présent braqués sur lui – ceux des cadets, terrorisés ; ceux des aînés, stupéfaits ; et enfin, celui de l'homme qui s'était subrepticement glissé dans le réfectoire depuis l'accès aux cuisines et se tenait tapi dans l'ombre du grand vaisselier, près de la cheminée.

« Hé, fit Morrow, en voilà un qui n'a pas peur de mourir, on dirait !

— Aujourd'hui débute notre initiation, reprit Pucket. Tu ne dois plus nous traiter comme des moins que rien.

— Tu as raison », dit Morrow.

À la surprise générale, il relâcha Jed. Puis, souriant, il se redressa de toute sa hauteur pour venir se planter face à celui qui venait de le défier. Âgé de bientôt quatorze ans, Morrow était resté trapu, si bien que les deux garçons pouvaient se faire face sans que l'un fût obligé de se dévisser le cou. Mais l'aîné possédait déjà des muscles développés là où le cadet avait conservé une chair tendre, malgré sa carrure.

Les traits de Morrow portaient les marques d'expériences désagréables accumulées au hasard de ses pérégrinations dans les rues de Rédemption. Pour l'honneur de la Maison du Maître, on disait qu'il n'hésitait pas à tirer le couteau de sa poche et à frapper le premier n'importe quel adversaire. En échange de quoi, il avait reçu sa part de coups en retour.

« Tu n'es pas un moins que rien, continua-t-il. À la vérité, toi et les autres parasites du grenier n'existez même pas. Certains d'entre vous deviendront peut-être quelqu'un au terme de votre initiation, mais la plupart retourneront au néant, fais-moi confiance. Et fais surtout confiance à Rédemption pour cela. Mais en attendant, j'ai le droit de te traiter comme je l'entends... »

L'instant précédent, Morrow était encore immobile et souriant. À présent, sans que quiconque ait pu deviner ses intentions ou percevoir le moindre mouvement, il se trouvait accroupi sur la poitrine de Pucket et lui bourrait les côtes de coups de poing en lui hurlant dessus :

« Tant que tu n'es personne, je peux te tuer ! Tu n'es personne ! Personne ! »

D'abord tétanisé par ce brusque éclat de violence, Jed sortit finalement de sa torpeur pour voler au secours de son ami. Mais un simple mot suffit à le dissuader d'intervenir, tout comme il suffit à mettre un terme à la raclée infligée par Morrow :

« ASSEZ. »

Haggis n'eut pas besoin de se montrer, ni d'ajouter quoi que ce soit. Chacun prit subitement conscience de sa présence dans l'ombre du vaisselier. Une partie de la crainte inspirée par le Maître tenait à sa capacité de se fondre dans le décor sans se faire repérer s'il ne le souhaitait pas – une partie seulement.

« Il m'a provoqué, se justifia Morrow. Il a mérité ce qui lui est arrivé.

— Je suis ici seul juge de qui mérite quel sort, rappela Haggis en faisant un pas en avant.

— Bien sûr », fit Morrow en baissant la tête.

Son œil brillait de rage contenue, mais il n'osa pas contredire Haggis. Celui-ci avait passé une de ses plus belles tuniques brodées, ainsi qu'une large ceinture de cuir à laquelle se trouvaient suspendus six masques mi-souriants, mi-grimaçants – l'emblème de sa Maison. Un septième masque, identique, lui couvrait le visage.

« Aujourd'hui, dit-il, je suis semblable à vous. »

Il désigna les cadets d'un signe.

« Êtes-vous prêts à recevoir la révélation du Premier Secret ? »

Les jumeaux furent les premiers à réagir, hochant le menton de concert. Isiane et Corey les imitèrent. Jed aida Pucket à se relever avant d'acquiescer à son tour.

« Alors, conclut le Maître, ce soir vous serez assis à cette même table et chacun vous traitera en aîné. Ou bien vous serez morts et plus rien n'aura pour vous la moindre importance ! »

Entre-temps...

E lle avait senti le ciel ruminer sa colère avant que résonne le premier coup de tonnerre. Son regard s'était alors porté sur la frange noire de la mer, visible depuis la fenêtre de sa chambre.

Mais non, avait-elle constaté, l'orage n'arrivait pas du large. Elle avait allumé la mèche de sa lampe et s'était levée. Le vieux lit à baldaquin avait gémi sous son poids. Elle avait pris soin de ne réveiller personne en gagnant l'air libre.

Une brise légère soufflait de l'intérieur des terres, emportant avec elle l'odeur de la bruyère et des genêts. La lande demeurait tapie sous le grand voile de la nuit. Aucune lumière ne brillait nulle part. Mais cela lui était égal. Elle n'avait pas besoin de voir pour savoir ce qui allait se passer.

Le vent se mit à forcir et siffler sauvagement, comme un défi adressé à l'océan. Elle le laissa faire, curieuse de connaître ses intentions. Elle devina l'avancée des énormes nuages couleur de plomb, descendus de lointains septentrions, qui se massaient sous la voûte des cieux. Elle anticipa même leur destination : Rédemption, bien sûr, invisible sous la ligne de crête des collines au dos rond.

Ainsi, cela recommençait. Elle se souvenait parfaitement de la première fois où l'autre tempestaire avait fait irruption sur son territoire, déclenchant la fureur des éléments – mais une fureur brouillonne, pas du tout maîtrisée, comme pouvait l'être le mouvement d'humeur d'un très jeune enfant. C'était arrivé à peine neuf ans plus tôt. Depuis, le phénomène s'était maintes fois reproduit, sans la moindre régularité, et avec plus ou moins de violence. Mais cette nuit, il atteignait une intensité presque aussi élevée qu'au premier jour.

Curieuse, elle attendit que crèvent les nuages au son des tambours célestes, dont les roulements assourdissants se répercutaient en écho dans le creux des vallons, avant de rebondir sur le flanc des collines.

Elle goûta alors la saveur amère de l'angoisse qui était à l'origine de l'averse. L'autre était effrayé, elle ignorait pourquoi. Mais elle pouvait souffler le calme dans son esprit en prenant le contrôle des éléments déchaînés par sa peur. Cela lui fut facile, car elle-même maîtrisait son pouvoir à la perfection. Elle dispersa les nuées, força le vent au silence, réduisit l'averse à l'état de bruine. Une fois l'orage dompté, elle demeura encore un moment plantée dans la lande, sa lanterne à la main, à respirer l'odeur de terre humide qui montait du sol.

Puis elle regagna sa chambre, en se demandant quand l'autre tempestaire se manifesterait à *nouveau et ce qu'elle ferait à ce moment-là. Il lui fallait commencer à y réfléchir sérieusement, car s'il n'apprenait pas à contenir ses peurs, il finirait bientôt par déclencher une véritable catastrophe.*

Chapitre 2

La Premier Secret
des Innocents

La profusion des sons et des odeurs, l'animation permanente qui régnait dans les rues de Rédemption, tout avait de quoi faire chavirer l'esprit des cadets, forcés à la réclusion depuis le jour de leur arrivée dans la Maison du Maître des Innocents. Mais Haggis ne leur laissait pas le temps d'assouvir leur curiosité. Il avançait d'un pas vif au milieu de la multitude chamarrée et bruyante. La foule s'ouvrait en deux sur son passage, sans qu'il eût besoin de gesticuler pour l'exiger. Jed, qui marchait dans son dos, l'entendait murmurer de temps à autre un « *Place !* » définitif, quand ils devaient traverser un carrefour encombré, par exemple.

Ils cheminèrent ainsi pendant des heures, empruntant un lacis de ruelles tortueuses à souhait, où planait un relent de pourriture. Jed en comprit vite la raison : les ordures lancées depuis les étages des maisons atterrissaient sur le pavé, à la plus grande joie des porcs et des chiens en maraude, parmi nombre d'autres bêtes efflanquées moins facilement identifiables. Les fonds de pots de chambre suivaient la même trajectoire et il fallait se montrer habile pour éviter les souillures de ce genre d'averses !

L'inquiétude du garçon croissait à mesure que la petite troupe s'enfonçait dans le peu ragoûtant dédale. Haggis les avait obligés à se caler l'estomac avant de partir, les autorisant exceptionnellement à se servir parmi les mets à disposition des aînés. Quel festin ç'avait été ! Crème onctueuse, miel sucré, couennes grasses et pain craquant... Tous s'étaient régalés. Puis le Maître avait mis un terme aux agapes en déposant sur la table les masques pendus à sa ceinture. Un collier de fer muni d'une serrure était relié à l'attache traditionnelle qui enserrait le crâne.

Les cadets avaient passé chacun un masque, puis Haggis avait donné un tour de clé dans chaque serrure. À présent, les six clés ballottaient à son côté, accrochées à sa ceinture, cliquetant au rythme de ses pas. À quoi tout cela rimait-il ?

Le Maître s'arrêta soudain et dit :

« Nous y sommes. »

Jed eut beau scruter les environs, il ne remarqua rien de particulier. Ils se trouvaient à l'intersection de deux venelles plutôt étroites et sombres. Loin au-dessus de leurs têtes, les derniers étages des maisons se rapprochaient presque à se toucher, empêchant la lumière du jour d'atteindre le fond de la gorge urbaine creusée entre les façades de bois noir.

« Ici bat le cœur de Rédemption, fit Haggis. Bien sûr, vous ne pouvez pas encore l'entendre. Il faut avoir longtemps vécu à son contact pour y parvenir.

Mais c'est ici que tout a commencé, à partir de cet endroit que la ville a prospéré et s'est étendue. »

Les cadets écoutaient sans oser interrompre la leçon. Ils avaient formé un cercle autour de la longue silhouette de leur Maître. Ce dernier poursuivit :

« Avant de prétendre au privilège d'Innocent, il faut se faire accepter par Rédemption. Tel est le Premier Secret que je vous livre : je ne suis pas celui qui vous choisira. Je vous ai accueillis sous mon toit après que vos parents m'ont supplié de vous accorder ma protection. Je vous ai laissé le temps de croître pour arriver en toute sérénité à l'âge des responsabilités. À présent, vous devez apprendre à compter sur vous-mêmes. Le moment est venu de découvrir si vous êtes dignes d'appartenir à ma Maison. Ses portes vous resteront ouvertes jusqu'au coucher du soleil. Au-delà, si vous n'êtes pas de retour, elles vous demeureront closes à tout jamais. Alors, que Rédemption vous prenne en miséricorde, car vous deviendrez des proies faciles pour tous les prédateurs qui hantent ses nuits. »

Ayant parlé, Haggis tourna les talons et repartit d'un pas tranquille. Les cadets le virent disparaître dans l'ombre de la ruelle – littéralement. Un instant, ils avaient sa tunique brodée sous les yeux, le suivant, plus rien. Jed se rappela la façon qu'avait eue Morrow de se jeter sur Pucket. Sans doute s'agissait-il d'un talent propre aux Innocents, acquis au terme de la formation dispensée par le Maître.

« Comment va-t-on s'y prendre ? demanda Corey. Est-ce que l'un d'entre vous se souvient du chemin ?

— Pas plus que toi, répondit Edwyn (ou Wyned).

— Non, pas plus, ajouta en écho Wyned (ou Edwyn).

— Nous sommes perdus, c'est évident, fit Isiane. Mais il y a forcément un moyen de rentrer à la Maison. Les aînés l'ont bien trouvé, eux. Et nous ne sommes pas plus bêtes !

— Beaucoup moins, même », précisa Pucket.

Jed imagina les sourires de ses amis, sous les masques.

« Mettons-nous en route », proposa-t-il.

Il esquissa un pas dans la direction empruntée par Haggis.

« Attends, fit Isiane. Le Maître a très bien pu passer par là pour nous tromper. Je suggère qu'on reparte plutôt dans l'autre sens.

— Et pourquoi devrait-on t'écouter ? interrogea Corey. Tu n'es pas notre chef, que je sache !

— Non, parce que nous n'avons pas besoin d'un chef, rétorqua la jeune fille. Mais il faut bien se décider. Si tu as une autre idée, je t'écoute. »

Corey se contenta de secouer le menton, agitant sa double face de substitution.

« Fichu masque ! pesta-t-il. Pourquoi Haggis a-t-il voulu cacher nos visages ?

— Je ne crois pas que c'était son intention, dit Isiane. Au contraire, même.

— Au contraire ? s'étonna Pucket.

— Oui. Plus j'y pense, et plus je suis persuadée que ces masques n'ont pas pour objectif la dissimulation, mais qu'ils sont destinés à attirer l'attention sur nous.

— C'est vrai qu'on ne passe pas inaperçus, approuva l'un des jumeaux.

— Tout le monde nous a vus arpenter les rues pour arriver jusqu'ici, ajouta l'autre.

— *"Des proies faciles"*, lâcha Pucket, lugubre. C'est ce qu'a dit le Maître...

— Je crois qu'on ferait mieux de décamper, conclut Corey. Peu importe dans quelle direction ! »

*

Ils s'en remirent finalement à l'intuition d'Isiane. Jed, comme les autres cadets, se réjouissait de ce choix. La jeune fille avait toujours fait preuve d'une plus grande maturité que ses compagnons.

Au bout d'une centaine de pas, la ruelle bifurquait sur la droite. Elle se transformait alors en un passage couvert par une voûte de pierre si ancienne que les jointures entre chaque bloc étaient gagnées par une lèpre grisâtre dégageant une forte odeur de moisissure. On n'y voyait pas à plus de quelques coudées de distance.

« Vous êtes sûrs de vouloir continuer par là ? demanda Corey.

— Je vais passer le premier », fit Pucket.

Jed se porta à la hauteur de son ami.

« On y va tous les deux, dit-il. À la moindre alerte, ajouta-t-il à l'intention du reste de la troupe, détalez !

— Compte sur nous », fit Corey.

Pucket émit un grondement de dédain. Puis, il s'engagea dans le passage, Jed sur ses talons.

L'endroit semblait abandonné, contrairement aux autres quartiers qu'ils avaient traversés dans le sillage du Maître. Les volets des portes et des fenêtres donnaient l'impression de n'avoir pas été ouverts depuis une éternité. Gonds et ferronneries étaient mangés par la rouille. Les murs suintaient d'humidité. De grandes taches sombres y avaient dessiné les motifs d'une fresque compliquée, pareille à certaines tentures de la Maison de Haggis, où s'étalaient les arabesques d'intrigantes figures exotiques.

Jed se figea en apercevant un mouvement du coin de l'œil.

« Qu'est-ce qu'il y a ? demanda Pucket, sur le qui-vive.

— J'ai cru voir quelque chose... Là, près de ce mur, mais il n'y a rien. »

Pucket haussa ses larges épaules.

« Tu as toujours eu trop d'imagination », dit-il.

Ils reprirent leur progression. Leur regard commençait de s'habituer aux semi-ténèbres. Jed distinguait à présent des détails bien peu rassurants : ici, ces planches clouées en travers d'une fenêtre pour en condamner l'accès, là, cette croix blanche tracée à la chaux sur une porte, à demi effacée par le temps...

Pucket s'immobilisa soudain.

« Tu as entendu ? » souffla-t-il.

Jed fit signe que non. Il tendit l'oreille. Une sorte de ferraillement s'élevait effectivement de derrière les volets de bois rabattus devant l'entrée d'une échoppe ou d'un atelier – une enseigne découpée dans un morceau de métal en forme de fer à cheval indiquait qu'il s'était vraisemblablement agi d'un forgeron.

« Ça doit être un rat, dit Jed. Il n'y a rien à craindre. »

Pucket approuva. Il agita la main pour encourager leurs compagnons à les rejoindre. Corey et Isiane avançaient en tête, les jumeaux fermant la marche. Ils avaient presque rattrapé les éclaireurs lorsque les ombres du passage s'animèrent. Quelque chose se décolla du mur, là où Jed avait entraperçu un mouvement, et fondit sur l'un des cadets demeurés à la traîne du cortège.

Le hurlement d'Edwyn – ou bien celui de Wyned – retentit sous la voûte. L'ombre l'avala tout entier.

« Courez ! » s'écria Isiane.

Donnant l'exemple, elle s'élança à toutes jambes. Avant de l'imiter, Jed perçut un bruit mou et écœurant en provenance de l'intérieur d'une des maisons. Une image terrifiante lui vint aussitôt à l'esprit : celle des porcs du Maître, occupés à engloutir les déchets qu'on réservait à leur engraissage. La peur lui donna des ailes. Il fila si vite qu'il se retrouva bientôt à hauteur de Pucket et le dépassa. Il atteignit le premier le lourd vantail clouté qui barrait l'extrémité du passage.

Ça n'était pas possible ! Ils ne pouvaient pas être enfermés ici avec cette *chose* sombre et affamée...

Jed se mit à tambouriner contre le battant. Pucket et les autres en firent bientôt autant. Tous s'égosillèrent :

« À l'aide ! Quelqu'un ! Ouvrez ! »

Après ce qui leur parut une attente interminable, un cliquetis s'éleva de la serrure et le vantail s'entre-bâilla lentement en grinçant. Ils se faufilèrent par l'interstice en se bousculant, fous de panique, puis se laissèrent tomber sur le sol pavé, hors d'haleine, tandis que leur sauveur refermait le battant derrière eux. Ils avaient retrouvé la lumière du jour – une lumière blafarde, à peine visible entre les rangées de toits qui culminaient quatre ou cinq étages plus haut.

« Comment êtes-vous entrés là-dedans ? demanda le vieillard à l'imposant trousseau de clés qui était venu à leur secours.

— Nous avons suivi le Maître, expliqua Corey.

— Ah, lui ! Pfout ! »

Le vieillard cracha. Il ne semblait pas porter Haggis dans son cœur ni en très haute estime.

« Vous appartenez à sa Maison ? demanda-t-il.

— Ça ne se voit donc pas ? rétorqua Pucket. On porte pourtant sa marque sur notre visage.

— Cela fait longtemps que mes yeux ont cessé de m'être utiles, mon garçon. Heureusement pour vous, ce n'est pas le cas de mes oreilles ! Si je ne vous avais pas entendus brailler, tu n'aurais pas l'occasion d'éprouver ton insolence en te moquant d'un pauvre aveugle.

— Je... Je suis désolé, s'excusa Pucket. Je ne savais pas.

— Évidemment ! »

Le vieux bonhomme eut l'air de se radoucir. Mais il était difficile de repérer son expression dans le désordre broussailleux des poils blancs qui lui couvraient les joues et même les lèvres.

« J'aurais dû me douter que Haggis reviendrait tôt ou tard dans les parages, reprit-il. Il est un des rares citoyens de Rédemption à se souvenir de l'existence de cet endroit, ajouta-t-il en désignant la porte cloutée et l'horreur cachée derrière elle.

— De quoi s'agit-il ? voulut savoir Isiane.

— Ah, une jeunette ! J'ignorais que Haggis accueillait aussi des jouvencelles. »

Cela semblait beaucoup l'amuser. Jed se demanda s'il n'était pas un brin toqué. Mais le vieux redevint subitement sérieux pour déclarer :

« Sache, ma damoiselle, qu'il existe dans cette ville des secrets plus anciens encore que ceux détenus par ton Maître. L'un d'entre eux survit dans cette allée obscure, interdite et oubliée. Moi-même, qui en suis pourtant le gardien, j'ai du mal à bien me le rappeler... Il est vrai que ma mémoire s'est érodée avec le temps ! Mais je sais combien ce secret peut s'avérer dangereux, car sa faim est terrible. Elle fut cause de sa malédiction, car elle le poussa à commettre le crime le plus atroce qui se puisse concevoir : celui de dévorer la chair de sa propre race. »

À ces mots, le jumeau rescapé poussa un geignement de douleur.

« Mon frère ! se lamenta-t-il. Wyned a été dévoré par ce monstre ! »

Edwyn en avait donc réchappé, songea Jed. Mais était-il vraiment le plus chanceux des deux ? Au moins, son frère ne souffrait plus, lui.

« Pauvre garçon, compatit le vieux gardien. Crois-moi, je sais quelle est ta peine. Je l'ai éprouvée, jadis. C'est pour cela que j'ai choisi de tenir le rôle qui est le mien.

— Le monstre vous a aussi pris un frère ? fit Edwyn, entre deux sanglots.

— Une femme, un fils et deux filles, corrigea le vieux. J'étais forgeron, il y a bien longtemps. Une poignée de maisons seulement s'élevaient dans les parages, entourées par la lande. Nous formions une petite communauté paisible, heureuse. L'étranger s'est arrêté un soir dans notre auberge. D'où venait-il ? Mystère. Pourquoi a-t-il fait halte ici ? Nul ne sait. Toujours est-il qu'il était affamé. Nous ne savions pas de quoi. Hélas, nous l'avons vite compris !

— Mais vous avez réussi à le capturer, fit remarquer Isiane.

— Alors qu'assoupi il digérait son repas, précisa le vieux gardien d'un ton macabre. Malgré tous nos efforts, nous n'avons pas pu le tuer. Nous avons donc décidé que l'un de nous devait rester en vie aussi longtemps qu'il le faudrait pour veiller sur la prison du monstre. Comme j'étais celui qui avait le plus perdu et souffert par sa faute, je me suis porté volontaire. Voilà toute mon histoire.

— Il ne peut pas s'enfuir de ce passage ? s'enquit Jed.

— J'ai forgé les chaînes qui l'entravent là où il a avalé sa dernière victime, dans ce qui était ma propre maison. »

Voilà sans doute l'origine du ferraillement d'abord entendu par Pucket, songea Jed. La créature avait dû se débattre et agiter ses chaînes, animée par une faim montée du fond des âges.

« Mais, continua le gardien, si une proie passe à sa portée, la part sombre du monstre entre alors en action. Elle ne peut s'aventurer loin de lui sans faiblir et s'évaporer, comme la rosée sous les premiers feux du soleil. Je suis désolé pour ton frère, mon garçon », ajouta-t-il à l'adresse d'Edwyn.

Tout à sa peine, ce dernier ne répondit pas. Isiane reprit alors la parole :

« Peut-être connaissez-vous le chemin qui conduit jusqu'à la Maison de notre Maître ? »

L'ancien forgeron secoua lentement la tête.

« Je n'ai jamais quitté mon poste. Tout ce que je sais de Rédemption, je l'ai appris des citoyens avec qui j'ai échangé quelques mots.

— Pourtant, objecta Jed, vous connaissez Haggis. »

Le vieux cracha encore une fois par terre.

« Sois sûr que je me passerais de cet honneur ! railla-t-il. Oui, je connais ton Maître. Parce qu'il a pris l'habitude de venir égarer ses cadets par ici, pour les mettre à l'épreuve. Comment crois-tu que mon prisonnier n'est pas encore mort de faim, depuis tout ce temps ? »

Chapitre 3
LES CHIENS DU GUET

L e ciel s'était obscurci pendant qu'ils erraient dans les rues, à la recherche de la Maison du Maître. Leur quête avait rapidement tourné court. Edwyn restait enfermé dans un silence douloureux depuis que le monstre l'avait amputé d'une moitié de son être ; seule Isiane avait osé aborder les premiers passants rencontrés, pour leur demander de l'aide, mais tous s'étaient détournés en apercevant les masques mi-souriants, mi-grimaçants qui étaient l'emblème de Haggis. Il leur fallut alors se rendre à l'évidence : ils devraient se débrouiller seuls.

Ils tentèrent de se repérer aux noms des rues, quand elles en possédaient un. Mais la plupart désignaient des individus ou des événements dont ils n'avaient jamais entendu parler, pas même durant les leçons prodiguées par monsieur Torrence.

Finalement, leurs pérégrinations les conduisirent jusqu'au port de Rédemption. Un crachin glacé se mit à tomber au moment où ils découvrirent le spectacle offert par la multitude de vaisseaux accostés dans la rade. Il y en avait de toutes sortes et de toutes tailles, des petites gabares* à fond plat jusqu'aux imposants cinq-mâts*, en passant par un grand assortiment de flûtes*, corvettes*, galères*, frégates* et autres galiotes*. L'ensemble des gréements*, toutes voiles carguées*, évoquait une improbable forêt luxuriante de filins en guise de lianes. Une armée de marins et de dockers était lancée à l'assaut des soutes, pillant allégrement les cargaisons en provenance du monde entier, ensuite accumulées dans les immenses entrepôts construits près de la jetée.

C'était là le ventre de Rédemption, leur avait appris monsieur Torrence. Et aussi ses poumons, car l'air du large soufflait en permanence sur le port et son activité permettait à chacun de respirer. Si par malheur, un jour, tout s'arrêtait, le grand corps de pierre, de bois, de brique et de fer de la ville ne tarderait pas à s'étioler, et puis mourir. Enfin, il fallait encore savoir qu'un cerveau unique commandait les mouvements incessants de ce vaste organisme : celui de la Compagnie, et plus exactement de ses Directeurs, armateurs des navires et propriétaires des marchandises rapportées de pays lointains et mystérieux.

« Autant faire demi-tour, dit Pucket, les arrachant à leur contemplation. Ce n'est pas là que se trouve la Maison.

— Attends un peu, fit Jed. Je crois que j'ai une idée. »

Il pointa l'index vers l'édifice qui se dressait telle la hampe d'une lance jetée depuis les cieux et fichée en terre, plus loin, en bordure des quais.

« La Tour de la Découvrance ? » s'étonna Corey.

Monsieur Torrence en avait un jour dessiné la silhouette, entre toutes reconnaissable, sur son tableau noir. Puis il en avait expliqué la fonction : à son sommet, une vigie* guettait le retour des navires, lunette vissée à l'œil, et avertissait aussitôt les Directeurs.

« Mais oui ! s'exclama Isiane. De là-haut, on pourra repérer la Maison et s'orienter. Bravo, Jed, tu es un génie ! »

Le garçon se sentit rougir sous son masque.

« Est-ce que monsieur le génie a pensé au moyen de nous introduire à l'intérieur de la Tour ? demanda Pucket. Elle est certainement surveillée, et les gardes de la Compagnie ne nous laisseront pas entrer sur notre bonne mine ! » ajouta-t-il en agitant son masque.

L'enthousiasme des cadets retomba dans l'instant.

« Tout de même, dit Corey, ça vaut le coup d'essayer. Au pire, ils nous chasseront.

— Qu'en sais-tu ? fit Pucket. Nous ignorons tout des dangers de Rédemption. Wyned en a payé le prix fort. Comment pouvons-nous être certains de ne pas nous précipiter dans un nouveau piège mortel ?

— Il n'y a qu'un seul moyen de le savoir », dit Jed.

Et il s'élança au pas de course en direction de la Tour.

« On ne devrait pas le laisser y aller seul, fit Corey.

— Bien sûr que non, soupira Pucket.

— Alors, assez palabré. En avant ! » lança Isiane.

Elle s'empara de la main d'Edwyn pour l'entraîner derrière elle. Depuis la mort de son frère, le garçon ne manifestait plus aucune réaction. Il se contentait de suivre ses amis, épaules voûtées, accablé sous le poids de sa peine.

Il leur fallut se faufiler entre les amas de ballots et de caisses déposés sur le pavé du quai par des palans manœuvrés à la force du biceps. Les cris d'encouragement des dockers répondaient aux « hisse et oh ! » des marins, pour rythmer l'exercice. De certains ponts s'échappaient des chants et des rires, d'autres, des bordées d'injures exprimées dans toutes sortes de langues. L'ensemble composait un incroyable charivari qui était comme la voix du port – un aspect de son anatomie que monsieur Torrence avait négligé dans sa leçon.

Ils arrivèrent sans encombre jusqu'au pied de la Tour. De près, elle paraissait épingler les nuages bas descendus des collines entourant Rédemption. Sa base formait un carré d'une vingtaine de pas de côté, dont un seul était doté d'une ouverture. Comme l'avait prédit Pucket, un garde de la Compagnie en barrait l'accès. Il porta la main à son épée en voyant les cadets s'approcher.

« Où croyez-vous aller ainsi, morveux ? » demanda-t-il.

Jed rassembla tout son courage pour exprimer leur requête :

« Nous souhaiterions pouvoir jeter un coup d'œil depuis le haut de la Tour, monsieur... S'il vous plaît, bien entendu ! »

Le garde demeura un instant sans réaction, puis il éclata de rire, à croire qu'il n'avait jamais rien entendu de plus drôle.

« Tu ne manques pas de toupet, mon gars ! »
avoua-t-il, une fois calmé.

Plein d'espoir, Jed enchaîna :

« Est-ce que vous nous donnez votre permission,
monsieur ? »

Le garde eut encore un gloussement, mais il reprit
son sérieux pour rétorquer :

« Ça suffit, moucheron. File avant que je perde
patience.

— Mais...

— Dégage, j'ai dit ! aboya le garde, tirant une demi-
coudée de fer rutilant du fourreau.

— Viens, Jed, mieux vaut ne pas insister », conseilla
prudemment Isiane.

Dépités, les cadets refluèrent vers l'entrepôt le plus
proche. Ils trouvèrent un coin tranquille, sous l'avancée d'un auvent, à l'écart de l'activité des dockers.

« Et maintenant ? s'inquiéta Corey. On n'est pas
plus avancés, mais je suis trempé et je meurs de faim !

— Nous avons tous pris la pluie et nous sommes
tous affamés, dit Isiane. Cependant, nous plaindre
ne remplira pas nos estomacs et ne séchera pas nos
habits.

— C'est vrai, mais tu n'es pas obligée de le faire
remarquer ! Chaque fois que tu ouvres la bouche,
c'est la même chose...

— Arrêtez, tous les deux, dit Pucket. Jed a besoin
de calme pour réfléchir. »

La remarque les surprit tous, à commencer par le
principal intéressé. Il allait protester quand Pucket
reprit :

« Je lui fais confiance pour nous tirer de là. C'est lui qui a pensé à la Tour. Je suis sûr qu'il va trouver une solution. »

Après tout, pourquoi pas ? songea Jed. Il se mit à cogiter. Mais un grondement menaçant s'éleva soudain derrière lui, aussitôt suivi d'un jappement furieux. Jed fit volte-face pour se retrouver nez à museau avec le plus terrifiant molosse de la création. La bête atteignait presque sa taille au garrot. Elle avait une haleine fétide, un pelage aux couleurs de la nuit et du feu, le poil de l'échine hérissé, les babines retroussées sur des crocs jaunes dégoulinants de bave, et une paire d'yeux noirs aussi profonds que des abîmes. Heureusement, elle portait un collier de cuir planté de clous, attaché à un cordon tressé, solidement retenu par la main de son maître, un jeune homme coiffé de boucles brunes qui moussaient en cascade sur ses épaules.

« Je vous avais pris pour des voleurs, fit ce dernier. Mais je me trompe, pas vrai ? Vous ne porteriez pas ce genre de masques, sinon. »

Tétanisé, Jed put seulement opiner du menton. Le chien aboya encore une fois. Jed eut l'impression qu'on lui tirait un coup de canon directement sous le crâne.

« Tais-toi, Arès. Tu fais peur à notre jeune camarade. »

L'animal obéit. Il referma sa gueule de cauchemar et s'assit sur son postérieur. Cependant, il ne lâcha pas Jed du regard.

« Je crois que ton masque l'impressionne, dit le jeune homme. Il n'en a jamais vu. À vrai dire, moi non plus. »

En quelques mots, Isiane lui expliqua qui ils étaient.

« Ah, je comprends mieux, fit-il alors. Moi, je suis Nunno, et vous avez déjà fait la connaissance d'Arès. Nous appartenons tous les deux au corps des Chiens du Guet. Un conseil d'ami : évitez de vous balader sur la jetée après le coucher du soleil, parce que alors Arès et les membres de sa meute rôdent en liberté dans les parages... Et ils ne sont nourris qu'au petit matin ! »

Nunno adressa un clin d'œil aux cadets. Songeant au sort de Wyned, Jed frémit. Décidément, il ne manquait pas de créatures affamées pour dévorer les pauvres bougres égarés dans Rédemption !

« Pouvez-vous nous renseigner ? insista Isiane.

— Je n'ai pas débarqué depuis assez longtemps pour connaître la ville aussi bien que le fond de mes poches : toujours vides ! » avoua Nunno.

La déception dut se lire dans l'attitude des cadets, car il se hâta d'ajouter :

« Je peux toutefois interroger mon oncle. C'est le capitaine du Guet. C'est lui qui m'a fait venir pour me confier Arès, parce que, comme lui, je sais naturellement me faire obéir de certains animaux. Mais je dois d'abord terminer ma ronde.

— Nous vous en serions très reconnaissants, monsieur, dit Isiane.

— "Monsieur", parbleu ! Je crois bien que c'est la première fois qu'on m'appelle ainsi. Je ne suis pourtant pas encore aussi vieux que mon oncle ! s'amusa Nunno. Bon, ne bougez pas d'ici, je serai de retour avant que sonne la deuxième heure de l'après-midi. »

Ils acquiescèrent, ravis de leur bonne fortune. Nunno émit un petit claquement de langue et Arès sauta aussitôt sur ses pattes. Après un dernier regard insondable adressé tout particulièrement à Jed, il partit en trottinant derrière son maître.

« Qui a dit que Rédemption ne comptait plus aucun citoyen serviable ? fit Corey.

— Il est ici depuis peu, rappela Isiane. Il n'a pas encore subi l'influence de la ville.

— Voilà que tu recommences... Ma parole, on dirait que tu prends un malin plaisir à nous saper le moral !

— Je suis prudente, c'est tout. Ce Nunno a effectivement l'air d'un gentil garçon. Mais est-ce le cas de son oncle ?

— On verra bien, trancha Pucket. Attendons. »

*

Le quart avant deux heures venait tout juste de sonner au carillon du beffroi le plus proche, sans doute celui de la capitainerie du port, lorsque Nunno et son compagnon à quatre pattes furent de retour. Le jeune homme avait la mine sombre et les sourcils froncés sous la dentelle de boucles qui frisaient à son front.

« Vous ne pouvez pas rester là, lança-t-il d'un ton rogue. Vous n'êtes pas les bienvenus dans le port. Ni dans aucun endroit qui appartient à la Compagnie. »

Ce brutal revirement choqua Jed.

« Mais vous aviez promis..., commença-t-il avant d'être interrompu.

— Je ne t'ai rien promis, cracha Nunno. J'ai parlé à mon oncle. Il m'a ordonné de vous chasser. Et de vous prévenir que la prochaine fois, vous aurez affaire directement à Arès ! »

Comme pour confirmer la menace, celui-ci se mit à aboyer furieusement.

« Fichons le camp, laissa tomber Isiane. Pas la peine de s'attirer de nouveaux ennuis.

— C'est ça, dit encore Nunno. Partez ! Puissiez-vous disparaître dans les bas-fonds du Quartier Gueux ! »

Jed avait-il rêvé ou le Chien du Guet avait-il ponctué sa malédiction d'un clin d'œil ?

« Hé, rétorqua Pucket, on s'en va, inutile de nous insulter...

— Ne le provoque pas, dit Jed. Je crois qu'il a fait de son mieux pour nous aider sans fâcher son oncle.

— Quoi ? Comment ça ?

— Viens, je t'expliquerai. Allez, vous autres, courage ! Nous serons bientôt à la Maison. »

Ils empruntèrent une voie pavée qui s'éloignait en pente douce du quai, sous les regards dédaigneux, sinon hostiles, des badauds. Le crachin de la matinée avait cédé la place à de timides éclaircies. Le ciel était à présent percé de trous où filtraient des colonnes de lumière dorée.

Une fois qu'ils eurent mis suffisamment de distance entre le territoire de la Compagnie et eux, Jed confia à ses amis :

« La Maison de Haggis se trouve dans le Quartier Gueux. Sinon, pourquoi Nunno l'aurait-il mentionné ?

— Admettons, fit Corey. Mais ça ne nous dit pas quelle direction emprunter.

— Celle des bas-fonds », devina Isiane, qui avait suivi le raisonnement de Jed jusqu'au bout.

Ce dernier approuva d'un hochement de tête.

« Mais qu'est-ce que ça signifie ? » insista Corey.

Jed conclut alors :

« Que l'on va devoir descendre plus bas que terre pour rentrer chez nous ! »

Entre-temps...

*E*lle était demeurée aux aguets depuis la nuit précédente, à observer les nuances prises par la couleur du ciel, à goûter la saveur du vent et celle de la bruine, à écouter la voix des nuages lui raconter, avec un grommellement sourd, ce qu'il se passait en ville, derrière le dos rond des collines.

Elle avait beaucoup appris. Mais pas assez pour se forger une opinion précise. L'autre était-il conscient de ce qu'il avait déclenché – un crachin sans importance, qui n'avait guère duré ? Elle n'en avait pas l'impression. Il lui fallait pourtant être sûre. Pour cela, elle avait besoin de plus d'informations. Elle décida alors d'envoyer un émissaire à Rédemption. Mais lequel choisir ? Tous se seraient aussitôt portés volontaires si elle avait fait part de ses intentions à celles et ceux qui composaient sa grande et belle famille. Mais il lui fallait quelqu'un de particulier : discret, futé, capable de passer inaperçu, insoupçonné.

Car pour les membres de sa grande et belle famille, tout comme pour elle d'ailleurs, Rédemption était synonyme de danger. Ses plus vieux ennemis régnaient sur une partie de la cité – des créatures cruelles, qui cachaient une âme noire sous des atours de respectabilité.

Elle trouva l'émissaire idéal où elle s'y attendait le moins : dans la cambuse de son repaire. « Approche, lui dit-elle, j'ai besoin de tes yeux et de tes oreilles. »

Elle prit soin d'expliquer ce qu'elle attendait. L'émissaire l'écouta avec la plus grande attention.

« As-tu bien compris ? » demanda-t-elle enfin.

L'émissaire fit signe que oui.

« Alors va, cours et vole ! Surtout, ne te fais pas remarquer. Si par malheur on te capturait, personne ne viendrait te délivrer. Et tu connais le sort qui nous est réservé : il est mille fois pire que la mort. »

Elle resta campée dans la lande jusqu'à ce que la silhouette de l'émissaire eût été avalée par les genêts et la bruyère.

Puis elle regagna son repaire. Elle avait encore tant à faire ! Les vivres s'épuisaient, et si elle n'y prenait pas garde, bientôt les membres de sa belle et grande famille connaîtraient les affres de la faim. Jamais elle ne permettrait cela. Elle se tourna donc vers les cieux pour les interroger : où se trouvait la source d'approvisionnement la plus proche ?

Bientôt, la brise marine lui apporta la réponse.

Satisfaite, elle sourit. Elle n'avait plus qu'à attendre le bon moment pour déclencher la colère des éléments.

Chapitre 4

« RIEN N'EST VRAI,
MAIS TOUT EST POSSIBLE »

L'après-midi était déjà bien avancé lorsqu'ils découvrirent l'indice, gravé dans la pierre à l'angle d'une bâtisse décrépite. Bien qu'à demi effacés par l'usure du temps, les caractères étaient encore lisibles. Isiane les décrypta à voix haute :

« Rue de la Grande-Gueuserie, lut-elle. Je crois que nous sommes dans le bon quartier.

— Ce n'est pas trop tôt, geignit Corey. Je n'en peux vraiment plus. Ma parole, on a dû faire au moins trois fois le tour de cette fichue ville ! »

Il exagérait à peine. Suivant l'intuition de Jed, les cadets s'étaient arrangés pour emprunter seulement les voies qui descendaient vers le fond de l'immense trouée creusée au pied des collines, tout au nord de la ville. Nunno, le Chien du Guet, avait parlé de « bas-fonds ». Si le terme désignait une faible profondeur de mer, il avait à terre une autre signification : un lieu situé en contrebas, comme c'était le cas pour le Quartier Gueux. Mais Jed avait retenu des cours de monsieur Torrence un double sens, plus imagé.

L'expression s'appliquait également aux plus misé-reux des membres d'une communauté – autrement dit, les gueux.

« Reste à trouver notre Maison », dit Pucket. Il leva le nez au ciel, avant d'ajouter : « Mieux vaut nous dépêcher. Le jour commence à décliner. »

Jed observa lui aussi les nuées.

« Un orage se prépare, dit-il.

— Comment peux-tu en être certain ? demanda Corey.

— Je le sais, c'est tout, se justifia Jed. Je le sens approcher.

— Raison de plus pour ne pas traîner, les garçons », dit Isiane.

Guidant toujours Edwyn, elle se remit en marche. Bien que certainement baptisée depuis longtemps, la rue de la Grande-Gueuserie méritait encore son nom. On y trouvait une espèce différente de quémandeurs tous les dix pas. Celui-ci était aveugle et agitait sa sébile dans l'air, celui-là n'avait plus de jambes et racontait à qui voulait l'entendre comment il en avait été privé ; cet autre encore devait nourrir un nombre incroyable de bouches, à croire qu'il passait son temps à engendrer. Et le suivant tentait de vous apitoyer avec une complainte de sa composition, qu'il accompagnait en tirant trois notes tristes de son bandonéon.

Le plus extraordinaire, au regard de Jed, restait que les passants les mieux lotis n'hésitaient pas à mettre la main à la bourse chaque fois qu'on les sol-licitait – et les occasions ne manquaient pas !

Étaient-ils tous trop riches qu'il leur fallait se délester ainsi d'une part de leur fortune ? Ou bien suffisamment généreux ?

Comme il s'en étonnait auprès de ses amis, Isiane fit remarquer :

« Observe mieux leurs traits : ils font tous une drôle de grimace. On dirait celle qui occupe la moitié de nos masques.

— Je ne comprends pas, avoua Jed. S'ils n'ont pas envie de faire l'aumône, rien ne les y oblige. Ils n'ont qu'à passer leur chemin, ou éviter cette rue, c'est encore plus simple.

— Dans Rédemption, rien n'est aussi évident qu'il y paraît à première vue, mon joli masque ! lança une voix joyeuse depuis le haut de la rue. Tu n'as donc pas encore appris ta première leçon ? »

Les cadets se retournèrent comme un seul homme pour découvrir l'aveugle qui s'avançait vers eux, sa sébile en avant. Un voile opaque couvrait ses yeux morts, tel un linceul. Grand, maigre, le dos voûté, il portait ses guenilles avec la même fierté que s'il s'était agi de l'uniforme d'un amiral de marine.

« Comment avez-vous deviné, pour le masque ? s'étonna Corey. Vous n'y voyez plus !

— Et toi, tu te fies trop à ta vue », rétorqua le mendiant.

Du bout de l'index, il effleura son œil droit, soulevant la lentille de verre fumé coincée sous sa paupière. En dessous, brillait l'éclat vif d'une pupille émeraude.

« *"Rien n'est vrai, mais tout est possible"*, souffla-t-il. C'est notre devise, ici même, dans le Quartier Gueux. Retiens-la bien, mon joli masque, car il faudra la faire tienne si tu veux devenir un Innocent. »

Il s'inclina en une parodie de révérence.

« Vous saluerez bien bas ce scélérat de Haggis de ma part, fit-il. Dites-lui que L'Anguille ne l'a pas oublié.

— L'Anguille ? C'est votre nom ? s'étonna Corey.

— C'est celui qu'il m'a donné jadis, quand j'étais à son service.

— Vous avez appartenu à sa Maison ? »

C'était Isiane, enthousiaste, qui avait posé la question.

« Si fait, joli masque. J'étais un Innocent, peut-être un des plus doués, soit dit sans forfanterie !

— Alors vous allez pouvoir nous dire où elle se trouve.

— Je n'en ai pas le droit, joli masque. C'est la règle du Maître. Il me le ferait payer fort cher, si jamais je la brisais.

— Mais vous n'êtes plus à son service, objecta Jed.

— C'est la stricte vérité. Je suis maintenant mon propre maître. Et voyez à quoi j'en suis réduit ! se lamenta L'Anguille. User du peu qu'il reste de mon talent pour pas même trois malheureux sous... »

Il se mit à agiter sa sébile pour faire tinter les piécettes déposées dans le fond.

« Inutile de chercher à nous apitoyer, reprit Isiane. Nous n'avons rien à vous donner. »

L'Anguille se redressa soudain de toute sa hauteur – oubliée, la maladie qui lui faisait courber l'échine ! Il était tout simplement gigantesque.

« Je sais bien que vous êtes plus pauvres encore que le plus misérable de cette rue, lâcha-t-il. L'argent est fort utile, mais il existe d'autres moyens de paiement. »

D'instinct, les cadets reculèrent d'un pas. Pucket serra les poings.

« Ne vous méprenez pas ! fit aussitôt L'Anguille, levant les mains au ciel, paumes ouvertes, en guise d'apaisement. Je n'attends rien qu'une promesse de votre part. Vraiment presque rien...

— Quoi ? demanda Pucket, forçant sur l'aspect métallique du timbre de sa voix pour paraître plus impressionnant.

— Haggis et moi nous sommes séparés sur un malentendu, et j'aimerais avoir l'occasion de m'expliquer avec lui. Qui sait, peut-être parviendrai-je à le convaincre de me reprendre parmi les siens ? Mais si je me présente seul sur son perron, jamais il ne m'ouvrira. Et il ne m'écoutera même pas. Alors que si je vous accompagne, j'aurai une chance de plaider ma cause. Qu'en dites-vous ? Je ne crois pas me montrer exigeant.

— Je ne sais pas, fit Isiane. Haggis ne sera-t-il pas fâché de découvrir que vous nous avez indiqué le chemin de la Maison ?

— Pas après que nous serons réconciliés, lui et moi, je peux te le jurer, joli masque ! Alors, c'est entendu ? L'affaire est faite ? »

Comme les cadets hésitaient toujours, L'Anguille s'empressa d'ajouter :

« Le temps passe, la nuit approche. En vous dépêchant, vous avez peut-être une chance de trouver la

Maison avant qu'il soit trop tard. Mais si vous échouez, pauvres malheureux, apprêtez-vous à vivre une existence de misère, comme la mienne... Dans le meilleur des cas ! »

La sinistre prévision fit réagir Corey :

« On serait fous de refuser son offre, murmura-t-il. Nous n'avons rien à perdre et c'est le seul qui accepte de nous aider en toute connaissance de cause.

— Justement, ça ne te paraît pas louche ? demanda Isiane.

— Non, pourquoi ? Je comprends qu'il ait envie d'arrêter de jouer les faux aveugles. Au pire, que se passera-t-il ? Haggis le chassera et nous sermonnera, mais nous aurons réussi la première épreuve d'initiation. Nous serons devenus des aînés et il ne pourra plus nous traiter comme des chiens. Penses-y.

— Il faut être tous d'accord, dit Isiane. Pucket ?

— Ça va pour moi. Corey a raison, pour une fois !

— Bon. Edwyn ? »

Le garçon agita brièvement le menton. Ça devait compter pour un oui.

« Et toi, Jed, qu'en dis-tu ? demanda enfin Isiane.

— C'est un risque à courir, fit l'intéressé après réflexion. Mais moins grand que celui de nous retrouver à la rue et à la merci des créatures qui rôdent en ville la nuit. Je suis pour, moi aussi. »

*

Le Quartier Gueux étendait son réseau de ruelles, culs-de-sac, cours, arrière-cours et autres coupe-gorge sur un vaste périmètre. D'après L'Anguille, c'était l'endroit idéal où se perdre quand on ne voulait pas être retrouvé. Même les Chiens du Guet n'osaient pas s'y aventurer. Ses habitants avaient leurs propres lois et réglaient leurs problèmes entre eux. En cas de litige sérieux, on demandait l'arbitrage du résident le plus craint et respecté – ce qui revenait ici au même.

« De qui s'agit-il ? demanda benoîtement Corey.

— Haggis, andouille ! » fit Pucket.

L'Anguille confirma d'un signe.

« Vous le connaissez bien, remarqua Isiane.

— Je le connais trop », corrigea le mendiant. Il poussa un soupir exagérément long. « Lui et moi, c'est de l'histoire ancienne, dit-il.

— Vous n'avez pas l'air si vieux, intervint Jed.

— Ne te fie pas à mon apparence, joli masque. J'ai connu Haggis avant qu'il installe ici sa Maison.

— Mais vous disiez avoir été un Innocent ?

— J'ai en effet appartenu à la première troupe du vieux Maître. Au début, nous nous surnommions les Innocents par dérision.

— Je ne saisis pas...

— Je te raconterai plus tard. Nous sommes arrivés. »

Jed reconnut alors la façade de la Maison, telle qu'il l'avait découverte au petit matin, une cinquantaine de pas plus loin. À l'approche de la nuit et de l'orage, des ombres s'étaient glissées dans l'encadrement des fenêtres et de la porte de bois sculpté, dissimulant les détails du décor. Malgré cela, la demeure de Haggis se distinguait de ses voisines mitoyennes par l'impression de puissance qui s'en dégageait. L'Anguille se figea avant d'en avoir atteint le seuil.

« Que se passe-t-il ? s'enquit Jed.

— Un mauvais pressentiment, joli masque. Vivre dans la rue rend sensible à ce genre de choses. »

Le faux aveugle retira ses lentilles de verre fumé pour sonder les ténèbres environnantes. Au bout d'un moment, il rejoignit les cadets sur le perron en secouant la tête.

« J'aurais pourtant juré... », commença-t-il avant d'étouffer un cri et de basculer en virevoltant comme une toupie folle.

Au terme de sa pirouette, il s'effondra sur le pavé. Le manche d'un couteau dépassait d'entre ses omoplates. Il eut un dernier soubresaut, puis retomba, inerte.

Pucket se précipita pour lui venir en aide, mais il était déjà trop tard.

« Est-ce que... Est-ce qu'il est... »

Corey ne parvint pas à prononcer le mot qui pourtant s'imposait.

« Mort, oui, dit Pucket à sa place.

— Je ne rate jamais ma cible », fit alors une voix connue. Morrow émergea de sa cachette, de l'autre côté de la rue, dans le renfoncement d'une porte cochère. « Bienvenue à la Maison », dit-il, un large sourire aux lèvres. Il se baissa pour récupérer son couteau. « Vous devriez savoir que le Maître en interdit l'accès aux pouilleux dans son genre, fit-il en essuyant la lame dans les hardes de L'Anguille.

— Tu... Tu l'as tué, balbutia Corey, tremblant.

— Ce n'est pas moi qui ai enfreint la règle, répliqua l'aîné. Je n'ai fait qu'exécuter l'ordre du Maître. Il m'a demandé d'attendre votre retour. Franchement, je suis surpris de vous voir revenir aussi nombreux ! Il manque pourtant quelqu'un, mais qui ? Lequel d'entre vous n'a pas réussi l'épreuve ? »

Le poing de Pucket jaillit en guise de réponse. Il s'écrasa avec un bruit sec sur le nez de Morrow, qui partit à la renverse.

Mais l'aîné se remit aussitôt sur ses pieds. Il n'avait pas lâché son couteau. Un filet de sang coulait de chacune de ses narines.

« Tu vas me payer ça, lourdaud », menaça-t-il.

Jed se porta au côté de son ami.

« Nous sommes des aînés, nous aussi, maintenant, lança-t-il. Tu ne dois plus nous maltraiter. En plus, tu as bien mérité ce coup !

— Tu le penses vraiment ? » gronda Morrow en s'avançant d'un pas.

Les deux cadets reculèrent d'autant. Jed ne quittait pas la lame des yeux.

« Oui, souffla-t-il, étonné de sa propre audace. Et j'aurais aimé te le donner moi-même !

— Finalement, c'est toi que je vais piquer en premier », annonça Morrow, l'œil brillant de haine dans l'obscurité.

Jed sentit son estomac se contracter sous l'effet de la peur. Il se mit à transpirer abondamment sous sa vareuse. Un soudain accès de fièvre lui causa un vertige et il dut s'appuyer contre l'épaule de Pucket. Au même moment, un éclair déchira le ciel, illuminant toute la rue.

La foudre craqua avec un temps de retard. Mais la déflagration fut telle qu'elle ébranla tout le Quartier Gueux jusque dans ses fondations.

« C'est toi qui as fait ça ? » s'étonna Morrow, le regard exorbité.

Jed respirait bruyamment, avec difficulté. Il ne tenait plus sur ses jambes, vidé de toutes ses forces. Pucket fut obligé de le soutenir.

La porte de la Maison s'ouvrit sur la haute silhouette de Haggis. D'un coup d'œil, il embrassa la situation.

« Entrez, tous, ordonna-t-il. Avant que l'averse tombe.

— Et L'Anguille ? s'insurgea Isiane. Vous allez le laisser dans la rue ?

— Les charognards du quartier vont s'en occuper. Avant demain matin, il n'en restera plus rien. »

La jeune fille n'insista pas. Elle aida Pucket à transporter leur camarade, encore sous le choc, jusque dans le vestibule, où il put récupérer, allongé sur un banc. Corey et Edwyn les suivirent. Enfin, Morrow entra à son tour, sans se presser, en repliant la lame de son couteau.

La pluie se mit à tomber au moment où Haggis refermait la porte.

« Rédemption s'est montrée clémente avec vous, dit-il. Elle n'a pas réclamé un lourd tribut : une seule vie contre cinq. » Il semblait satisfait. « Je ne m'étais pas trompé en vous accueillant sous mon toit, reprit-il. Chacun d'entre vous possède encore en germe un talent qu'il faudra faire éclore. Ce sera votre travail en tant qu'aînés. »

Décrochant les clés pendues à sa ceinture, il entreprit de déverrouiller les colliers de chaque masque.

« Comment devra-t-on s'y prendre ? voulut savoir Isiane, dont l'appétit de connaissances était illimité.

— En vous soumettant à l'épreuve de la rue, répondit le Maître. Ainsi, vous fortifierez le don reçu à votre naissance. Vous continuerez à recevoir les leçons de monsieur Torrence, mais vous passerez le plus clair de votre temps hors de ces murs, précisa-t-il en englobant d'un geste le décor environnant. Chaque soir, vous devrez rapporter à ma table la preuve de votre compétence.

— Autrement dit, le fruit de nos larcins ! »

Cela lui avait échappé, et Isiane s'attendit à recevoir une correction pour cette insolence. Mais Haggis ne se fâcha pas, au contraire.

« Je considère qu'il s'agit plutôt d'une juste rétribution pour mes services, dit-il. Pour le gîte, le couvert et la vêture. Ainsi que pour les secrets qu'il me reste encore à vous révéler. D'abord celui de votre talent, que moi seul saurai reconnaître. Et, peut-être plus important encore, celui de votre naissance. » L'étonnement dut se lire sur les traits des enfants, car le Maître précisa alors : « Vous n'êtes pas arrivés ici par hasard. Pour chacun d'entre vous, il y a une histoire, couchée sur le papier. Je les ai toutes conservées dans mon coffre. Je vous les rendrai le moment venu.

— Quand cela doit-il arriver ? » ne put s'empêcher de demander la jeune fille.

Cette fois, Haggis fronça le sourcil et se fit menaçant.

« Peut-être bien jamais, si tu te montres trop curieuse... » Puis, désignant l'accès à la grande salle de réfectoire, il conclut : « Allez vous emplir la panse, ce soir est un grand soir : pour la première fois, vous dînerez assis à la table des aînés ! »

Chapitre 5

NAUFRAGE ET CHAPARDAGE

L e lendemain matin, Jed se réveilla aux aurores, tout étonné de se trouver débordant d'énergie. Les agapes de la veille devaient y être pour beaucoup. Et la nuit de sommeil dans un lit véritable – même si le matelas n'était guère épais et la toile du drap plutôt rêche ! – avait achevé de le rétablir.

Un soleil généreux inondait de clarté la chambre partagée avec Pucket et Corey. La pièce, bien que petite et dépouillée, paraissait un palais après l'horrible grenier. Les nouveaux aînés y disposaient d'une malle où ranger leur linge, d'une table de toilette surmontée d'un miroir pas trop piqué de rouille, d'une cuvette et d'un broc, et d'un bloc de savon noir et d'une brosse de crin. L'idée de pouvoir se décrasser chaque jour suffit à rendre Jed joyeux.

Il procéda à de minutieuses ablutions, frottant les moindres recoins de son anatomie à l'aide de la brosse, tout en observant la vue à travers le carreau de l'unique fenêtre. Celle-ci ouvrait sur le jardin qui s'étirait en longueur à l'arrière de la Maison. Au bout des rangées de choux et de fèves alignés comme à la parade, on apercevait la bauge clôturée où s'ébattait une demi-douzaine de porcs bien gras. De hauts murs surmontés de tessons de verre coupants comme des rasoirs protégeaient ce trésor sur pattes, complété par quelques couples de lapins et de volailles. Même sans cette précaution, nul voleur n'aurait été assez téméraire pour tenter de dérober le bien du Maître des Innocents. Car Haggis avait à sa disposition une redoutable escouade de sicaires prêts à tuer sur son ordre, comme Morrow l'avait prouvé la veille au détriment de L'Anguille.

À cette pensée, l'enthousiasme de Jed retomba. Ce matin, ses amis et lui allaient rejoindre les rangs de cette redoutable armée d'apprentis mercenaires qui écumaient les rues de Rédemption en toute impunité. Il se demanda comment il réagirait si jamais le Maître exigeait qu'il fasse couler le sang. Oserait-il refuser ? Et comment s'y prendrait-il ?

« Hé, le salua Pucket depuis le fond de son lit, ce n'est plus le moment de rêvasser... La rue nous attend, et avant elle, un solide petit déjeuner ! »

Le grand garçon sauta sur ses pieds et expédia sa toilette. Corey en fit autant, l'air toujours ensommeillé. Jed prit le temps d'enfiler ses vêtements. Dès qu'ils furent prêts, tous rejoignirent le réfectoire. Un banc leur avait été réservé à l'une des tables des aînés. Isiane les y attendait. Mais nulle trace d'Edwyn dans la salle.

Anticipant toute question, Isiane expliqua :

« Je l'ai veillé une partie de la nuit, il avait de la fièvre et il s'est mis à délirer. Il appelait son frère et voulait lui parler.

— Que lui disait-il ? demanda Jed, inquiet.

— Il regrettait de ne pas être parti à sa place pour le voyage vers l'En-Bas. »

Un silence suivit cet aveu exprimé sur un ton douloureux par la jeune fille.

« J'espère qu'Edwyn ne restera pas longtemps dans cet état, dit enfin Pucket. Haggis ne voudra certainement pas nourrir une bouche inutile... »

Il se tut comme Morrow venait de faire irruption devant leur table.

« Vous avez de la chance, morveux, lança-t-il assez fort pour que tous les aînés l'entendent. Le Maître a désigné un tuteur pour guider vos premiers pas en ville et il a choisi le meilleur ! »

Corey saisit à pleines mains la perche tendue :

« Qui a-t-il désigné ? »

Le sourire de Morrow s'épanouit jusqu'à fendre son visage d'une vilaine cicatrice bordée de quenottes noircies par l'abus de chique à tabac – un des nombreux vices auquel l'aîné s'adonnait volontiers.

« Je te laisse deviner, crétin !

— Oh, fit Corey, tu veux dire que c'est toi, c'est bien ça ? »

Morrow ne prit pas la peine de confirmer.

« Suivez-moi, dit-il, c'est bientôt l'heure de la criée, au port. L'endroit parfait pour apprendre deux ou trois tours. Il y rôde assez de bourgeois aux poches bien pleines pour que vous puissiez vous y faire la main ! »

*

Jed était obligé de reconnaître que Morrow n'avait pas menti. Le marché à la criée attirait tout le long de l'immense jetée une foule si dense qu'on n'y avait d'autre choix que progresser au coude à coude, pressés les uns contre les autres. Noyé dans cette marée humaine, Jed avait comme unique point de repère la flèche de la Tour de la Découvrance, chaque fois qu'il levait le nez au ciel. Pour le reste, c'était un océan de visages et de corps en mouvement perpétuel, où il se trouvait ballotté sans ménagement.

Il avait perdu de vue ses amis quelques instants plus tôt. Comme lui, tous avaient reçu de leur tuteur cette unique instruction : « Chapardez ! Peu importe quoi, mais ne revenez pas les mains vides », avait précisé Morrow. Il avait encore ajouté qu'ils ne risquaient rien, protégés par le nombre, mais qu'en cas de coup dur il leur porterait secours. Puis il leur avait donné rendez-vous aux douze coups de midi devant le Chêne Tortu, une des nombreuses tavernes du port, et s'était éclipsé.

Après s'être souhaité bonne chance, les nouveaux aînés avaient décidé de se séparer. Ils étaient partis chacun dans une direction différente. Jed furetait à présent depuis plus d'une heure sans avoir encore osé voler quoi que ce soit. Les occasions ne manquaient pourtant pas. Il avait repéré nombre de chaînes argentées et dorées émergeant d'autant de goussets de gilet ou de pantalons. Des doigts habiles se faufilant à l'intérieur de ces petites poches y auraient dégotté de fort jolis oignons, à coup sûr. Ce genre de montres était un luxe que seuls les plus opulents citoyens pouvaient s'offrir. Nul doute qu'une seule d'entre elles aurait ravi Morrow et suffi à payer son écot au Maître pour la journée, voire toute la semaine, mais Jed ne trouvait pas le courage de se lancer. Pour ses débuts de détrousseur, il préférait trouver une prise plus facile.

Il errait en quête d'un panier débordant de victuailles ou d'une carriole chargée de marchandises, prêt à s'emparer de tout ce qui pourrait traîner à sa portée, quand un long mugissement couvrit la rumeur de la foule, figeant les chalands sur place.

D'où pouvait provenir cette plainte d'animal blessé, lugubre à souhait ? Jed n'eut pas longtemps à s'interroger. Un marin, reconnaissable aux tatouages exhibés sur ses avant-bras, pointa l'index sur les hauteurs de la Tour de la Découvrance, s'écriant :

« L'alerte au naufrage ! Il est arrivé malheur à un de nos vaisseaux ! »

Jed comprit qu'il parlait pour le compte de la Compagnie – elle n'avait pas de concurrent et régnait sur l'ensemble des équipages.

La nouvelle sauta de bouche en bouche, causant un vif émoi. Il en alla de même sur les ponts des navires au mouillage. Les hommes se lancèrent à l'assaut des haubans*. C'était à qui atteindrait en premier la plus haute vergue*. Les mousses, légers et habiles, furent les plus rapides à ce petit jeu. Celui de la *Bellone* – superbe bâtiment dont le château* arrière empilait pas moins de cinq étages sculptés et peints de couleurs vives – emporta la partie. Depuis son perchoir de hune*, les mains en porte-voix, il lança à l'assistance :

« Chaloupe* en vue à l'entrée de la rade ! Chaloupe en vue ! »

Ce fut aussitôt la ruée vers le bout du quai, où s'achevait la jetée, sur un chaos de rochers battus par les vagues, venues mourir brisées en gerbes d'écume. Jed ne put que suivre le mouvement pour ne pas se faire piétiner. Tout le long du trajet, les commentaires courroucés des marins l'accompagnèrent. La consternation le partageait à la colère chez les gens de mer. Jed ne comprenait pas pourquoi. Un naufrage relevait de la fatalité, sinon d'une erreur de navigation. On pouvait éprouver de la compassion pour les victimes, de la tristesse pour celles que l'on connaissait bien, mais à quoi bon jurer et menacer le ciel, ou appeler à la vengeance, comme certains commençaient à le faire ?

Jouant des coudes, Jed parvint à se faufiler au plus près des brisants*, à quelques coudées seulement de la crête des vagues nées au milieu de l'océan. À la pensée de la distance qu'elles avaient parcourue avant de se heurter à la barrière de rochers qui protégeaient la rade, le garçon éprouva une sorte de vertige. Au détour d'une leçon de calcul, il était arrivé à monsieur Torrence d'évoquer la vastitude difficilement concevable des mers sillonnées par les vaisseaux de la Compagnie. Plusieurs saisons s'écoulaient entre le moment du départ et celui du retour à bon port. Les plus proches comptoirs commerciaux ne se trouvaient pas à moins de deux ou trois mois d'une course souvent périlleuse ; les plus lointaines destinations, quant à elles, nécessitaient presque une année de voyage. Il fallait un si grand nombre d'escales pour les atteindre que la plupart des capitaines renonçaient en cours de route, confrontés à une accumulation de dangers dont le moindre n'était pas la pratique d'une flibuste* sauvage, sous des latitudes encore peu explorées. Mais, de tout ceci, Jed n'avait qu'une idée confuse, car le professeur des cadets ne dispensait pas de leçons de géographie, science inutile aux yeux du Maître des Innocents.

« Je la vois ! fit quelqu'un. J'aperçois la chaloupe. »

Jed suivit la direction indiquée par les nombreux doigts tendus vers le large. Un minuscule triangle blanc oscillait sur la ligne d'horizon, où se rencontraient les eaux gris-noir et le ciel bleu pâle. En l'absence de nuages, le soleil était nettement visible, boule d'étoupe se consumant sur fond d'azur. Une brise marine soufflait, gonflant la voile de la chaloupe, qui grossissait à vue d'œil. Les embruns arrosaient la foule. Jed sentait sur ses lèvres le goût du sel charrié par les gouttelettes transportées par le vent. Il le trouva plutôt agréable. L'excitation de ses voisins grimpa à mesure que la barque des naufragés approchait de l'entrée de la rade. Bientôt, Jed put distinguer les silhouettes des passagers entassés à bord. Deux douzaines de marins se serraient sur les bancs de nage, l'air accablé et misérable, trempés et échevelés. Un trio d'officiers et un pilote, installé à la barre, complétaient l'équipage.

« Ce sont ceux du *Pélican*, je reconnais le capitaine, indiqua un bourgeois.

— D'où revenait-il ? demanda un autre.

— Mogambia, je crois... Ou alors la côte orientale des Terres Ardentes ?

— Non, vous faites erreur, fit un troisième homme. Le *Pélican* a pris la mer à la fin de la dernière saison froide. Je suis certain qu'il a appareillé pour un plus long périple.

— À destination de L'Archipel, vous croyez ?

— C'est probable...

— Mais non ! Vous divaguez ! »

D'autres encore se mêlèrent à la conversation, chacun avançant un avis opposé au précédent, si bien que la discussion ne tarda pas à virer à la polémique. Jed en déduisit que personne ne connaissait la vérité, même si tout le monde avait une opinion à exprimer.

Cependant la chaloupe avait pénétré dans la rade. On ramena la voile et on la replia. Les naufragés sortirent les avirons de sous les bancs, les glissèrent dans les dames de nage et se mirent à souquer. L'esquif se faufila entre les coques des embarcations disséminées en retrait du quai, dans les eaux assagies du port.

La foule reflua vers la ville comme un seul homme. Jed la laissa s'éloigner sans lui, cette fois.

Il reprit tranquillement le chemin du retour, les mains dans les poches, profitant du calme retrouvé. Le carillon du beffroi de la capitainerie sonna onze coups. Jed se rendit alors compte que la matinée touchait à sa fin. Avec l'agitation suscitée par l'annonce du naufrage, il avait complètement oublié sa mission de chapardage !

Morrow se ferait une joie de le corriger s'il revenait vers lui les mains vides. Aussi, avisant un empilement de marchandises en cours de déchargement, il profita de ce que les dockers avaient suivi le mouvement général pour s'approcher des sacs de toile grossièrement cousue. Une odeur entêtante s'en échappait, qui piquait les narines. Jed sentit sa poitrine frémir et il ne put retenir un éternuement. Il se pinça le nez pour examiner de plus près l'étrange cargaison.

Par une déchirure sur le côté, sans doute provoquée dans la hâte de la manœuvre, une avalanche de petites billes rougeâtres avait fui de l'un des sacs et roulé sur le pavé. Jed profita de l'aubaine pour en remplir les poches de son pantalon.

« Ne te gêne surtout pas ! » fit une voix tombée du ciel.

Jed sursauta, surpris en flagrant délit. Le cœur battant la chamade, il leva le nez en l'air pour découvrir celui qui avait parlé, suspendu dans les haubans du trois-mâts accosté tout près de là. Le garçon n'était guère plus âgé que lui, mais il allait demi-nu, seulement vêtu d'une culotte coupée au niveau des genoux, retenue à la taille par une longueur de cuir. Un bonnet de laine coiffait son crâne. Avec une agilité déconcertante, il dévala la toile d'araignée tissée par les filins jusqu'à atteindre le bastingage*, où il se tint en équilibre, toisant Jed d'un air sévère.

« Hé bien, le rat des quais, on a perdu sa langue ? demanda-t-il.

— Non, fut seulement capable de rétorquer Jed.

— À la bonne heure ! »

Il bondit sur le quai, se recevant en souplesse devant Jed, qui recula d'un pas.

« Où crois-tu aller, le rat ? »

Le dos de Jed heurta la pile de sacs. Acculé, confus, il se mit à bredouiller :

« Je ne faisais rien de mal...

— Tu volais nos épices, en vérité ! Sais-tu la peine qu'elles nous ont coûtée ? Combien des nôtres sont morts pendant le voyage et pourrissent dans le fond de l'océan ? »

Jed ne put qu'avouer son ignorance en secouant le menton.

« C'est le prix du sang versé à bord qui fait la valeur d'une cargaison, continua le jeune marin. Voilà pourquoi elle nous est si précieuse, à nous autres, plus encore qu'aux Directeurs, tu comprends ? »

Comme Jed acquiesçait, cette fois, il parut se radoucir.

« Je ne suis encore qu'un mousse, dit-il, et je n'ai guère voyagé, mais je suis prêt à défendre le bien de mon équipage... »

D'un geste vif, il tira le coutelas passé à sa ceinture, caché dans son dos. Jed blêmit en apercevant la courte lame qui brillait au soleil.

« Notre capitaine réserve un traitement spécial aux voleurs, reprit le mousse. Il ne les prive pas de leurs doigts, sans quoi ils ne pourraient plus travailler, et puis ça serait cruel... Mais ils peuvent bien se passer d'une oreille, pas vrai ? »

Sa main libre jaillit en direction de la tempe de Jed. Celui-ci se déroba, et, aiguillonné par la peur, escalada l'amoncellement de sacs. Arrivé au sommet, il ne chercha pas à ralentir. Emporté par son élan, il retomba lourdement sur le pavé, du côté opposé, et prit ses jambes à son cou.

Le rire du mousse le poursuivit dans sa course folle. Il ne s'arrêta de courir, hors d'haleine, qu'arrivé loin du lieu de son forfait.

C'était évidemment impossible, mais Jed avait toujours l'impression d'entendre résonner la voix du jeune marin dans sa tête. Il comprit, une fois calmé, qu'elle était celle de sa conscience, qui se moquait de lui.

Le mousse avait raison : il n'était qu'un voleur, un vulgaire rat des quais. Il se sentait à la fois triste et fier de son larcin. Mais qu'y pouvait-il ? C'était le prix de sa survie dans une ville hostile aux faibles.

Rédemption venait de lui administrer une nouvelle leçon : Jed venait d'apprendre la résignation.

Entre-temps...

*E*lle avait besoin de récupérer après le terrible effort consenti pendant les dernières heures de la nuit. Elle était exténuée, vidée de toutes ses forces, mais elle n'arrivait pas à trouver le sommeil. Pire, celui-ci semblait prendre un malin plaisir à la fuir quand elle croyait s'en approcher. Cela lui arrivait de plus en plus fréquemment. Elle y voyait un des effets de l'âge. Sans même s'en rendre compte, elle était devenue vieille.

Les images apportées par le vent affleuraient encore à la surface de sa mémoire. Elle avait voyagé avec la brise, à la poursuite de sa proie, un bâtiment de fort tonnage, alourdi par sa cargaison. La ligne de flottaison du Pélican s'enfonçait en effet au niveau de son deuxième pont. Ses cales étaient donc pleines. Il approchait de la côte, toutes voiles dehors. Elle s'était amusée à souffler dans ses haubans, puis sur son gaillard* d'arrière, où le pilote s'accrochait à la barre, encadré par son capitaine et le second officier du bord. La manœuvre requérait toute leur attention. Ils savaient que la mer cachait des pièges mortels dans les parages. Elle le savait aussi. Elle les connaissait tous.

Elle avait fait forcir le vent, peu à peu, de manière à ce que les membres de l'équipage ne comprennent pas trop tôt ce qui leur arrivait. Insensiblement, elle avait commandé au courant qui portait le vaisseau d'infléchir sa course vers la zone de bas-fond située à quelques milles de sa trajectoire. Quand le pilote s'était rendu compte que le Pélican ratait son entrée dans la passe, il était déjà trop tard. La vigie avait donné l'alerte : « Brisants en vue ! Droit devant ! »

Le capitaine avait aussitôt lancé ses ordres pour tenter de sauver son navire. Mais ses efforts étaient restés vains. Le vent et le courant soumis à une volonté destructrice avaient emprisonné le bâti-ment, le précipitant vers sa destinée : le naufrage !

Le fond de la coque avait d'abord crevé contre les rochers, ébranlant toute la structure, puis le Pélican s'était couché sur le bâbord, précipitant une partie de l'équipage à la mer. Comme elle n'en voulait pas aux hommes, mais seulement à la cargaison, elle avait apaisé le courant et fait mollir le vent. La plu-part des marins ne savent pas nager et se noient facilement dans un verre d'eau, assure le proverbe. Mais ceux-là furent sauvés par leurs compagnons, qui lancèrent suffisamment de filins par-dessus bord. À la suite de quoi le capitaine dut se résoudre à mettre la chaloupe à la mer pour abandonner son navire, car d'importantes voies d'eau envahissaient les cales et le Pélican ne tarderait pas à basculer, la quille à l'air, complètement déséquilibré.

Elle les avait aidés à s'éloigner, soufflant une brise favorable dans la voile de la barque. Puis elle avait achevé de disloquer la coque, y ouvrant de larges brèches, de façon à ce que la cargaison puisse s'échapper, portée par de subtils courants, et rejoindre les plages inaccessibles et secrètes où patientaient les membres de sa grande et belle famille.

Chapitre 6
L'ART SUBTIL DE LA PERSUASION

Morrow patientait sous l'enseigne en forme d'arbre au tronc noueux, emblème de l'estaminet connu sous le nom du Chêne Tortu. Les marins venaient y boire leur solde jusqu'à plus soif dans l'attente de réembarquer. Les dockers s'y réunissaient pour déjeuner. Il n'était pas rare que des bagarres éclatent entre les deux corporations, mais ces algarades dégénéraient rarement jusqu'au sang. Quelques marchands s'aventuraient parfois dans l'établissement. Ils s'y trouvaient si mal reçus qu'ils décampaient illico sous les huées et les quolibets. Morrow aimait bien cet endroit et l'esprit qui y régnait. Il y avait connu ses premières ivresses, par abus de bière brune et épaisse. Marins et dockers préféraient, eux, le rhum tiré de la fermentation de la mélasse. Toutefois, cette boisson âpre faisait cogner le tocsin sous le crâne de l'aîné, aussi préférait-il s'en dispenser.

Pucket se présenta le premier au rendez-vous. Il avançait tranquille, sûr de lui, prêt à défier encore Morrow.

« Voilà pour toi », dit-il en abandonnant dans la main du tuteur un petit objet rond en métal ciselé.

L'aîné examina le bijou d'un air approbateur.

« Beau médaillon, admit-il. Comment te l'es-tu procuré ?

— Facilement, rétorqua Pucket. Et à contrecœur. »

Sa voix avait encore baissé d'un ton, plus grave que jamais. Morrow eut un ricanement.

« Tu perdras vite tes scrupules, fit-il. Quand tu comprendras qu'ils ne servent à rien d'autre que te tourmenter. »

Pucket allait répliquer, mais l'irruption d'Isiane l'en empêcha. La jeune fille n'arrivait pas non plus les mains vides. Elle jeta un pantin de chiffon aux pieds de Morrow.

« Un jouet ? s'étonna celui-ci, sans prendre la peine de se baisser pour le ramasser.

— Tu as bien dit : n'importe quoi, rappela Isiane, esquissant un sourire.

— Tu ne l'as quand même pas dérobé à un enfant ? » s'offusqua Pucket.

Le sourire d'Isiane s'élargit, révélant de jolies dents nacrées.

« Pour qui me prends-tu ? Je l'ai "trouvé" dans une boutique en ville, dans les beaux quartiers. Personne n'a précisé qu'on devait voler plus pauvre que nous, pas vrai ? »

Morrow acquiesça.

« C'est bien pensé, dit-il. Mais tu as eu de la chance de ne pas te faire prendre. Les patrouilles de la milice sont fréquentes là où vivent les plus riches. Et ces cochons-là ne sont pas tendres avec nous autres ! Là-bas, le nom de Haggis ne te protège plus.

— J'ai d'autres atouts, assura Isiane. Mes jolies boucles blondes et un minois qui inspire confiance. Personne ne s'est méfié en me voyant flâner d'une échoppe à l'autre.

— Le Maître ne s'est pas trompé en t'acceptant, fit Morrow. Mais à l'avenir, évite ce genre de risques inutiles, surtout pour un butin aussi maigre. »

Jed se manifesta sur ces entrefaites. En le découvrant les mains dans les poches, Morrow fronça le sourcil.

« Tu n'as rien rapporté ? »

Jed ne prit pas la peine de répondre. Il se contenta de déverser une poignée d'épices dans la paume du tuteur. Morrow renifla les billes rouges avec suspicion.

« Ça vient du port ? » demanda-t-il. Comme Jed ne le démentit pas, il insista : « Tu veux me faire croire que tu as osé braver les Chiens du Guet pour t'introduire dans un entrepôt de la Compagnie ? »

L'aîné paraissait impressionné. Les camarades de Jed également.

« Peut-être es-tu plus courageux que je le pensais, fit Morrow. Ou alors plus bête. »

L'injure piqua le garçon au vif. Jed se récria :

« Pourquoi dis-tu ça ?

— Parce que en dérobant le bien de la Compagnie, tu t'attaques à ses Directeurs, et ils ne pardonnent jamais rien.

— Il s'agit seulement de quelques grammes d'épices, rappela Isiane. Ce n'est pas un préjudice sérieux.

— Peu importe, les Directeurs en feront une question de principe. Comment crois-tu qu'ils ont réussi à établir leur domination sur toutes les mers du globe ? Certainement pas en faisant preuve de mansuétude !

— Encore faut-il qu'ils découvrent le vol, fit Pucket. Ils ne vont sûrement pas remarquer la disparition d'aussi peu de chose.

— Espérons, dit Morrow. Tu es sûr que personne ne t'a vu ? » demanda-t-il à Jed.

Ce dernier n'osa pas avouer la vérité au tuteur. S'il lui parlait du mousse, Morrow risquait de se mettre en colère. Pire, il rapporterait l'incident à Haggis. Le Maître le corrigerait certainement pour son erreur. Peut-être le livrerait-il à la vindicte des Directeurs – les seuls personnages qu'il semblait craindre en ville.

« Personne, mentit Jed, s'efforçant de ne pas détourner le regard.

— Bien, mais la prochaine fois, contente-toi de détrousser un bourgeois, compris ? »

Jed acquiesça, heureux de s'en tirer à si bon compte. Les douze coups de midi sonnèrent au beffroi de la capitainerie.

« Allons-nous-en, dit Morrow. Pas la peine d'attirer l'attention.

— On ne peut pas partir sans Corey, protesta Jed. Il faut l'attendre !

— Cet idiot a dû se faire prendre. Tant pis pour lui. Ne discute plus mes ordres, moucheron, ou je te flanque une raclée. »

L'aîné doubla sa menace d'un coup d'œil appuyé sur Pucket, le seul adversaire véritablement à sa taille. Le grand garçon devait se rappeler le sort réservé à L'Anguille, car il ne cilla même pas.

« Parfait, reprit Morrow. Suivez-moi, il est temps de changer d'air. »

*

Abandonnant le port derrière eux, ils s'engouffrèrent dans le dédale de ruelles d'un quartier populeux, où toutes sortes de corps de métier se côtoyaient dans une anarchique bonhomie. Les gens s'interpellaient bruyamment d'un étal à l'autre, et marchandaient avec davantage de démonstration encore la moindre babiole. Devant chaque maison, des ribambelles de gamins tout juste en âge de marcher jouaient entre les jambes d'individus très âgés, assis figés sur des bancs de pierre, confondus avec les gargouilles qui ornaient les façades. Jed fut incapable de deviner leur sexe car tous portaient les mêmes vêtements informes, et leurs visages se ressemblaient, réduits à une avalanche de plis sur fond de cuir tanné. Mais leurs petits yeux mobiles ne perdaient rien des allées et venues des badauds. Jed avait l'impression qu'ils le disséquaient jusqu'à l'âme.

« Pourquoi nous observent-ils ainsi ? demanda-t-il.

— Ne t'occupe pas de ces vieux fous, répondit Morrow. Ils n'ont rien d'autre à faire pour passer le temps. Ils se prennent pour la Mémoire des Murs !

— Comment ça ?

— Ils gardent tout ce qu'ils voient et ce qu'ils entendent là-dedans, précisa Morrow en se tapotant le crâne du bout de l'index. Si tu veux mon avis, ils sont cinglés. À quoi ça peut bien leur servir de s'encombrer l'esprit avec toutes ces choses inutiles ? »

Jed n'en savait rien, mais il s'abstint de faire remarquer au tuteur que mieux valait avoir l'esprit « encombré » plutôt que vide – Morrow pouvait très mal le prendre !

Après maints tours et détours, ils s'arrêtèrent devant l'échoppe d'un vendeur de bric-à-brac qui avait déployé ses modestes trésors sur une longueur de planche protégée par un auvent. Pour ce que Jed pouvait en voir, les articles proposés n'avaient aucune valeur. Ils semblaient tout droit sortis du rebut d'un marchand de ferraille.

« À partir de maintenant, ordonna Morrow, plus un mot. Vous écoutez et vous me laissez négocier. »

Il fit tinter la clochette suspendue à l'auvent.

« Holà, Baya ! Où te caches-tu, vieille sorcière ? »

Une créature émergea de sous le tas de chiffons oublié au pied de l'étal. Non, rectifia aussitôt Jed en la découvrant mieux : la créature *était* le tas de chiffons.

Une face fripée et brunie, semblable à une pomme pourrie, les fixa par-dessus l'accumulation de bibelots. C'était tout ce qu'on pouvait distinguer de Baya, dont le corps disparaissait sous les couches de guenilles.

« C'est toi, crapule ? fit-elle en reconnaissant Morrow. Tu as une bonne raison d'interrompre ma sieste ?

— La meilleure qui soit. Je t'apporte un présent de la part de mon Maître. »

Il brandit le médaillon volé par Pucket sous l'absence de nez de Baya. Celle-ci émit une sorte de toux dédaigneuse.

« Tu me réveilles pour si peu, grogna-t-elle. Tu n'as donc aucun respect pour le repos d'une pauvre vieille...

— Épargne-moi ton boniment, sorcière. Si ça ne t'intéresse pas, dis-le. Mais Haggis sera déçu.

— Ce brave et généreux Haggis, minauda alors Baya. Tu lui présenteras mes respects. Montre-moi mieux son présent, veux-tu ? » Morrow approcha le médaillon du visage de son interlocutrice. « Ce n'est pas si mal, après tout, dit-elle. Pour ta peine, je veux bien t'en donner dix sols.

— Autant me cracher à la figure ! Ça sera moins insultant.

— Modère ton arrogance. Les temps sont durs... Personne ne vient plus acheter quoi que ce soit à la pauvre Baya...

— Ton numéro m'aurait arraché une larme si j'étais encore aussi tendre que ceux-là (d'un geste, il désigna Jed et ses amis). Mais j'appartiens à la Maison du Maître depuis trop longtemps pour m'y laisser prendre. Tu ne t'en tireras pas à moins d'une livre en bon argent !

— Ah ! Sors donc ton couteau et arrache-moi le cœur, je saignerai moins !

— Ne me tente pas...

— Un quart, et c'est trop bien payé.

— Une demie, et je parviendrai à convaincre Haggis de ne pas s'échauffer.

— Tu n'as donc pas de pitié...

— C'est une faiblesse trop dangereuse. »

Baya poussa un gémissement plaintif. Tous ses haillons frémirent, puis elle capitula :

« Une demi-livre contre le bijou, c'est toi qui l'emportes, crapule ! Le Maître t'a bien formé, et je me fais trop vieille. »

Une pièce frappée au profil d'un monarque oublié jaillit d'entre les couches de hardes, là où devait se trouver la main de Baya. Aussi promptement, elle fit disparaître le médaillon dans les replis de son habit. Morrow empocha la pièce, parodia une révérence en guise de salut et tourna les talons. Jed remarqua qu'il avait le front trempé de sueur. Comme il ne faisait pas assez chaud pour transpirer, malgré la bonne volonté du soleil, il s'en étonna à voix haute, s'attirant cette réponse sibylline :

« Les combats les plus acharnés sont souvent les moins spectaculaires. Tu l'apprendras vite, si tu sais observer et tenir ta langue. Maintenant, allons fêter ma victoire comme il se doit ! »

*

L'ambiance était aux rires et à la bonne humeur dans le fond de la trouée où le Chêne Tortu plantait ses racines. L'arbre qui avait donné son nom au débit de boissons était toujours visible. Son tronc, poussé de travers, et ses plus basses branches servaient de support au plafond noir de suie, qu'illuminaient de loin en loin quelques bouquets de chandelles. Il fallait descendre une volée de marches pour atteindre le sol de terre battue d'une ancienne cave, puis jouer des coudes à travers l'assemblée des buveurs jusqu'à trouver une place libre dans le brouillard de fumée épaisse, échappée des fourneaux de mille pipes au moins, qui empuantissait l'atmosphère.

« Charmant endroit, ironisa Isiane. C'est là que tu passes tes journées ? »

Morrow lui jeta un regard noir.

« J'y viens me requinquer, dit-il. La bière est faite pour ça. »

Il adressa quelques gestes à l'une des filles de salle, et, une minute plus tard, une chope débordant de mousse crémeuse atterrissait devant lui, sur la table.

« Et nous ? demanda Pucket.

— Vous êtes trop jeunes... Apporte-leur un pichet de lait, ma belle ! »

La fille haussa les yeux au ciel.

« Trouve-leur donc une chèvre et débrouille-toi avec elle ! Si tu ne veux rien d'autre, donne tes trois sols pour la bière.

— Tu n'es pas bien aimable et plutôt dure en affaires. Mais je sais me montrer généreux. Tiens, voilà cinq sols, tu pourras en garder deux pour toi. »

Morrow avait parlé tout en fixant la fille avec intensité. Elle eut un court instant d'absence, comme si elle rêvassait. D'un coup, elle secoua la tête et cligna les paupières.

« Grand merci », lâcha-t-elle finalement avec un franc sourire.

Dès qu'elle se fut éloignée, Pucket exprima l'étonnement général :

« Mais tu ne lui as rien donné ! Pourquoi t'a-t-elle si chaleureusement remercié ?

— Parce qu'elle est persuadée d'avoir reçu ses cinq sols. Tu peux le lui demander, elle n'en démordra pas. Mais je n'ai aucun mérite de l'avoir grugée : cette gourde a l'esprit presque aussi enfumé que l'air autour de nous !

— Tandis que Baya t'a résisté, elle, dit Isiane. La vieille connaît tes tours.

— Elle n'est plus aussi coriace que par le passé. Jadis, Baya était réputée pour être l'égale de Haggis dans l'art subtil de la persuasion.

— Que s'est-il passé ? »

Morrow haussa les épaules.

« Le temps a passé, voilà tout. Avec l'âge, les talents dont certains d'entre nous sont dotés s'émoussent, comme la lame d'un couteau faute d'entretien. On raconte également que le Maître et la sorcière se sont affrontés sur scène, devant un public.

— Pourquoi ? » demanda Jed.

La référence au public et à la scène lui avait rappelé un autre terme employé par L'Anguille. Le faux aveugle avait fait allusion à la troupe de Haggis. Ce vocabulaire appartenait à une catégorie d'individus méprisés, à en croire les leçons de monsieur Torrence : les comédiens, qui faisaient profession de confondre le mensonge et la réalité, semant le trouble dans les esprits.

« Quand deux êtres doués du même talent se rencontrent, cela débouche le plus souvent sur un duel, surtout s'ils ont tous les deux atteint la perfection de leur art. Le vainqueur s'empare du talent du perdant. Haggis s'est montré généreux avec Baya, parce qu'il lui a laissé une partie de son pouvoir.

— S'il le lui avait pris entièrement, est-ce qu'elle serait...

— Morte ? Certainement. À quoi bon vivre privé de ce qu'on a de plus cher ? »

Un même raisonnement faisait son chemin sous les crânes des nouveaux aînés. Mais Isiane fut la plus rapide à conclure :

« Cela signifie que nous serons obligés de nous battre une fois que le Maître aura révélé nos talents ? »

Morrow acquiesça. Il avala une lampée de bière, puis déclara, la lèvre supérieure bordée d'une moustache de mousse :

« Ce n'est pas la peine de vous inquiéter pour ça aujourd'hui. Il faut d'abord achever votre initiation. Et même à ce moment-là, vous ne serez pas assez puissants pour attiser la convoitise.

— Mais une fois le moment venu, insista Jed, peut-on refuser le combat ?

— Bien sûr, fit Morrow, affichant un sourire carnassier. Tu es libre de choisir le moyen d'en finir avec la vie. Tu peux toujours laisser ton adversaire t'exécuter. Moi, je préfère prendre les devants ! »

Pareille philosophie éclairait d'un jour nouveau l'attitude agressive de l'aîné. Jed comprit qu'il vivait constamment dans la peur d'être défié par quelqu'un qui posséderait le même talent – mais lequel, au juste ?

Il posa la question, s'attirant cette réponse :

« Ce ne sont pas tes oignons, moucheron. Préoccupe-toi plutôt de découvrir qui tu es, ce que tu portes en toi de plus précieux, et arrange-toi pour le conserver le plus longtemps possible... »

Morrow allait continuer d'égrener ses conseils, quand il fut soudainement interrompu par une salve de jappements furieux.

Chacun, dans la cave, tourna la tête vers l'entrée du Chêne Tortu. Trois paires de Chiens du Guet, maîtres et molosses enchaînés, se tenaient en haut de l'escalier. Ils n'étaient pas seuls : Corey, piteux, les accompagnait.

« Ils sont là ! » fit Nunno, pointant l'index vers le fond de l'établissement.

Arès salua cette découverte par une nouvelle bordée d'abois.

Morrow se pencha sur Jed, l'air mauvais.

« Personne ne t'a vu, hein ? » lui souffla-t-il. Puis, s'adressant à l'ensemble de la tablée : « Tenez-vous prêts : à mon signal, levez-vous et courez derrière moi, aussi vite que vous le pourrez... Attention, c'est parti ! »

Chapitre 7
D'En-Bas jusqu'au plus haut

M algré le feu dans sa poitrine, Jed ne ralentissait pas l'allure. Il courait, plus vite que ses jambes l'avaient jamais porté, sans savoir ce qui l'effrayait le plus : être rattrapé par les Chiens du Guet lancés à ses trousses, ou se faire distancer par le trio de fuyards qui le précédait, et se perdre dans le réseau de caves et de tunnels percés sous l'immense cité.

Quand Morrow avait donné le signal de la fuite, Jed s'était redressé comme un diable jaillissant de sa boîte. Il avait emboîté le pas à l'aîné alors qu'éclatait un concert de protestations élevées par les clients du Chêne Tortu. Marins et dockers avaient fait de leur mieux pour entraver la progression des Chiens du Guet, mais les mâchoires d'Arès et ses congénères avaient dissuadé les plus téméraires de bloquer le passage. Toutefois, la diversion avait permis aux aînés de prendre suffisamment d'avance. Morrow avait soulevé un pan de la vieille voile rapiécée qui faisait office de tenture, déployée sur le mur du fond de l'établissement, révélant l'entrée d'un passage voûté. Ils s'y étaient tous engouffrés et avaient pris leurs jambes à leur cou.

Très vite, les grondements des molosses avaient résonné en écho sous la voûte de pierre humide. La poursuite infernale avait commencé. Plongé dans un univers de ténèbres à peine troublées par la lueur des lanternes allumées à chaque carrefour, Jed ne pouvait en effet s'empêcher de songer au Royaume d'En-Bas, tel que monsieur Torrence l'avait parfois évoqué : sombre, effrayant, peuplé de créatures grondantes et menaçantes, prêtes à déchirer les pauvres âmes errantes entre leurs griffes, leurs crocs...

Mais il n'était pas encore mort !

Il accéléra encore. La silhouette de Pucket lui apparaissait par intermittence, chaque fois que le grand garçon traversait un secteur éclairé. Isiane, plus légère et rapide, courait loin devant, avec Morrow. Jed les avait perdus de vue depuis plusieurs minutes déjà. Si Pucket se faisait à son tour avaler par l'obscurité à la prochaine bifurcation, Jed ne donnait pas cher de sa propre peau !

Les jappements redoublèrent dans son dos. Jed sentait presque l'haleine puante des bêtes excitées par la chasse et la perspective d'un copieux repas – lui-même.

C'est alors qu'il se rappela le contenu de ses poches. L'épice à l'odeur piquante allait peut-être l'aider à semer ses poursuivants. Les molosses étaient en effet obligés de marquer une brève pause à chaque croisement, pour flairer la piste des aînés. Avec un peu de chance, les billes rouges leur feraient perdre le sens de l'orientation. Jed attendit de voir Pucket obliquer soudain sur la gauche pour retourner ses poches à l'endroit où le boyau se divisait en trois sections formant une patte-d'oie. Puis il reprit sa course folle, priant pour que sa ruse opère, car en cas d'échec il n'avait pas d'autre plan.

Jed ne s'attarda pas pour vérifier. Il avait à présent un autre problème : une vingtaine de pas plus loin, le tunnel se fractionnait à nouveau, et Pucket n'était plus visible nulle part. Quelle direction avait-il empruntée ? Jed ne pouvait pas se permettre de perdre du temps à réfléchir à la question. S'en remettant au hasard, il opta pour le passage de droite et repartit de plus belle.

Au bout de quelques instants, Jed dut toutefois se rendre à l'évidence : il s'était trompé. Il n'y avait personne devant lui. Mais pas question de faire demi-tour pour se jeter dans la gueule des Chiens du Guet ! Encore moins d'appeler à l'aide...

Jed n'avait pas le choix. Il devait impérativement continuer d'avancer. Au moins, se consola-t-il, sa feinte semblait avoir porté ses fruits. Il ne percevait plus que de lointains échos d'éternuements et de gémissements, preuves de l'efficacité redoutable de l'épice. Ce n'était pas cependant une raison pour flâner. Nunno et ses comparses n'abandonneraient sûrement pas aussi facilement la partie. Jed devait mettre la plus grande distance possible entre eux et lui.

Le mieux serait encore de trouver la sortie de ce labyrinthe souterrain, songea-t-il. Mais nulle issue ne lui apparut miraculeusement. Au contraire, Jed avait l'impression de s'enfoncer davantage dans un monde d'où toute clarté, même la plus infime, était bannie.

Il progressa bientôt pas à pas, tâtonnant pour ne pas heurter un obstacle, tous les sens en alerte. L'obscurité l'enveloppait à la manière d'un épais manteau dont la capuche aurait été rabattue puis cousue devant sa figure.

Combien d'heures erra-t-il ainsi ? Jed aurait été incapable de le dire. Le temps semblait avoir été aboli dans cet inquiétant royaume de l'ombre.

Le silence, en revanche, n'y était pas aussi absolu que Jed l'avait d'abord cru. Peu à peu, il prit conscience des mille et un petits bruits parvenant à ses oreilles. Plic-ploc d'un goutte-à-goutte, craquètements d'insecte ou de brindilles remuées par une patte légère, friselis de feuillage caressé par un courant d'air...

Était-ce l'effet de son imagination, ou bien avait-il pénétré dans un territoire fourmillant de créatures habituées à la nuit perpétuelle ? Si tel était le cas, pourvu qu'elles n'aient rien de commun avec les monstres canins du Guet !

Pour se rassurer, Jed évoqua des images de minuscules rongeurs, comme ceux qui peuplaient le jardin de Haggis, tous plus craintifs et inoffensifs les uns que les autres. Sa présence devait les effrayer, parvint-il à se convaincre.

Malgré tout, l'angoisse pointait sous le fragile vernis de certitudes. Ce dernier se craquelait davantage à mesure que les sons d'origine inconnue se multipliaient. Comme si un nombre sans cesse croissant de créatures s'approchaient furtivement pour accompagner Jed dans sa pérégrination à l'aveuglette.

Et puis, il y avait cette odeur ! Tout à ses pensées de rongeur, Jed n'y avait pas pris garde. Mais il ne pouvait ignorer plus longtemps le relent de pourriture qui flottait dans l'air. Le remugle nauséabond rappelait celui des ordures distribuées pour pitance aux cochons de Haggis, quand elles étaient restées toute la journée au soleil. Jed sentit la nausée lui remuer les entrailles. La puanteur atteignit bientôt un tel niveau qu'elle l'obligea à se pincer le nez et respirer par la bouche. C'était aussi désagréable que de mâchonner un vieux torchon sale.

Luttant contre l'envie de rendre son petit déjeuner, Jed s'efforça de ne pas se laisser gagner par la panique. Une lueur vague, oscillant quelque part devant lui, le rasséréna un peu. Cela n'avait rien à voir avec la chaude clarté orangée d'une lanterne, mais c'était au moins un point de repère évident pour le voyageur égaré. Jed focalisa toute son attention sur l'espèce de halo bleuté, pareil à un clair de lune miniature. Chose curieuse, celui-ci semblait s'éloigner à mesure que le garçon s'en approchait. Troublé, Jed allongea le pas.

Bientôt, il put distinguer la silhouette d'un homme – ou d'une femme, impossible de faire la différence – qui marchait à grandes enjambées, dans la même direction que lui. Au bout de son bras tendu, une sorte de lumignon pendait. La lumière spectrale émanait d'une flammèche brûlant à l'intérieur d'un globe de verre. Jed n'avait jamais entendu parler d'un feu de cette couleur maladive. Prudent, il s'éclaircit la voix pour attirer l'attention du marcheur.

Ce dernier s'immobilisa. Il resta un instant figé sur place, comme statufié, puis il se retourna lentement, geste après geste. En découvrant son visage, Jed ne put retenir une exclamation de surprise.

« Vous ! Mais c'est impossible ! Vous êtes... Vous êtes... »

Il ne parvenait pas à prononcer le mot. Son idée même dépassait l'entendement. Jed ne comprenait pas ce qui lui arrivait. Rêvait-il à nouveau ? Il semblait bien que non. Mais comment savoir ?

« Mort, oui, souffla L'Anguille d'une voix qui était encore un râle d'agonie. Je suis en route vers l'En-Bas », ajouta-t-il sur le ton de la confidence.

Peu à peu, une expression d'intense perplexité déforma ses traits coulés dans une cire blême.

« Mais toi, dit-il, tu n'as rien à faire ici. Ce n'est pas encore ta place. Tu ne peux pas rester là. »

Jed rassembla le peu qu'il lui restait de courage pour avouer :

« Je me suis perdu dans les caves en m'enfuyant...

— Dans les catacombes, corrigea le cadavre ambulant. Tu es sur le chemin qui conduit les trépassés vers leur demeure d'éternité.

— Le Royaume d'En-Bas se trouve sous Rédemption ? » s'étonna Jed.

L'Anguille secoua le menton de gauche à droite avec lenteur.

« Je suis encore au début du parcours, dit-il. J'ignore quand j'atteindrai ma destination. Cela n'a pas d'importance, car pour moi le temps ne compte plus. Mais pour toi, c'est différent. Tu dois faire demi-tour avant qu'il soit trop tard.

— Trop tard ? s'inquiéta le garçon.

— Si tu avances trop loin sur le chemin d'oubli, tes souvenirs vont s'éroder, les uns après les autres, et tu ne te rappelleras bientôt plus qui tu es. La mort est avant tout un désert de l'esprit.

— Je ne peux pas repartir, je risque de me perdre dans les ténèbres !

— Donne-moi ta main. »

Bien que peu rassuré, Jed obtempéra. L'Anguille déposa le globe de verre luminescent dans le creux de sa paume.

« Ceci éclairera ta route, dit-il.

— Merci... Mais ça vous appartient... »

Une ébauche de sourire étira les lèvres exsangues du cadavre.

« Cette vieille camarade m'a fidèlement servi pendant de nombreuses années. Je n'en ai désormais plus besoin.

— De quoi s'agit-il ?

— Certains l'appellent force vitale, d'autres plus simplement l'âme.

— Votre âme..., répéta sottement Jed, fasciné et effrayé tout à la fois.

— Oui. Prends-en soin. Elle brûlera tant que quelqu'un se souviendra de moi.

— Je vous le promets ! »

Une expression de contentement adoucit le faciès de L'Anguille. Il tourna les talons et se remit en marche. Jed le regarda disparaître sur le chemin d'oubli, le cœur serré.

« Elle ne s'éteindra pas, murmura-t-il. J'en fais le serment. »

Puis il pivota lui aussi, mais dans la direction opposée.

*

La lumière dégagée par le globe suffisait tout juste à éclairer le prochain pas franchi, mais Jed s'en satisfit. Elle lui permit de découvrir l'origine des bruissements repérés avant sa mystérieuse et incompréhensible rencontre avec L'Anguille. Le sol des catacombes était par endroits jonché de minuscules os, à demi tombés en poussière. Çà et là, la gueule ou la queue d'un rat émergeait du tunnel creusé dans cette strate macabre. Combien d'individus composaient la colonie installée sur ce territoire entre la vie et la mort ? Jed savait qu'en surface on estimait que les rats étaient plus nombreux que les habitants de Rédemption. Si on ajoutait ceux des souterrains, on parvenait sûrement à un nombre défiant l'imagination.

L'odeur épouvantable s'était quant à elle atténuée après le départ de L'Anguille. Le lent travail de sape de la mort débutait par le pourrissement des chairs, prélude à la décomposition du corps, ensuite réduit à l'état de squelette. Jed se demanda ce qu'il adviendrait physiquement de l'ex-faux aveugle. Sous quelle forme subsisterait-il dans l'En-Bas ? Une fois défait de son âme, de ses souvenirs puis de sa matière, à quoi ressemblerait-il ?

C'était là un ensemble de questions dont il n'était pas pressé de connaître les réponses. D'autant qu'il était arrivé à hauteur d'un premier embranchement. Tandis qu'il hésitait sur la direction à suivre, la flammèche se mit à brûler avec plus d'intensité à l'intérieur du globe. En l'observant mieux, Jed constata qu'elle se tordait vers la droite. Il choisit de lui faire confiance. En toute logique, la force vitale de L'Anguille devait être attirée par l'endroit qui l'avait vue naître et s'épanouir.

La même scène se reproduisit à chaque nouveau carrefour : la flammèche s'allongeait et oscillait pour indiquer la voie de la sortie – du moins Jed l'espérait-il !

Le décor changea autour de lui. La terre battue remplaça avantageusement le tapis d'os broyés. Les parois des boyaux se rapprochèrent, ainsi que la voûte de pierre humide. Jed traversa bientôt de véritables caves, où s'alignaient des rangées de fûts mis en perce. Enfin, au détour d'un couloir, il aperçut les premières marches d'un escalier en colimaçon. Étouffant une exclamation de joie, il se précipita à l'assaut de la volée tourbillonnante.

Après avoir avalé quatre à quatre plusieurs dizaines de marches, Jed avait le cœur près d'exploser dans sa poitrine. Ce fichu escalier n'en finirait donc jamais ? Continuant l'escalade sur un rythme moins effréné, il parvint au niveau d'un palier où se découpait une grande porte ferrée. Mais il eut beau actionner le loquet, rien n'y fit : la serrure était verrouillée. Jed n'avait d'autre choix que grimper toujours plus haut.

Ce qu'il fit, maudissant son infortune : entre toutes, il avait fallu qu'il tombe sur une issue condamnée ! L'ascension se poursuivit. Jed perdit le compte des marches. Il n'avait pas pris conscience, au cours de son errance, qu'il était descendu aussi profondément dans les entrailles du sous-sol.

Mais l'escalier n'était heureusement pas sans fin : il s'achevait sur une trappe munie de ferronneries, comme la porte croisée un peu plus tôt. Jed déposa le globe à ses pieds et poussa le battant de toutes les forces de ses deux mains libres. Le panneau de bois mobile accepta de s'ouvrir sans réticence ni même un grincement. Un courant d'air frais, chargé d'une forte odeur de mer, s'engouffra dans l'entrebâillement. Jed prit une profonde et voluptueuse inspiration. Que c'était bon !

Ragaillardi, il entreprit d'explorer la curieuse pièce carrée où il venait de prendre pied. Chaque côté était percé d'une série d'étroites fenêtres, dont certaines étaient restées ouvertes, ce qui expliquait le courant d'air. Du dehors, on apercevait seulement des bandes verticales de ciel étoilé. Une demi-lune blanche baignait les lieux d'une clarté laiteuse. Ainsi, constata Jed, la nuit était tombée sur Rédemption.

Il n'alla pas plus loin dans ses réflexions, car il venait de découvrir l'objet le plus intéressant de ce drôle d'endroit perché au-dessus des toits. Vissé à un trépied, l'instrument se présentait sous la forme d'un cylindre cuivré, lui-même composé de trois segments de longueurs identiques mais de diamètres différents, qui s'emboîtaient les uns dans les autres.

Monsieur Torrence avait un jour dessiné au tableau un appareil du même genre, expliquant à ses élèves de quoi il s'agissait : une lunette d'observation, outil indispensable aux marins partis sillonner les océans lointains.

Jed n'imaginait pas que l'instrument d'optique pouvait atteindre la taille de celui qu'il avait sous les yeux. Même en étendant les bras, il ne parvenait pas à toucher ses deux extrémités dans le même temps. La lentille de verre poli fixée au plus impressionnant cylindre était presque aussi grosse que sa tête. Avec une telle lunette, on pouvait certainement projeter son regard à des distances considérables.

C'est alors que Jed comprit où il se trouvait. Un vertige faillit le faire chavirer. Il s'approcha d'une fenêtre ouverte et risqua un timide coup d'œil vers l'extérieur. Le panorama qui s'étendait à perte de vue lui parut un drapé de soierie incrustée de joyaux étincelants, comme un double du ciel piqueté d'étoiles, échoué sur la terre ferme.

La nuit, Rédemption s'illuminait tout entière, de ses plus hauts jusqu'à ses plus bas quartiers. Dans toute la ville, un seul édifice offrait le privilège d'un tel spectacle.

Jed avait rejoint le sommet de la Tour de la Découvrance !

Entre-temps...

Il leur avait fallu deux jours et deux nuits d'un labeur acharné pour récupérer les caisses et les ballots déposés sur le rivage, puis les acheminer à dos d'homme le long des chemins secrets tracés sur les plages de galets, au pied des falaises, jusqu'au repaire de leur grande et belle famille.

Durant tout ce temps, celle qui veillait sur eux n'avait pas quitté sa chambre. Elle récupérait de plus en plus difficilement. Alors qu'il lui aurait jadis suffi de quelques heures de sommeil pour recouvrer sa formidable énergie, elle avait aujourd'hui besoin de longues périodes de repos étirées sur près d'une semaine. Ainsi privés de sa vigilance et de ses talents, les membres de sa belle et grande famille se trouvaient livrés à eux-mêmes, à la merci de leurs ennemis. Ils étaient obligés de redoubler de prudence pour ne pas se faire surprendre. Vigies et sentinelles arpentaient la lande, prêtes à donner l'alerte au moindre signe de présence hostile. On tenait les armes et la poudre à disposition, juste pour le cas où...

Mais nul danger ne se profila à l'horizon des collines qui marquaient la frontière avec le territoire de Rédemption. Nul voyageur imprudent ne s'écarta des chemins serpentant dans le fond des vallons. À la fin du troisième jour, toutefois, une menue silhouette apparut au milieu des bruyères, avec elles confondue. Personne ne sonna l'alarme pour autant. Tous avaient reconnu l'émissaire envoyé en ville ouvrir grand ses yeux et ses oreilles. On le laissa accéder au cœur le plus sacré du repaire, là où se reposait leur mère à tous.

Celle-ci fut bientôt sur ses pieds, même s'il paraissait évident qu'elle n'était pas complètement rétablie. Mais qui aurait trouvé l'audace de lui conseiller davantage de repos ? Personne, en vérité !

Elle demanda qu'on lui apporte ses plus riches atours, son manteau le plus chaud, sa canne la plus solide – celle qui avait été taillée une éternité plus tôt dans le mât d'artimon* de sa toute première proie, une fine goélette* depuis lors engloutie et oubliée. Une fois apprêtée, elle annonça aux membres de sa grande et belle famille son intention de rendre visite à quelques citoyens de Rédemption. L'effroi et la stupeur les firent gémir, mais, une fois encore, ils n'osèrent s'opposer à sa volonté. Pas même lorsqu'elle précisa qu'elle irait solitaire, hormis celui qui lui avait servi d'émissaire, yeux et oreilles toujours grands ouverts. Elle leur dit de ne pas s'inquiéter, car l'heure n'était pas encore venue pour elle d'arpenter les chemins sombres et désolés qui conduisaient vers le Royaume d'En-Bas.

Et puis, enfin, elle prit la route et s'en alla d'un pas lourd mais serein, adoptant le train qui convenait le mieux à sa stature, avec en ligne de mire la crête des collines, derrière lesquelles Rédemption s'étendait dans toute sa démesure, impatiente, déjà, de sa venue.

Chapitre 8

CONVERSATION
AVEC LES MORTS

Depuis que Jed avait disparu, égaré dans le labyrinthe de souterrains creusés sous Rédemption, une ambiance morose régnait dans la Maison du Maître. Isiane et Pucket s'en voulaient d'avoir abandonné leur ami. Mais qu'auraient-ils pu faire ? Ils avaient collé Morrow au plus près, sans se douter que Jed se trouvait à la peine derrière eux. Ils ne s'étaient aperçus de son absence qu'au moment de déboucher à l'air libre, loin du port, après avoir semé leurs poursuivants. Ils avaient attendu en vain pendant quelques minutes, avant que Morrow décide qu'il était temps de rentrer car la nuit n'allait plus tarder à tomber.

Ce soir-là, Haggis les avait accueillis sans faire de commentaires. Morrow lui avait remis une partie de l'argent soutiré à la vieille Baya en échange du médaillon volé par Pucket. Puis chacun avait regagné sa chambre après un repas vite expédié.

L'arrestation de Corey par les Chiens du Guet n'avait rien arrangé. Surpris alors qu'il tentait de dérober sa bourse à un bourgeois sur le marché à la criée, le garçon avait tenté de négocier sa liberté en dénonçant ses amis. C'est du moins ce que le Maître leur apprit le lendemain matin, pendant le petit déjeuner.

« Je n'arrive pas à y croire, fit Pucket.

— C'est pourtant vrai, confirma Haggis. Je suis allé voir le capitaine du Guet, cette nuit. Il m'a tout raconté.

— Vous connaissez l'oncle de Nunno ? demanda Isiane.

— Disons que j'ai souvent à faire à lui dans le cadre de mes activités, ironisa le Maître. Quand il arrête un de mes élèves, par exemple.

— Pourquoi ne l'avez-vous pas convaincu de libérer Corey, puisque vous en avez le pouvoir ? »

La jeune fille avait conscience de franchir les limites de l'insolence en faisant pareille remarque. Mais Haggis ne se fâcha pas.

« Je n'use pas mon talent pour de telles broutilles, fit-il, dédaigneux. Et puis, je tiens à ce que la mésaventure serve de leçon à ce garçon. Après un séjour dans les geôles du Guet, il sera beaucoup moins disposé à trahir les siens. Bien sûr, cela ne le dispensera pas de recevoir la punition qu'il mérite dès son retour... Si jamais il revient un jour ! »

Pucket et Isiane échangèrent un regard inquiet.

« Vous pensez qu'il risque de mourir là-bas ? demanda Pucket.

— C'est une possibilité, avoua Haggis. Mais je songeais plutôt aux mauvaises rencontres qu'il y fera sans doute. La plupart des chefs de bande recrutent dans les prisons et les culs-de-basse-fosse. Les futurs coupe-jarrets et autres aigrefins sont formés derrière les barreaux de cette ville. La détention demeure la meilleure école du crime, surtout pour de jeunes esprits facilement influen-çables. »

Isiane se retint d'ajouter que le Maître savait de quoi il parlait, pour se comporter de la même façon avec les aînés.

Avant de quitter la Maison, elle porta un morceau de pain et un bol de lait à Edwyn. Toujours alité, ce dernier s'était muré dans une forteresse de mélanco-lie depuis la mort de son jumeau. Isiane dut le forcer à avaler quelques boulettes de mie trempée dans le lait. S'il continuait à se laisser ainsi aller, le pauvre ne tarderait plus à rejoindre Wyned sur le chemin du Royaume d'En-Bas...

« Il va bien », murmura Edwyn.

C'étaient les premiers mots qu'il prononçait depuis l'horrible épisode de l'ombre vorace, dans le passage couvert. Isiane ne fut pas certaine d'avoir correcte-ment entendu.

« Oui, dit-elle. Je suis sûre que Wyned n'a plus rien à craindre là où il se trouve. »

Edwyn fit la grimace et se mit à secouer le menton.

« Je te parle... de Jed, parvint-il à articuler. Il va bien.

— Jed ? Comment le sais-tu ?

— Mon frère... me parle... encore... là-dedans. »

Il indiqua son crâne d'un geste du doigt.

« Tu entends la voix de Wyned dans ta tête, traduisit Isiane. Comme lorsque vous échangiez les mêmes pensées, avant sa disparition ? »

Edwyn opina. Ses traits se crispèrent quand il fournit un effort pour continuer :

« Il est... En-Bas... avec L'Anguille... Jed était... là aussi... L'Anguille l'a... renvoyé.

— Mais où est-il passé, alors ? Est-ce que Wyned le sait ? »

Cette fois, Edwyn fit signe que non. Isiane ne savait quoi penser. Est-ce que le malade délirait ? Ou bien avait-il réellement eu des nouvelles de Jed par l'intermédiaire de son jumeau et d'un mendiant professionnel, tous les deux décédés ?

« Repose-toi, fit-elle. Et mange tout ce que tu peux. Il faut que tu te rétablisses, tu m'entends ? Je t'interdis de rejoindre Wyned avant que ton heure soit venue ! »

Elle espérait avoir mis dans son ordre toute la persuasion dont elle était capable, même si elle ne possédait pas le talent de Haggis ou même de Morrow en la matière.

Une fois les aînés dispersés dans les différents quartiers de la ville, Isiane prit Pucket à part pour lui rapporter les propos tenus par Edwyn. Comme la veille, ils disposaient de la matinée pour faucher quelque chose et le rapporter à Morrow. Par prudence, celui-ci avait convenu d'un autre lieu de rendez-vous que le Chêne Tortu, à bonne distance du port.

« Ainsi, Edwyn est en relation directe avec l'En-Bas, résuma Pucket. Tu crois que c'est son talent ? »

Isiane n'y avait pas songé, mais ça semblait plausible.

« Peut-être bien. Monsieur Torrence nous a expliqué qu'il faut parfois un choc violent pour forcer un talent à se manifester. Comme la mort d'un jumeau...

— Et pour Jed ? S'il se trouvait vraiment En-Bas, alors son talent consiste à pouvoir se balader à sa guise dans le Royaume des morts.

— Je ne sais pas. Ça me paraît plutôt bizarre. »

Pucket haussa ses larges épaules.

« Attendons de découvrir à quoi ressemblent nos propres talents pour en juger... D'ici là, je te rappelle qu'il nous faut chaparder si on veut se remplir la panse ce soir. Alors, au boulot ! »

*

Les cloches d'un carillon réveillèrent Jed en sursaut. Il ouvrit les yeux sur une aube radieuse. Une magnifique lumière ambrée se déversait à travers les hautes fenêtres disséminées autour de lui.

Il s'était endormi, recroquevillé contre la douce chaleur du globe où se consumait l'âme de L'Anguille, près de l'immense lunette d'observation. Il s'étira, soudain conscient de la faim qui lui tenaillait l'estomac – il n'avait rien avalé depuis le petit déjeuner de la veille.

Une clameur confuse s'élevait du pied de la Tour de la Découvrance. Le marché à la criée battait déjà son plein. Jed risqua un coup d'œil par une fenêtre entrouverte. Ce qu'il aperçut une centaine de coudées plus bas lui glaça le sang : un vieillard voûté était en train d'enfoncer une énorme clé dans la serrure de la porte, sous la surveillance de deux solides gaillards armés de gourdins. Jed comprit qu'il n'aurait pas le temps de dévaler le grand escalier pour se réfugier dans les sous-sols – il n'en avait pas vraiment envie non plus, pas après l'expérience de la veille.

Il était pris au piège, coincé dans cette nasse sans issue au sommet de la Tour de la Découvrance.

Une fois le vieillard entré dans le bâtiment, l'un des gardes referma la porte et se positionna sur le perron. L'autre avait accompagné l'ancêtre à l'intérieur. Jed se mit à la recherche d'une cachette, mais n'en trouva aucune. Il n'allait quand même pas jouer les acrobates, suspendu à la façade de l'édifice, au risque de se rompre le cou au moindre faux pas !

Résigné, il patienta à côté de la trappe, réfléchissant à ce qu'il pourrait bien raconter pour tenter de justifier sa présence. Le vieux mit un temps fou à grimper les marches de l'escalier en colimaçon. Chaque minute écoulée accroissait la tension du garçon. Il vit enfin le battant se soulever et en éprouva un certain soulagement.

« Grand merci de m'avoir accompagné, jeune homme, vous pouvez rejoindre votre collègue, à présent... »

Jed crut que le vieillard lui avait adressé la parole. Il comprit sa méprise en entendant le garde répliquer :

« Je vous apporterai votre repas à midi. »

Puis il s'en alla. Le vieil homme acheva de rabattre le panneau de la trappe avec un grognement d'effort. C'est alors qu'il découvrit le prisonnier de la Tour.

« Bonjour », lâcha Jed d'une voix enrouée par l'émotion.

Il s'attendait que le nouveau venu appelle à l'aide. Mais il n'en fit rien.

« Aide-moi à refermer cette fichue trappe, dit-il. Elle pèse beaucoup trop lourd pour mes vieux bras. »

Surpris par son attitude, Jed obtempéra volontiers. Lorsque le battant eut retrouvé sa position d'origine, le vieillard reprit :

« Je suppose que tu n'es pas un employé de la Compagnie. On m'aurait averti si un apprenti avait été embauché. Les Directeurs sont bien trop pingres pour cela ! Malgré leur fortune, ils refusent ce qu'ils considèrent comme une dépense inutile. Résultat, le pauvre Rorrick doit accomplir seul des prouesses, chaque nouveau jour que les Anciens lui prêtent vie !

— Euh, qui est Rorrick ? demanda Jed, décontenancé par un pareil discours.

— Tu ne m'as pas l'air très dégourdi ! À se demander comment tu t'y es pris pour arriver jusque-là... Je suis Rorrick, nigaud ! Et toi, me feras-tu l'honneur de dévoiler ton identité ?

— Je m'appelle Jed. C'est le nom que m'a donné le Maître des Innocents.

— Voyez-vous ça ! Un élève de ce vieux cabot reconverti dans la filouterie... Je ne crois pas qu'on ait jamais autant gâché un authentique talent de toute l'histoire de Rédemption. Enfin, c'est lui que ça regarde, après tout. Maintenant, vas-tu me dire ce que tu fais ici, Jed ? »

Il y avait dans la voix de Rorrick davantage de curiosité que de menaces. Jed entreprit donc de lui narrer ses mésaventures depuis qu'il avait mis le pied hors de la Maison du Maître. À aucun moment, le vieillard ne manifesta une quelconque incrédulité, pas même lorsqu'il fut question du bref séjour sur le chemin d'oubli qui conduit au Royaume d'En-Bas.

« Tu es sorti de la Maison de Haggis depuis deux jours seulement, et tu as déjà accompli de véritables exploits, commenta finalement Rorrick. C'est le signe d'un destin d'exception. »

Jed n'eut pas l'impression qu'il se moquait. Son ventre émit soudain une salve de borborygmes et il rougit de confusion.

« Mais on ne peut rien accomplir de grand l'estomac vide », ajouta Rorrick.

Il fouilla dans la poche de sa pèlerine et en retira une boule de pain noir.

« Tiens, mords là-dedans et calme ta faim. À mon âge, on peut se passer de petit déjeuner, mais certainement pas au tien ! »

Jed accepta volontiers l'offrande. Il remercia Rorrick et se mit à dévorer à belles dents. Pendant ce temps, le vieillard sortit une étonnante paire de bésicles de son autre poche, ainsi qu'un mouchoir immaculé. Il entreprit de nettoyer les verres en forme de culs de bouteille de ses lunettes de vue, puis les chaussa sur le bout rabougri de son nez. L'effet grossissant dilatait ses pupilles couleur de la mer à l'extrême. Jed pouvait distinguer jusqu'au plus infime détail des iris assombris, au centre des yeux du vieillard. Il devait avoir l'air étonné, car Rorrick expliqua :

« Je dois prendre soin de mon regard, puisque c'est mon gagne-pain. Les Anciens m'ont fait don d'un corps débile, que le passage des années plie et diminue à sa guise. En compensation, ils m'ont octroyé une vue perçante. J'ai longtemps été vigie embarquée à bord de nombreux vaisseaux, puis les Directeurs m'ont nommé Maître Découvreur après avoir été informés de mon talent. C'est moi qui ai conçu cette lunette, ajouta-t-il avec une pointe de fierté en désignant l'instrument d'optique.

« Elle est magnifique », dit Jed, sincère.

Rorrick parut apprécier le compliment.

« Grâce à elle, je suis le premier averti du retour d'un navire, sitôt que la pointe de ses gréements émerge à l'horizon. Je repère alors le pavillon hissé à ses couleurs par le capitaine, et je préviens les gens du port afin qu'ils organisent la réception des marchandises comme il se doit. La Compagnie gagne ainsi un temps précieux et la rade n'est pas encombrée de bâtiments en attente d'accoster. Les bénéfices des Directeurs s'en accroissent d'autant.

— Vous prévenez aussi en cas de naufrage, fit remarquer Jed. Comme hier... »

Le Maître Découvreur se rembrunit à cette évocation.

« Sans doute l'aspect le moins plaisant de mon métier, avoua-t-il. Heureusement, il n'y a pas eu de victimes dans le naufrage du *Pélican*. Mais la perte de sa cargaison porte un sérieux préjudice à la Compagnie, et plus encore à l'équipage.

— Pourquoi ?

— Parce que le capitaine sera jugé responsable de la catastrophe sur ses propres deniers. Or je doute qu'il ait les moyens de rembourser la valeur estimée des marchandises. Il sera certainement ruiné et ses hommes ne verront pas le premier sou de la solde promise le jour du départ. S'ils ne trouvent pas à rembarquer dans les meilleurs délais, ils iront grossir les rangs des miséreux du Quartier Gueux.

— Avec tous les bateaux qu'il y a dans le port, ils trouveront facilement.

— Détrompe-toi. La plupart des capitaines ne voudront pas les accepter à leur bord. Par superstition. Parce que ces matelots-là sont marqués par la guigne.

— C'est stupide ! se récria Jed, outré par tant d'injustice.

— Peut-être... Peut-être pas. Ils ont déjà attiré sur eux l'attention de la Matrone des Naufrageurs. À présent qu'elle les connaît, elle ne les oubliera pas de sitôt. »

Monsieur Torrence n'avait jamais fait allusion à cette déesse du panthéon maritime dans ses leçons. Jed s'ouvrit de son ignorance au Maître Découvreur.

« Ce n'est pas une idole comme celles que les marins adorent et à qui ils réclament protection avant un long voyage, indiqua Rorrick. La Matrone des Naufrageurs existe bel et bien, en chair et en os.

— À quoi ressemble-t-elle ? Vous l'avez déjà rencontrée ? »

Rorrick adopta une expression horrifiée.

« Les Anciens me préservent d'un pareil honneur ! s'écria-t-il. On dit que quiconque croise la route de la Matrone est aussitôt pris dans ses filets et que seule la mort peut l'en délivrer.

— Ses filets ?

— C'est une image, mais fondée sur la réalité : comment crois-tu qu'elle parvienne à attirer à la côte les vaisseaux convoités ? »

Jed n'en avait pas la moindre idée.

« Son esprit est le plus dangereux des filets, voilà la vérité, lui apprit Rorrick. C'est dans les mailles de sa volonté qu'elle prend les navires au piège. Et aucun capitaine, même le plus vaillant, ne peut lui opposer la moindre résistance.

— Pourquoi agit-elle de la sorte ? Est-ce qu'elle est une pirate ?

— C'est sa manière de procurer leur pitance à tous ses protégés : les Réprouvés de Rédemption. »

Jed s'étonna de ce que la cité pût produire son lot de parias. Il pensait que le Quartier Gueux accueillait justement la lie de la société. Il y avait donc pire encore ?

« Au contraire de la grandeur, il n'existe aucune limite dans l'expression de la bassesse, pontifia Rorrick. Les Réprouvés sont ceux qui n'ont pas trouvé leur place, dans aucune des corporations de la ville, même les moins recommandables. Ils ont été chassés de Rédemption, avec interdiction d'y remettre les pieds, sous peine d'y être publiquement exécutés... Après avoir subi la question. »

À l'évocation de la torture légalement pratiquée par les autorités, Jed eut la chair de poule. Quand il avait instruit les cadets des us et coutumes du Conseil présidé par le bourgmestre, monsieur Torrence n'avait pas négligé cet aspect des choses. L'œil du professeur s'était même allumé à l'énoncé des terribles supplices infligés par le bourreau municipal.

« La Matrone recueille celles et ceux qui acceptent de se soumettre à son autorité, dit encore Rorrick. Ils deviennent alors Naufrageurs, des flibustiers de la côte, une véritable plaie pour les Directeurs.

— N'ont-ils pas les moyens de s'en débarrasser ?

— Ce n'est pas qu'une affaire de moyens. Personne ne sait où se cachent les Naufrageurs. À plusieurs reprises, la Compagnie a envoyé des troupes à leur recherche, avec mission de les capturer ou de les exterminer. »

Rorrick marqua une pause, pour ménager un effet de suspens.

« Et alors ? demanda Jed. Que s'est-il passé ?

— Bien malin qui le saurait ! Aucun soldat n'est jamais revenu pour en témoigner. »

Chapitre 9
Au Pied du Mur

L e douzième coup de midi achevait tout juste de sonner à l'horloge du beffroi le plus proche.

« Je meurs de faim, se plaignit Pucket. Je ne pourrai pas attendre jusqu'à ce soir pour me remplir la panse...

— Tais-toi, l'interrompit Isiane. Voilà Morrow. »

Le grand aîné venait d'apparaître au détour d'une ruelle. Il allait crânement, distribuant à la ronde des regards provocateurs, comme s'il mettait chacun et chacune au défi. La raison de cette attitude devint évidente au moment où il se planta devant Pucket, lui soufflant au visage son haleine lourde de malt.

« Pouah ! fit le grand garçon. Tu empestes la bière.

— Y trouverais-tu à redire ? »

La question s'accompagna d'une bourrade dans les côtes. Pucket encaissa le coup sans broncher.

« Non, lâcha-t-il, mâchoire crispée.

— À la bonne heure... Fais voir ta prise du matin. »

Morrow tendit la main, paume ouverte. Pucket y déposa la montre pêchée un peu plus tôt au fond d'une poche de gilet.

« Hé, on dirait que le métier commence à rentrer ! s'enthousiasma le tuteur. À ton tour, ma jolie. Et je te préviens : pas de jouet, cette fois ! »

Isiane lui remit une épingle à chapeau en argent, incrustée d'une perle. Elle ressentait encore la brûlure du remords éprouvé quand la demoiselle à qui elle l'avait dérobée s'était effondrée en sanglots au milieu de la rue.

« C'est mieux, commenta Morrow. Tu es peut-être bonne à quelque chose, finalement. »

La colère éclipsa tout autre sentiment dans l'esprit de la jeune fille.

« Si j'étais un garçon, je te le prouverais avec mes poings ! » s'enflamma-t-elle.

Le ricanement du tuteur lui fit davantage d'effet qu'une gifle.

« Allons nous désaltérer, fit-il. Je meurs de soif.

— Qu'es-tu censé nous apprendre, au juste ? ne put s'empêcher de demander Isiane. À acquérir le don de persuasion ou à nous comporter comme de vulgaires soûlards ? »

Une étincelle de rage embrasa le regard de Morrow.

« Je pourrais te forcer à te comporter de manière répugnante rien qu'en employant les mots et le ton qui conviennent, menaça-t-il. Tâche de ne pas l'oublier et avise-toi de me montrer plus de respect à l'avenir. »

Pucket estima qu'il était opportun de détourner la conversation vers un sujet moins sensible :

« Si on allait trouver Baya ? proposa-t-il. Je suis curieux de savoir combien elle nous donnera pour le butin du jour.

— Non, fit Morrow. Hier, je vous ai montré de quelle façon un bon apprenti du Maître devait s'y prendre pour marchander. Aujourd'hui, c'est à votre tour de mener la négociation. Bien entendu, vous n'allez pas affronter une experte du niveau de Baya. Je vous ai choisi un amateur en la matière.

— Mais nous n'avons jamais été formés à l'art de la persuasion, protesta Isiane.

— Parce qu'il ne s'enseigne pas comme le calcul ou l'écriture. Il ne suffit pas de s'asseoir devant le tableau de monsieur Torrence et de se montrer attentif. On doit d'abord longuement s'imprégner du pouvoir du Maître. Pourquoi crois-tu que Haggis tient les cadets cloîtrés dans sa Maison pendant toutes ces années ?

— Tu veux dire que le talent du Maître est dans l'air qu'on respire dans sa demeure ?

— Plutôt dans son décor, dans les objets qui lui sont familiers, comme les masques avec lesquels il montait sur scène, jadis.

— C'est pour ça qu'il nous a obligés à en porter un, le jour de la révélation du Premier Secret ? demanda Pucket.

— Pour augmenter vos chances de survie, précisa Morrow. Sans le savoir, vous avez réussi à persuader certains prédateurs de vous épargner. Bon, assez bavassé, votre client vous attend au Pied du Mur.

— Où ça ? s'étonna Isiane.

— Tu comprendras quand tu y seras. »

*

Un peu avant midi, Rorrick le Maître Découvreur décolla son œil de la lunette d'observation et se tourna vers Jed.

« Le garde ne va plus tarder à m'apporter de quoi manger, dit-il. S'il te découvre ici, il te fera passer un sale quart d'heure.

— Je ne demande pas mieux que disparaître, mais comment faire ? »

Rorrick eut un sourire qui dévoila les dernières dents encore accrochées à ses gencives – pas très nombreuses et couleur charbon. Du talon, il tapota la planche sous ses pieds. Un son vibra longuement dans l'air. C'était creux là-dessous.

« Aide-moi à soulever ça, veux-tu ? » demanda le vieillard.

Plutôt deux fois qu'une ! Jed prêta main-forte pour déboîter la planche et la déposer sur le côté. Un grand trou noir s'ouvrait sous la petite pièce carrée.

« Qu'est-ce qu'il y a là-dedans ? interrogea Jed, méfiant.

— Tu as entendu la sirène d'alerte au naufrage, hier ? »

Jed se rappelait le sinistre beuglement qui avait figé les badauds du port. Il acquiesça.

« Le tuyau d'orgue et le soufflet qui lui sert de poumon sont logés dans la partie centrale de la Tour, expliqua Rorrick.

— Elle est donc creuse ?

— Oui. Une échelle permet d'accéder au niveau le plus bas, jusqu'au réduit où sont rangés les outils d'entretien du mécanisme. Tu y trouveras une petite fenêtre ouvrant sur l'arrière de la Tour, côté ville. Tu es assez fluet pour te faufiler entre ses barreaux, je crois. Fais bien attention : il faut sauter d'une hauteur d'un étage à peu près. Tu en seras capable ? »

Comme s'il avait le choix ! Jed fit signe que oui. Rorrick enveloppa avec précaution le globe de verre, cadeau de L'Anguille, dans son mouchoir, avant que le garçon l'empoche.

Jed se coula ensuite dans la brèche du plancher.

« Merci de ne pas m'avoir dénoncé, dit-il, les semelles calées sur le premier barreau de l'échelle.

— À la vérité, souffla Rorrick, j'ai été tenté de le faire... Jusqu'à ce que tu me racontes ton histoire. J'ai alors compris que tu n'étais pas une personne ordinaire, mon garçon. »

Jed aurait souhaité lui demander des précisions, mais des pas résonnèrent dans l'escalier. Rorrick se pencha pour repousser la planche dans son logement. Jed s'enfonça alors dans l'obscurité. En levant la tête, il n'apercevait plus qu'un interstice de lumière dorée. Le Maître Découvreur en approcha les lèvres pour souffler :

« Viens me trouver chez moi dès que possible, nous pourrons continuer cette conversation. J'habite rue de la Fosse-aux-Loups. »

Ayant donné son adresse, Rorrick acheva de remettre la planche en place. Suspendu dans le vide aux barreaux de l'échelle, enveloppé de ténèbres, Jed frissonna. S'il venait à chuter et se rompre le cou, qui s'en soucierait ?

Mieux valait ne pas y penser.

Il entreprit la longue et fastidieuse descente, à gestes mesurés, s'arrangeant pour ne jamais relâcher sa prise à deux mains sur les arceaux de fer scellés dans la maçonnerie. Peu à peu, il prit conscience du grommellement sourd qui emplissait l'espace autour de lui. C'était comme le ronflement lointain de quelque bête immense, une vibration autant qu'un son : la voix de la Tour, échappée du tuyau démesuré qui lui faisait office de corde vocale. Jed se fit l'impression d'un parasite infiltré dans la gorge d'un géant endormi. Pourvu que celui-ci ne se réveille pas en sursaut...

Au bout de ce qui lui parut une éternité, Jed toucha enfin le sol sous ses pieds. Il se frictionna les bras et les poignets, douloureux après l'effort fourni. Puis il se mit en quête de l'accès au réduit signalé par Rorrick. À force de tâtonnements, il finit par découvrir une petite porte découpée dans le mur de brique. Il lui suffit de relever le loquet pour franchir l'obstacle et pénétrer dans une sorte de remise encombrée de matériel. Une minuscule fenêtre arrondie laissait filtrer un rayon de soleil. Une nuée de poussière tourbillonnait dans le faisceau couleur miel.

Jed dut se hisser sur une caisse pour atteindre l'ouverture. Deux barres de fer horizontales en condamnaient le passage. L'espace laissé libre entre elles n'était pas bien large. Jed tenta d'y glisser le crâne. Ça passait tout juste. Le métal frotta et lui griffa le cuir chevelu. Il allait s'arracher la peau en insistant pour passer le reste du corps ! Et s'il finissait coincé entre les mâchoires de cet étau, les gardes n'auraient plus qu'à le cueillir en le tirant par les pieds.

Désespéré, il s'assit sur la caisse pour réfléchir. C'est alors qu'il avisa le tas de chiffons sales abandonnés dans un coin. Les employés de la Compagnie devaient veiller à l'entretien du grand tuyau d'orgue, pour éviter qu'il ne soit attaqué par la rouille. En conséquence de quoi, ils devaient conserver ici même une réserve de graisse suffisante. Jed se mit à fouiller le bric-à-brac, s'efforçant à la discrétion. Il dégotta finalement un fond de suif dans une boîte étanche. Cela ferait son affaire.

Le garçon se déshabilla et s'enduisit tout entier de la matière grasse à l'odeur peu ragoûtante. Puis il confectionna un baluchon avec ses vêtements, protégeant de son mieux le globe de L'Anguille. Il fut obligé de sacrifier sa chemise pour en faire des lambeaux, qu'il noua entre eux afin d'obtenir une longueur de corde acceptable. À une extrémité, il attacha le ballot de tissu et son précieux contenu. L'autre bout fut accroché solidement à l'un des barreaux de la fenêtre ronde. Jed était paré pour l'évasion.

Il s'assura que personne ne traînait au pied de la Tour, six coudées plus bas, avant d'expédier le baluchon sur le pavé. Puis, bloquant sa respiration pour rentrer le ventre au maximum, il joua les contorsionnistes visqueux entre les barreaux. Son plan fonctionna au-delà de ses espérances. Soudain aspiré à l'air libre, il évita la chute en se rattrapant *in extremis* au cordage improvisé grâce à sa chemise. Il n'eut plus ensuite qu'à se laisser glisser au niveau de la rue.

Jed en fut quitte pour quelques éraflures et une belle frayeur. Il se dépêcha de renfiler son pantalon et sa vareuse, avant de détaler. Il n'avait pas de destination précise en tête, mais il souhaitait mettre le plus de distance possible entre la Tour de la Découvrance et lui.

*

Le Mur s'élevait jusqu'à une hauteur vertigineuse. Du moins Isiane en eut-elle l'impression en se dévissant le cou pour tenter d'apercevoir le sommet. La base était constituée d'énormes blocs de pierre rouge, emboîtés les uns dans les autres sans trace de mortier. Puis la brique et l'acier prolongeaient l'édifice. Les poutrelles métalliques formaient des figures géométriques qui rappelaient les colombages de certaines demeures bourgeoises. Aucune issue n'était visible nulle part, pas même la plus étroite meurtrière. Mais de modestes constructions étaient venues se coller à l'impressionnante muraille, telle une colonie de bernacles sur la coque d'un navire. L'une d'elles abritait une taverne, à l'enseigne évidente du Pied du Mur. Avant d'y entrer, Isiane tint à satisfaire sa curiosité :

« Qu'est-ce qu'il y a de l'autre côté ?

— La propriété des Directeurs, répondit Morrow.

— Les patrons de la Compagnie vivent dans cette forteresse au cœur de la ville ?

— Je viens de te le dire... », s'impatienta le tuteur.

Il agrippa la jeune fille par la manche et l'entraîna à l'intérieur de l'établissement. L'ambiance y était fort différente de celle du Chêne Tortu. Nul rire ne résonnait ici, aucun chant joyeux ne franchissait les lèvres des clients.

Ceux-ci étaient d'ailleurs peu nombreux. Tous observèrent les nouveaux venus sans chercher à dissimuler leur curiosité. Morrow se dirigea vers le gros bonhomme barbu attablé seul dans le fond, occupé à engouffrer une platée de fèves au lard dont le fumet fit monter la salive à la bouche des aînés.

« Voici Borguigne, le présenta Morrow. Montrez-lui le plus grand respect. »

Ayant parlé, le tuteur déposa la montre et l'épingle à chapeau sur la table, puis il gagna le comptoir, où il commanda une pinte de bière brune.

Passé le premier moment de gêne, Isiane s'assit sur le banc face à Borguigne, qui n'avait pas cessé de bâfrer. Pucket en fit autant.

« Bien le bonjour », dit ce dernier après s'être éclairci la gorge.

Il s'efforçait de ne pas reluquer trop ostensiblement la nourriture. Borguigne suspendit sa cuillère en l'air quelques secondes, le temps de grogner un salut bourru. Il n'avait pas jeté le plus petit coup d'œil en direction des objets qui allaient être source de tractations.

« Bon appétit, fit Isiane, affichant un sourire éclatant.

— Ne me fais pas le coup du charme, fillette, tu es bien trop verte encore à mon goût », lui renvoya le glouton.

Il avait parlé la bouche pleine, et une bouillie de fèves à demi mâchées vint souiller les poils de sa barbe. Isiane réprima une grimace de dégoût. Morrow avait certainement choisi le gaillard en connaissance de cause. Elle tenta une autre approche :

« Vous savez ce que nous sommes, mais le contraire n'est pas vrai. Serait-il indiscret de vous demander quel est votre métier, maître Borguigne ? »

Elle espérait que l'emploi d'un titre flatteur adoucirait son interlocuteur. Elle en fut pour ses frais quand celui-ci répondit, étouffant un rot dans le même temps :

« J'officie en qualité de premier bourreau au service du bourgmestre et de ses conseillers, fillette. Es-tu satisfaite de l'apprendre ? »

S'il comptait la désarçonner, il dut à son tour déchanter.

« Si je ne me trompe, dit Isiane, c'est un emploi fort lucratif. Pourquoi y ajouter le commerce de bijoux volés ? Auriez-vous quelques dettes en souffrance, monsieur le premier bourreau ? »

Borguigne faillit s'étrangler et recracher une pleine bouchée de sa mixture.

« Ah, parole, drôlesse ! s'écria-t-il. Tu n'as pas ta langue dans ta poche... Ça me plaît bien ! Voyons un peu ce que tu m'apportes. »

Il reposa sa cuillère et repoussa son assiette devant Pucket, dont l'estomac se mit à gargouiller. L'avait-il fait exprès ? C'était plus que probable. Le grand garçon devait absolument résister à cette tentation tant que durerait le marchandage.

« Jolis bibelots, consentit Borguigne. Mais je possède déjà une montre, et je n'ai que faire d'une épingle de donzelle.

— Allons, l'encouragea Isiane, je suis sûre que dans votre situation, vous ne manquez pas de prétendantes à qui pareil présent ferait grand plaisir ! »

Pucket se retint de ne pas éclater de rire en imaginant le bourreau aux manières de pourceau courtisé par une dame. Il redevint sérieux quand Borguigne reprit :

« J'ai ma foi quelques douces amies, qu'il me plaît de gâter de toutes les manières possibles... Pour elles, je veux bien te proposer dix sols pour l'épingle, fillette.

— À moins d'un quart d'argent, ce serait faire injure à la réputation d'un galant homme !

— Hé, comme tu y vas ! À ce prix, j'emporte aussi la montre. Uniquement pour te plaire...

— Vous n'y pensez pas ! À elle seule, elle vaut bien ses dix livres !

— C'est là parole d'experte ? se moqua Borguigne.

— C'est là parole de femme de goût », rétorqua Isiane, bombant la poitrine pour tenter de mettre en avant des avantages dont la nature ne l'avait pas encore dotée.

Cela eut pour effet de déclencher l'hilarité du bourreau.

« Ah ça, pour sûr, ton Maître a mis la main sur une fameuse recrue ! lança-t-il à l'adresse de Morrow, qui observait l'échange depuis le perchoir d'un tabouret collé au comptoir.

— Laissez Haggis et mon tuteur en dehors de notre conversation, monsieur le bourreau, continua la jeune fille. Aujourd'hui, c'est moi qui mène la danse ! »

Et de fort belle façon, ne put s'empêcher de songer Pucket, sincèrement admiratif. Il se désolait de ne lui être d'aucune utilité, mais redoutait de tout faire capoter s'il ouvrait la bouche sur une parole hasardeuse.

« Une livre en bon argent pour le tout, proposa Borguigne. C'est fort bien payé, plus que je ne l'aurais souhaité, mais tu m'amuses, fillette. Et j'ai toujours considéré qu'il fallait encourager l'éclosion des jeunes talents.

— Trois livres, contra Isiane. C'est bien peu pour la joie que vous procurerez à l'une de vos amies. De plus, une seconde montre vous garantira de ne jamais rater l'heure d'une exécution.

— Tu ne sais donc pas reconnaître la victoire quand elle te sourit, fillette ? C'est entendu, va pour deux livres. Mais ne cherche pas à pousser trop loin ton avantage. N'oublie jamais que la défaite est la plus fidèle compagne du succès. On passe souvent du second à la première sans même s'en apercevoir. »

Isiane se le tint pour dit. Elle offrit sa paume au bourreau.

« C'est entendu pour deux livres, monsieur. »

L'énorme pogne de Borguigne se referma autour de la frêle menotte de l'aînée.

« Le jour où ton talent sera arrivé à maturité, dit-il, je souhaite de tout mon cœur ne pas en faire les frais ! »

Quand il retira sa main, deux pièces brillantes alourdissaient la paume de la jeune fille.

« Maintenant, laisse-moi finir mon déjeuner en paix. Je dois me consoler de m'être ainsi fait rouler par une simple apprentie ! »

Entre-temps...

*E*lle avait cheminé dans la compagnie de son familier depuis le lever du soleil. Perché sur l'une de ses massives épaules, l'animal avait savouré la douce caresse des rayons d'or tombés depuis les larges trouées ouvertes dans les longs nuages blancs. Il avait peu à peu fini par s'endormir, bercé par le rythme lent mais régulier des pas de su maîtresse.

Au milieu de la journée, elle avait atteint la ligne de crête des collines. Là, elle avait trouvé une souche confortable, à l'abri d'un rocher, et s'était assise un moment pour reposer ses jambes. D'une des innombrables poches de sa pèlerine, elle avait tiré une vieille pipe d'écume, et, d'une autre, sa blague à tabac. Patiemment, elle avait bourré le fourneau d'un capiteux mélange d'herbes séchées.

Puis elle avait réveillé son familier, afin qu'il allume le tout. L'animal s'était exécuté de bonne grâce, ravi de la satisfaire, comme il l'avait été de jouer pour elle les émissaires dans la grande cité. Elle l'avait ensuite laissé se rendormir et était demeurée un moment à fumer, pensive et aussi immobile que le roc qui la protégeait des regards indiscrets.

Durant le temps qu'elle avait passé perdue dans ses pensées, un nuage gris s'était formé à l'exacte verticale de la crête. Lorsqu'elle se remit enfin en mouvement, le nuage la suivit, poussé par un zéphyr levé tout exprès.

Elle avait quitté le territoire des genêts et de la bruyère, le royaume encore sauvage de la lande où elle était une reine, autant crainte qu'adorée par ses sujets : les membres de sa grande et belle famille.

À présent, la route descendait le flanc opposé de la colline, ondulant mollement au gré des sinuosités de son tracé. Une herbe verte et drue poussait dans les prés alentour. Ici et là, paissaient quelques troupeaux de moutons, dont la laine était destinée aux filatures de la cité.

Au loin, elle distinguait les colonnes de fumée grasse et noire, dégagées par les cheminées des fabriques qui annonçaient l'entrée sur le territoire de Rédemption, l'industrieuse.

Elle allongea le pas. Ce soir, elle dînerait dans une auberge des faubourgs. Puis, après une bonne nuit de sommeil entre des draps frais et repassés, elle ferait son entrée en ville, en début de matinée.

Elle ne serait pas seule. Outre son familier, l'orage avançait avec elle.

Chapitre 10
LE FEU DU CIEL

L a pluie se mit à tomber au début de la soirée – un crachin froid, agité par un vent soufflant de l'intérieur des terres. Transi, affamé, Jed descendait la rue de la Grande-Gueuserie d'un pas vif, déterminé à plaider sa cause auprès de Haggis. S'il avait découché la veille, au moins avait-il pour cela une excellente excuse : il était retenu prisonnier de la Tour de la Découvrance !

Pour amadouer le Maître, Jed avait d'abord songé à lui remettre le globe de verre contenant l'âme de L'Anguille, mais il s'était vite ravisé. Il ne voulait pas trahir la promesse faite au faux aveugle de veiller à entretenir l'ardeur de la flammèche. Alors, il avait dû se résoudre à commettre un larcin.

Il avait jeté son dévolu sur un colifichet exposé en devanture d'une échoppe, non loin de l'endroit où la vieille Baya tenait son étal de marchandises douteuses. Il avait attendu que le commerçant fût occupé avec un client, dans le fond de sa boutique, puis, aussi rapidement que possible, il s'était emparé du bracelet suspendu à un clou, près de l'entrée.

S'en était suivie une course-poursuite effrénée à travers les rues du quartier, car le geste du garçon n'était pas passé inaperçu. Heureusement pour lui, ceux qui s'étaient lancés à ses trousses avaient dû renoncer, à bout de souffle, après quelques minutes d'effort. De plus, eux n'étaient pas motivés par la peur et la faim !

Arrivé sur le seuil de la Maison du Maître, Jed tenta de se donner une contenance résolue. Il prit un air qu'il espérait refléter l'assurance qui pourtant lui manquait et frappa à la porte. L'imposte pratiquée dans l'un des masques sculptés s'ouvrit quelques instants plus tard.

« Te voilà, fit Haggis, nullement surpris en apparence. Que veux-tu ? »

Jed ne s'attendait pas à une pareille question.

« Je rentre à la Maison, dit-il. Je vous ai apporté ceci... »

Il tendit le bracelet au Maître. Celui-ci ne fit aucun geste pour s'en emparer.

« Je suppose que tu meurs de faim », dit-il.

Jed approuva d'un hochement du menton.

« Et que tu as hâte de retrouver ton lit », continua Haggis.

À nouveau, Jed acquiesça.

« En ce cas, persuade-moi de t'ouvrir ma porte. Mais trouve des arguments autrement plus convaincants qu'un bijou de pacotille. Énonce trois vérités, et tu pourras entrer. »

Jed se mit à cogiter. Ce n'était pas facile, dans son état. Et la pluie qui battait à présent ses épaules avec force ne l'aidait pas.

« Je suis désolé..., murmura-t-il.

— J'en conviens, le coupa Haggis. Et je t'accorde cette première évidence. Ensuite ? »

Ce point aisément remporté aiguillonna le garçon.

« Je risque de mourir si je passe une autre nuit dehors, énonça-t-il avec davantage de conviction.

— Il est même étonnant que tu aies survécu. J'estime cette deuxième vérité recevable. Enfin ? »

Le tonnerre choisit cet instant précis pour faire entendre sa voix. Le roulement de tambour dévala les collines, glissa par-dessus les toits avant d'éclater en écho de canonnade dans tout le Quartier Gueux, ébranlant les vitres des fenêtres. Le vent avait forci et soufflait maintenant en rafales capricieuses, qui sifflaient de colère. Un monstrueux nuage gonflé à l'encre noire avait éclipsé le croissant de lune apparu un peu plus tôt. Jed devait absolument se mettre à l'abri avant qu'il crève et déverse des trombes d'eau sur la ville.

« La tempête arrive et va bientôt se déchaîner ! » lança-t-il.

Les mots lui étaient venus d'un coup, sans qu'il eût eu besoin d'y réfléchir.

« Voilà qui ne peut être nié, fit Haggis en déverrouillant sa porte. Viens te protéger de l'orage. Mais ne te crois pas quitte d'une punition pour ton absence d'hier. Je t'avertirai de la sanction en temps utile. À présent, va rejoindre les aînés à table. »

*

Jed ne parvint pas à trouver le sommeil. Il était pourtant exténué, mais ses yeux refusaient obstinément de se fermer. Allongé sur son lit, il contemplait l'averse sur le jardin du Maître, à travers les carreaux de la fenêtre. Les ronflements de Pucket emplissaient la petite chambre, rivalisant avec les détonations du tonnerre et les craquements de la foudre. Le troisième lit, celui de Corey, était vide.

Les événements de la journée et de la veille tournaient en boucle dans l'esprit du garçon.

D'abord, sa rencontre avec Rorrick, le Maître Découvreur, et les paroles qu'il avait prononcées : « *J'ai compris que tu n'étais pas une personne ordinaire.* » Mais qui pouvait se targuer de l'être, dans une ville où les talents fleurissaient, aussi variés et éclatants que des jeunes pousses au printemps ?

Ensuite, son errance dans les sous-sols de Rédemption. Jed n'avait toujours pas la moindre idée de la façon dont il s'y était pris pour rejoindre le Royaume d'En-Bas – ou du moins, ses sinistres faubourgs. Était-ce lié à son talent ? Si oui, il ne se souvenait pas l'avoir mis à l'épreuve. Il était trop occupé à fuir les crocs des molosses du Guet pour cela !

Bien à l'abri sous son oreiller, le globe de L'Anguille diffusait la tiédeur de la force vitale dont la mort l'avait amputé. Jed n'y avait pas fait allusion devant les autres aînés. Il avait attendu que Pucket s'endorme avant de sortir l'objet de sa poche. Pourquoi tant de précautions ? À vrai dire, il ne savait pas trop.

De leur côté, ses amis l'avaient informé de leur passage au Pied du Mur. Isiane avait rougi en recevant les compliments du Maître pour sa performance avec Borguigne le bourreau. Il lui avait prédit un brillant avenir si elle persévérait dans cette voie. Morrow avait ostensiblement grimacé, sans doute jaloux, mais n'avait pas osé la rabrouer. Après tout, un peu de la gloire d'Isiane rejaillissait sur lui, en tant que son tuteur.

Avant d'ordonner le coucher des aînés, Haggis avait annoncé à la cantonade que Jed subirait sa punition dès le lendemain matin, à l'heure du petit déjeuner. Chaque élève se munirait d'une baguette de bois souple et lui assénerait un coup en travers du dos. Puis tous, Jed y compris, assisteraient à la leçon de monsieur Torrence, à laquelle seraient réservées les premières heures du jour.

La perspective du supplice était bien sûr pour beaucoup dans l'insomnie du garçon. Mais autre chose que l'appréhension tenait le sommeil éloigné. Une autre forme d'émotion, différente de la crainte.

Nerveux, Jed ne cessait de se tourner et se retourner entre les draps. Il ressentait une sorte d'impatience, d'excitation presque. Comme dans l'attente d'un grand événement.

Mais lequel ?

Tout ça n'avait guère de sens. C'étaient sans doute l'orage, le grondement permanent du tonnerre, le tir de mitraille de la pluie sur les vitres, le feu d'artifice des éclairs qui l'empêchaient de trouver le repos.

Quoi d'autre, sinon ?

*

Le sol se déroba sous ses pieds et sa chute l'entraîna vers des abysses de noirceur...

Mais une main secourable le happa au passage, suspendant son vol. Une voix souffla à son oreille : « *Bientôt nous nous rencontrerons, alors tiens-toi prêt.* »

Et Jed se réveilla, tout frissonnant de fièvre, le front empoissé par la sueur. Finalement, il avait réussi à trouver le sommeil. Pour visiter non pas le pays des songes heureux, mais celui du cauchemar qui revenait le hanter depuis sa tendre enfance. C'était pourtant la première fois qu'on arrêtait sa chute, après que la falaise se fut écroulée. Cela avait-il une signification particulière ?

Dehors, l'orage laissait toujours libre cours à sa fureur. Quelle heure pouvait-il bien être ? Aucun astre n'était visible dans le ciel. D'ailleurs, le ciel lui-même avait disparu derrière le nuage sombre qui pesait sur la ville comme un couvercle de fonte, près d'écraser sous lui les toits et les gens.

Jed se leva tant bien que mal et tituba jusqu'à la table de toilette. Il plongea les mains en coupe dans la cuvette emplie d'eau savonneuse et s'aspergea copieusement le visage. Cela ne suffit pas à atténuer la migraine qui le taraudait.

Le craquement de la foudre le fit sursauter. Un éclat de lumière vive illumina soudain la chambre. C'était tombé tout près, peut-être dans le jardin.

« Qu'est-ce que c'est ? » fit Pucket, réveillé en sursaut.

Jed vint se poster à la fenêtre. Il avait vu juste : un des arbres fruitiers du Maître était la proie des flammes, son tronc fendu en deux. La pluie qui se déversait en cataracte depuis le ventre noir des nuées n'y changea rien. Branches et feuillage se consumèrent en quelques instants.

La douleur enfla sous le crâne de Jed. Ses bras et ses jambes se mirent à trembler. Il dut s'appuyer au mur pour ne pas s'effondrer.

« Tu te sens bien ? demanda Pucket. Tu as l'air tout drôle... »

Jed aurait voulu lui répondre, mais il en fut incapable. Les mots se bousculaient dans son esprit avec la plus grande confusion. La foudre frappa de nouveau – déflagration brutale et embrasement du ciel ! – dehors et dans sa tête à la fois.

Un cri résonna dans le couloir :

« Le feu ! Il y a le feu dans la Maison du Maître ! »

Ce fut alors la débandade. Des portes claquèrent, on s'interpella de toutes parts. La voix de Haggis couvrit bientôt le tohu-bohu :

« DU CALME ! SORTEZ TOUS DE VOS CHAMBRES ET REGROUPEZ-VOUS DANS LE JARDIN. »

Pucket se rhabilla en hâte, puis il aida Jed à enfiler sa vareuse.

« Vite, dit-il, il ne faut pas traîner ici. Attends, je vais te soutenir, tu n'y arriveras jamais seul ! »

Il passa un bras autour des épaules de son ami. Jed tendit la main vers son oreiller.

« Là... dessous », balbutia-t-il.

Pucket trouva le globe et le considéra avec perplexité.

« Qu'est-ce que c'est ?

— Le cadeau... d'un ami... Donne-le-moi, veux-tu ? »

Jed glissa le globe au fond d'une poche. Puis il se laissa porter jusque dans l'escalier qui rejoignait le vestibule. Les aînés avaient commencé de se rassembler. Haggis, en robe de chambre, le cheveu en bataille, surveillait l'évacuation du haut de la mezzanine, tel le capitaine d'un navire observant son équipage depuis le gaillard d'arrière.

« JE VEUX QUE VOUS VOUS DIRIGIEZ TOUS VERS LE FOND DU JARDIN, ordonna-t-il d'une voix haute et claire. MORROW, SORS DONNER L'ALERTE ET RAMEUTER LE VOISINAGE. QUE CHACUN VIENNE ICI COMBATTRE L'INCENDIE. »

Morrow obéit aussitôt. Les autres élèves refluèrent vers l'accès au jardin. Jed et Pucket furent les derniers à traverser le vestibule. Respirer devenait difficile : une fumée âcre s'échappait de l'office et de la salle du réfectoire, envahissant peu à peu le rez-de-chaussée.

Haggis fermait la marche des aînés. Il avait l'air furieux.

« Je ne laisserai pas ceci se produire..., maugréait-il. C'est hors de question ! Non, jamais je ne le permettrai ! »

Dehors, un vent violent soufflait en bourrasques rageuses. Sans le soutien de Pucket, Jed n'aurait pu lutter contre un tel adversaire. Le feu qui ravageait une partie de la Maison semblait également dévorer son cerveau – il avait le front brûlant, littéralement.

« Par ici ! Venez vous abriter ! »

Isiane leur adressait de grands signes depuis l'entrée de la porcherie, où s'étaient réfugiés un groupe d'élèves. Edwyn en faisait partie. On l'avait installé dans une brouette pour le déplacer plus aisément. Découvrant Jed, il esquissa un pâle sourire.

Une cloche se mit à sonner quelque part dans la rue. Le tintement était presque couvert par le raffut de la tempête. Il y eut aussi des cris, lancés par les habitants du quartier. Les secours s'organisaient. Il était dans l'intérêt de tous d'éviter la propagation de l'incendie aux bâtiments voisins, construits en bois pour l'essentiel. L'entraide et l'effort commun étaient les seuls remparts contre la destruction générale.

Morrow surgit d'un coup dans l'abri des aînés, trempé comme une soupe, le visage noir de suie.

« Les plus robustes, avec moi ! commanda-t-il. On a besoin de bras pour transporter les seaux de sable. Vite ! »

Pucket s'avança le premier, suivi par le reste de l'assemblée, à l'exception d'Edwyn, Jed et Isiane.

« Je vais m'occuper d'eux », fit la jeune fille, désignant les malades.

Morrow acquiesça. La troupe des aînés s'en fut, abandonnant leurs camarades. Isiane se rapprocha de Jed. Le garçon claquait des dents et transpirait d'abondance.

« Comme tu trembles ! s'exclama-t-elle. Il faut absolument te couvrir. Je vais voir si je peux trouver une couverture... »

Elle partit explorer le fond de la porcherie, d'où s'élevaient les grognements inquiets des locataires des lieux, dérangés dans leur sommeil par la succession d'événements. Ne tenant plus sur ses jambes, Jed se laissa choir dans la paille, les paumes plaquées aux tempes. Il avait l'impression qu'on lui martelait l'intérieur du crâne, à présent. Jamais auparavant il n'avait éprouvé de tels vertiges douloureux. Que lui arrivait-il ?

Il ferma les yeux, pour se concentrer sur l'afflux d'émotions qui l'envahissaient. Lorsqu'il les rouvrit, quelques instants plus tard, il crut qu'il délirait.

Une minuscule gargouille se tenait debout sur ses pattes postérieures, devant lui, et le fixait avec toute l'intensité d'un regard rougeoyant, à la façon des braises. Un mince filet de fumée s'échappait par ailleurs des naseaux percés au bout d'un mufle particulièrement long et effilé.

Jed cligna plusieurs fois les paupières pour chasser l'apparition. En vain. Un fracas d'éboulement l'arracha momentanément à sa stupeur. À travers l'encadrement du portail, il aperçut la brèche ouverte dans un pan du mur d'enceinte de la propriété. Une imposante silhouette se tenait debout de l'autre côté, au milieu de la rue, immobile sous la pluie battante.

Dès qu'il l'aperçut, Jed sentit la souffrance refluer, vague après vague, emportant avec elle fièvre et tremblements. Il parvint à se relever, encore faible, mais apaisé. À ses pieds, la gargouille s'agita. En trois bonds, elle gagna le jardin, l'invitant à la suivre.

« Jed... », souffla alors Edwyn.

Le garçon se figea sur le seuil de la porcherie. Il se retourna vers son ami.

« Oui, qu'y a-t-il ? »

Edwyn semblait en transe :

« Mon frère... a un message... Tu dois... prendre garde...

— À quoi ? »

Edwyn ne put répondre. Il venait de perdre connaissance. La gargouille émit un piaillement aigu pour attirer l'attention. Jed sortit sous la pluie. Il escalada l'amas de moellons écroulés d'un pas encore mal assuré.

L'imposante silhouette lui ouvrit alors les bras, déployant les pans d'un gigantesque manteau à la manière d'une toile de tente. Jed y fut à l'abri du vent et de la pluie. L'atroce migraine s'était entièrement dissipée. Il s'était rarement senti aussi bien, en totale sécurité.

« Qui êtes-vous ? demanda-t-il.

— Je suis comme toi, lui fut-il répondu. Il était enfin temps que nous nous rencontrions. J'ai beaucoup à t'apprendre. Partons, à présent. Le feu n'occupera pas Haggis indéfiniment. Et quand il comprendra ce que tu es, je gage qu'il fera tout ce qui est en son pouvoir pour te récupérer. »

Les pans du manteau se refermèrent sur Jed. Il comprit qu'on l'enlevait à la Maison du Maître mais ne put résister — d'ailleurs, il n'était pas certain d'en avoir envie.

Deuxième partie
LES NAUFRAGEURS

Chapitre 11

LA SAUVAGEONNE DE LA LANDE

« J e veux le retrouver, dit Haggis. Ton prix sera le mien. »

Le capitaine du Guet agita ses bajoues en signe d'acquiescement. Une lueur d'avidité brillait dans le fond de ses yeux. Il se gratta le menton, couvert d'un chaume bleu qui aurait pu passer pour une barbe s'il avait été mieux entretenu – lavé et peigné, par exemple.

« J'ai entendu parler de cet incendie, le jour de l'orage, fit-il. On raconte ici et là que tu as failli perdre ta Maison ?

— Elle est toujours debout, plus solide que jamais, répliqua Haggis. Mais effectivement, nous avons dû batailler ferme toute la matinée pour étouffer le feu sous des tonnes de sable.

— Et tu ne t'es rendu compte de la disparition du gamin que le soir venu ?

— Au moment de réunir mes élèves pour le souper, oui. Il avait déjà découché l'avant-veille, aussi je ne me suis pas vraiment inquiété.

— Hum. Il m'a l'air d'être un habitué des fugues...

— C'était sa première semaine hors des murs de ma Maison. Il avait tout juste quitté les rangs des cadets. Je sais par expérience que certains aînés en profitent pour s'enivrer de ce qu'ils considèrent comme la liberté... Jusqu'à ce que Rédemption leur montre son véritable visage. Alors, ils me reviennent, penauds et effrayés, au bout d'un jour ou deux.

— Mais pas lui. Quel nom lui as-tu donné, déjà ? Ah, oui, Jed... Cela fait une semaine qu'il n'a plus donné de nouvelles. »

Haggis confirma d'un signe.

« Pourquoi penses-tu qu'il est toujours en vie ? s'enquit le capitaine.

— Parce que j'ai obtenu confirmation qu'il a quitté la ville. J'ai envoyé mes aînés à sa recherche, dès le lendemain de l'incendie. Je suis allé moi-même interroger tous les chefs de bande, et tu sais que personne ne peut me mentir quand je me montre... *persuasif.* » Le capitaine eut un rictus à mi-chemin du sourire et de la grimace. « Personne n'a vu Jed, reprit Haggis, aucune créature ne s'est attaquée à lui. Il ne se trouve plus à Rédemption, j'en suis certain.

— Comment aurait-il pu quitter la ville, et surtout, pourquoi ?

— C'est ce que je veux découvrir. Je sais qu'il ne s'est pas embarqué, car aucun navire n'est sorti du port au lendemain de l'orage, et j'ai fait surveiller les quais depuis. Il est forcément quelque part dans les faubourgs, voire dans l'intérieur des terres. Mais je ne peux pas le poursuivre là-bas. En revanche, tes Chiens en sont capables. »

Le capitaine poussa un profond soupir.

« Ah, mon vieil ami, je ne demande pas mieux que te venir en aide ! Mais je n'ai déjà pas assez d'hommes pour assurer les patrouilles sur le port jour et nuit. Tu connais les Directeurs ! Ces fripouilles me paient une misère en regard de l'ampleur de la tâche qui est la mienne...

— Cesse de te lamenter et donne-moi ton prix, le coupa Haggis. Et estime-toi heureux que j'accepte de te soudoyer. J'aurais pu facilement te convaincre de collaborer pour rien, mais je ne souhaite pas que tu me tiennes rigueur de notre affaire dans l'avenir. Alors, combien veux-tu ?

— À moins de dix livres, je ne peux m'y retrouver...

— Soit. »

L'étonnement et la déception – il aurait pu exiger plus ! – se lurent sur les traits lourds du capitaine.

« Mais tu dois envoyer ton meilleur Chien sur la piste du fuyard, précisa Haggis. Et c'est à moi uniquement qu'il rendra des comptes. Personne d'autre que nous ne doit être mis au courant. Si cela devait être le cas, j'estimerais que tu as rompu notre accord et j'en tirerais toutes les conséquences.

— C'est entendu, convint le capitaine, soudain mal à son aise. J'ai l'homme qu'il te faut. Nous sommes du même sang. Il s'agit de mon propre neveu, tu peux avoir confiance !

— Avec une telle garantie, j'en suis plus que certain », ironisa Haggis.

Le capitaine colla sa bouche au cornet acoustique dont la corolle de cuivre s'épanouissait sur le côté droit de son bureau.

« Qu'on m'envoie Nunno aussi vite que possible ! aboya-t-il. Exécution ! »

Puis il s'extirpa de son siège avec un grognement d'effort pour se diriger vers le comptoir à liqueurs qui occupait la majeure partie de la pièce.

« Trinquons pour sceller notre pacte », proposa-t-il en emplissant deux verres d'un liquide aux reflets ambrés.

Haggis accepta l'invitation. Prudent, il attendit que son hôte eût avalé une première lampée du breuvage avant d'y tremper les lèvres. L'alcool lui embrasa le palais, ravivant le souvenir de cette nuit maudite où le feu du ciel s'était abattu sur sa demeure. L'orage qui avait alors sévi n'était pas seulement la manifestation d'un phénomène naturel. Le Maître des Innocents en avait la conviction. Pour preuve, les impacts de foudre n'avaient pas touché au hasard le Quartier Gueux. Aucune autre bâtisse que la sienne n'en avait été la cible. Et puis, il y avait cette brèche dans la muraille du jardin, près de l'entrée de la porcherie...

On frappa à la porte du bureau, interrompant le cours de ses réflexions.

« Entre ! » lança le capitaine.

Un jeune homme aux épaules carrées, coiffé d'une abondante toison bouclée, se présenta sur le seuil. Il était accompagné d'un molosse aussi grand qu'un veau et certainement beaucoup plus dangereux.

« Assis, Arès », commanda-t-il.

L'animal se posa sur son séant sans cesser de scruter Haggis. On le sentait prêt à lui sauter à la gorge au moindre signe de son maître.

« Nunno, fit le capitaine, je te présente un *très cher* ami de notre famille...

— Pas de salamalecs, l'interrompit Haggis. Ton oncle prétend que tu n'as pas ton pareil pour débusquer une proie. Est-ce la vérité ?

— J'ai couru les bois et les prés pendant toute mon enfance, monsieur, dit Nunno. Et Arès possède un flair remarquable.

— Fort bien. Le gibier qui m'intéresse n'a pas une douzaine d'années et ne pèse guère plus d'une soixantaine de livres. Mais il pourrait s'avérer difficile à approcher.

— Confiez-moi un objet qui porte son odeur, et je me fais fort de vous le déloger du fin fond de la terre s'il le faut ! »

Tant d'assurance confinait à de la présomption, mais pareille bravade plut au Maître.

« Voici pour toi, dit-il en remettant au jeune homme un morceau de drap. Celui que je recherche a dormi là-dedans deux nuits seulement.

— Ce sera suffisant, assura Nunno.

— Alors va, mets-toi en chasse, mon neveu, fit le capitaine. Et montre-toi des plus discrets. Dès que tu auras repéré où se cache le gibier, reviens aussitôt m'en avertir. Notre ami saura te récompenser comme tu le mérites, pas vrai ? »

Haggis confirma d'un hochement du menton. Nunno salua et tourna les talons, suivi par Arès plus fidèlement qu'une ombre.

« Le gamin n'a pas la moindre chance, s'amusa le capitaine du Guet. Il te reviendra bientôt, soumis et repentant ! »

*

Assis face à la mer, Jed laissait vagabonder son esprit au gré du moutonnement des vagues. Les ondulations de l'écume évoquaient des lambeaux de nuage tombés du ciel et ballottés par les flots. C'était un spectacle grandiose et apaisant. De plus, une légère brise soufflait du large, parfumée de senteurs océanes. Jed en emplissait ses poumons avec reconnaissance. Il n'avait jamais rien senti d'aussi bon.

« J'aime regarder la mer, moi aussi », fit une voix dans le dos du garçon.

Se retournant, Jed découvrit Naït, plantée les pieds nus dans la mousse et les fougères, quelques pas en retrait. Le vent jouait avec les longues mèches noires de son imposante chevelure jamais coupée ou disciplinée depuis sa naissance. S'y accrochaient feuilles et bourgeons en pagaille, tel un diadème champêtre. Comme à son habitude, la sauvageonne − surnom que tous lui attribuaient parmi ses compagnons − s'était déplacée sans le moindre bruit, avec la complicité de la nature.

« Je croyais que tu préférais la lande, dit Jed. Tu y passes toutes tes journées. »

Il la voyait partir, au matin, emportant un morceau de fromage ou de viande boucanée, et revenir au soir, plus échevelée encore, heureuse et épuisée. Depuis une semaine, c'était la première fois qu'elle lui adressait la parole. D'après ce qu'il avait pu remarquer, elle avait à peu près son âge et restait à l'écart des autres jeunes du clan. Il n'avait aucune idée de qui étaient ses parents, s'ils vivaient même avec les Naufrageurs.

« C'est là que je suis libre, fit-elle en s'approchant du bord de la falaise.

— Fais attention ! » s'écria Jed.

Il avait encore en tête les images de chute issues de son cauchemar récurrent. Il suffisait d'un faux mouvement, d'un geste mal assuré, et la jeune fille perdrait l'équilibre...

Naït lui sourit malicieusement par-dessus son épaule.

« Il ne peut rien m'arriver, dit-elle. Tu ne dois pas avoir peur. Mais c'est gentil de t'inquiéter pour moi. »

Jed sentit ses joues s'empourprer. Il bafouilla, confus :

« Je ne voulais pas... Enfin, c'est juste que...

— Tu es un garçon prudent, fit Naït. Après tout ce temps enfermé dans ta prison en ville, c'est normal. Mais tu es libre, toi aussi, maintenant. »

Peut-être, songea le garçon, *mais que puis-je faire de cette liberté ? Je n'ai nulle part où aller.*

Au lieu de quoi, il demanda :

« Tu me cherchais ?

— Oui. La Matrone est réveillée. Elle désire te parler. Je dois te conduire jusqu'à elle. »

Ce n'était pas trop tôt ! Jed avait mille questions à poser à celle qui l'avait ravi le soir de l'incendie. Toutefois, à peine de retour dans son repaire, elle s'était retirée dans sa chambre et n'avait plus reparu. Depuis, Jed avait été bien traité par les membres de sa famille, comme ils aimaient à se désigner, même s'il avait vite paru évident qu'aucun lien de parenté ne les unissait. Ces hommes et ces femmes formaient le clan des Réprouvés de Rédemption, réduits pour survivre à la condition de Naufrageurs. Voilà tout ce que Jed avait pu apprendre en échangeant quelques mots avec certains d'entre eux. Ils le laissaient aller et venir à sa guise sur la lande comme sur les plages qui bordaient leur antre secret, aménagé dans le réseau de galeries creusées à l'intérieur des falaises par de très anciennes créatures troglodytes. Le garçon avait passé le plus clair de son temps à observer la mer en réfléchissant, comme ce matin. Qu'allait-il devenir, maintenant qu'on l'avait arraché des griffes de Haggis ? Aurait-il jamais la chance de découvrir le secret de ses origines, comme le Maître l'avait promis ? Il lui semblait que désormais, il n'en aurait plus l'occasion. Mais, curieusement, cela ne le gênait pas, à présent. Tout ce qui lui avait paru si important jusqu'à la semaine précédente prenait, face à l'immensité du ciel et de la mer, une bien modeste dimension.

« Je te suis », dit-il en se levant.

Naït emprunta un sentier visible par elle seule, qui serpentait entre les touffes de genêts aux branches épineuses. Jed marcha dans ses pas, tout en se repaissant de la splendeur du panorama. Aussi loin que portait le regard, dans toutes les directions, on pouvait voir le ciel, aujourd'hui d'un gris pâle nimbé de reflets blancs. Côté terre, à l'horizon, de vertes collines faisaient le dos rond. Entre elles et les falaises, la lande s'étendait indomptée, pareille qu'au premier jour du monde. C'était un paysage plutôt inhospitalier, mais non dénué d'une fascinante beauté. On se sentait ici au contact d'une nature préservée, à la portée de grands mystères remontant au temps des origines.

Naït disparut dans un bouquet de fougères particulièrement étoffé. Jed ne connaissait pas encore ce passage. Un promeneur égaré dans les parages n'aurait d'ailleurs rien remarqué. Mais de nombreux tunnels débouchaient à l'air libre un peu partout sur la lande, dissimulés sous un tapis de mousse ou dans l'ombre d'un rocher.

Jed écarta à son tour les grandes feuilles découpées en forme de lames effilées et découvrit l'entrée de la galerie souterraine. Il dut s'y faufiler à quatre pattes, avant de pouvoir se redresser quelques pas plus loin. Naït l'attendait, immobile dans la pénombre. Elle s'était habituée à fréquenter l'obscurité, depuis qu'elle partageait l'existence des Naufrageurs.

« Donne ta main, intima-t-elle. Je vais te servir de guide. »

Elle referma d'autorité une paume douce et fraîche autour du poignet de Jed. À ce contact, il sentit s'accélérer le rythme des battements de son cœur. Cela n'échappa pas à la sauvageonne.

« Tu es très sensible », lui fit-elle remarquer.

S'agissait-il d'un compliment ? Jed ne put en juger. Il préféra ne pas relever. De toute manière, il avait besoin de se concentrer sur sa progression. Ses yeux accommodèrent peu à peu. De loin en loin, un rai de lumière perçait le plafond du tunnel. De minces cheminées avaient été aménagées par les anciens locataires des lieux, de façon à faire circuler l'air dans les galeries. Celles-ci se croisaient et s'emmêlaient sur plusieurs niveaux, certaines atteignant même la plage au pied de la falaise. La plupart aboutissaient à une sorte de cellule creusée dans le roc, dont les plus impressionnantes bénéficiaient d'une vue sur l'océan.

C'était le cas pour la chambre de la Matrone. Un rideau taillé dans un filet de pêche en protégeait l'accès. Un homme montait la garde à proximité. Pour tuer le temps, il jouait aux osselets. Les petites pièces découpées dans un os de mouton volaient entre ses paumes et sur le dos de ses mains, si vite que l'œil avait du mal à les suivre. Il adressa un signe bref aux nouveaux venus et lâcha, sans cesser ses manipulations expertes :

« Elle est encore faible, aussi ne l'épuisez pas, d'accord ? »

Naït acquiesça. Elle écarta un pan du filet et dit, d'un ton humble :

« Mère, voici le garçon.

— Qu'il entre, fit la Matrone, avant de préciser : Seul. »

La sauvageonne s'inclina. Elle poussa Jed à l'intérieur de la chambre en lui soufflant au passage :

« Montre-lui le plus grand respect, car elle est comme ta mère désormais. Et n'oublie pas qu'elle a failli mourir pour toi en se rendant à Rédemption ! »

Jed aurait aimé rétorquer qu'il n'avait rien demandé, mais Naït ne lui en laissa pas l'occasion. Il y eut comme un froissement d'ailes, et l'instant suivant, elle s'était éclipsée, abandonnant derrière elle une senteur de mousse couverte de rosée – comme le fantôme capiteux de sa présence.

« Ne sois pas timide. Avance jusqu'au pied du lit. Je veux te voir de près. »

Découvrant celle qui avait parlé, Jed oublia aussitôt la sauvageonne. Il n'avait conservé qu'un souvenir confus de leur première rencontre, la nuit de l'orage et de l'incendie. À présent qu'il la contemplait dans son environnement familier, et sans que la fièvre embrouille ses sens, il prenait la pleine mesure de sa formidable nature.

La question fusa, spontanée, avant qu'il ait pu y réfléchir :

« *Qu'est-ce* que vous êtes ? »

Il y eut un bref moment de tension entre eux deux, seulement troublé par la respiration rauque de la créature affalée dans l'énorme lit à baldaquin.

Puis le rire grasseyant et ravageur de la Matrone des Naufrageurs roula, tel le tonnerre, éclatant en écho entre les murs de la chambre.

Chapitre 12

Un plan simple et parfait

L a routine avait fini par reprendre son cours dans la Maison du Maître. Chaque matin, aînés et cadets s'activaient à effacer les traces de l'incendie, frottant les parquets et les huisseries, les murs et les lambris où s'était accumulée la suie. Menuisiers et ébénistes avaient commencé de reconstruire les salles dévorées par le feu. Tant que dureraient les travaux, les leçons de monsieur Torrence seraient suspendues, ce qui arrangeait fort Morrow. Qu'avait-il à faire de l'écouter pérorer à loisir sur l'histoire de la ville et du monde, toutes choses mortes et ennuyeuses, quand la vie battait son plein dans les rues, les tavernes et le port ?

Les morveux confiés par Haggis lui apportaient chaque jour leur lot de rapines, qu'il revendait ensuite à Baya ou d'autres receleurs, empochant au passage un joli bénéfice soustrait à la rapacité du Maître. Depuis le temps qu'il détournait jour après jour une partie de l'écot réclamé pour l'entretien de la Maison, Morrow avait fini par accumuler un magot non négligeable. Ce qui n'était pas sans lui causer du souci.

Ainsi, la nuit de l'incendie, il lui avait fallu se démener comme un beau diable pour récupérer son bien et le sauver des flammes sans attirer l'attention, tout en obéissant aux directives de Haggis. À la suite de quoi, Morrow avait dû réfléchir à une nouvelle cachette, hors de la Maison, mais dans l'enceinte de la propriété – le seul endroit en ville où aucun voleur n'oserait s'aventurer, à l'exception du domaine des Directeurs, bien entendu.

Il avait fini par trouver l'endroit idéal : la porcherie, où s'étaient réfugiés les morveux. C'est en venant y dissimuler son escarcelle pleine de pièces en bon argent qu'il avait assisté en spectateur privilégié à l'enlèvement de Jed. L'écroulement d'un pan de mur avait attiré son attention. Son instinct l'avait aussitôt averti d'une présence menaçante. Morrow avait grimpé sur le toit de la porcherie, aussi souple et silencieux qu'un chat. Il avait vu la créature, imposante, déployer ses ailes pour accueillir le garçon dans son giron. Avec la pluie, et faute d'éclairage, il n'avait pas été en mesure d'en détailler la tête, ni même l'apparence générale. Toutefois il conservait en mémoire l'impression de puissance dégagée, ainsi que le frisson qui lui avait parcouru l'échine quand il s'était cru découvert.

Mais l'appel lancé par la créature ne lui était pas destiné : il concernait la bestiole au long museau et à la queue en forme de fouet qui sautillait sur les décombres en poussant des piaillements excités. D'un bond, elle avait rejoint l'épaule du monstre, et ils s'étaient éloignés, emportant Jed avec eux.

Morrow avait eu d'abord l'intention de donner l'alerte, mais il s'était ravisé. La curiosité l'avait finalement emporté. Il s'était dépêché de relever une tuile pour glisser son sac de pièces à l'abri, bien calé entre deux poutres. Puis, il avait sauté du toit et emboîté le pas à l'ombre immense qui se fondait derrière le rideau de pluie. Plus d'une fois, il avait craint de se faire repérer, d'autant que l'orage avait vidé les rues. Heureusement, il connaissait par cœur les moindres encoignures où se tapir pour échapper aux regards trop perçants, les raccourcis à emprunter pour devancer momentanément ceux qu'il poursuivait.

À force de ruse et de précautions, Morrow était parvenu jusqu'aux faubourgs de Rédemption, alors que le soleil faisait une timide apparition. Il lui avait fallu se résoudre à abandonner sa traque au moment de quitter le territoire de la cité. La route, déserte, s'enfonçait dans un paysage vallonné, constitué de prés à perte de vue. Impossible de filer le train à quiconque dans ces conditions. Morrow avait attendu que la silhouette massive disparaisse au détour d'une courbe pour faire demi-tour, bien résolu à ne pas en rester là.

Les jours suivants, il s'était montré des plus attentionnés envers Haggis, arguant des circonstances exceptionnelles – l'incendie et les travaux – pour demeurer dans les parages du Maître. C'est ainsi qu'il avait pu être averti de sa visite au capitaine du Guet. Il était alors venu rôder près des quais, les yeux grands ouverts, à l'heure du rendez-vous. Il avait vu Haggis entrer dans la maison du Guet, puis, quelques instants plus tard, un jeune garde accompagné d'une bête terrifiante au pelage noir et feu. Pour que le Maître daigne quérir l'assistance des Chiens, l'enjeu devait être de taille, avait songé Morrow.

Jed, ce gamin maigre et pâlichon, possédait-il donc tant de valeur qu'on cherchait d'abord à le ravir, puis à le retrouver par tous les moyens ? Si tel était le cas, alors Morrow comptait bien tirer lui aussi son épingle du jeu. C'était peut-être l'occasion qu'il guettait depuis longtemps de s'émanciper de la tutelle du Maître et s'installer à son propre compte – raison pour laquelle il avait accumulé son magot.

Mais auparavant, il devait s'assurer que Jed valait bien la peine de courir tant de risques. Un coup d'œil sur les documents conservés dans le coffre de Haggis lui donnerait de précieuses indications à ce sujet. Les lettres remises au moment de l'entrée des cadets dans la Maison du Maître contenaient en effet le secret de leur naissance. Jusqu'à présent, Morrow n'avait jamais été curieux d'en savoir plus, pour ce qui le concernait. Puisque ses parents avaient décidé de l'abandonner, il préférait tout ignorer d'eux en retour. Mais s'il avait l'occasion de lire leur histoire et découvrir les raisons de leur geste, il ne s'en priverait pas. Restait toutefois à trouver le moyen d'accéder aux lettres sans éveiller de soupçons.

Morrow y avait intensément réfléchi et la solution lui était apparue ce matin, au petit déjeuner, dans toute son évidence, quand les morveux s'étaient réjouis de devoir échapper pour quelque temps encore aux leçons de monsieur Torrence. En se débrouillant bien, il pourrait satisfaire à la fois sa curiosité et sa soif de vengeance – combien de fois la badine du professeur s'était-elle abattue sur son dos, lui causant une humiliation plus cuisante encore que la douleur ressentie !

Désormais, il avait un plan, à la fois simple et parfait. Il ne pouvait donc pas échouer.

*

« Je suis une tempestaire, tout comme toi, mon garçon, fit la Matrone. Mais j'arrive au bout de ma longue existence, alors que tu débutes à peine la tienne. »

L'effroi pouvait se lire sur les traits de Jed, comme dans le ton de sa voix, quand il demanda :

« Vous voulez dire que je vais finir par vous ressembler un jour ? »

Le rire fracassant de la Matrone résonna à nouveau entre les murs de sa chambre.

« J'aime la manière que tu as de dire franchement ce que tu penses, assura-t-elle une fois calmée. Ne t'inquiète pas : en vieillissant ta peau se ridera et tes cheveux blanchiront, mais il ne te poussera pas d'écailles ni de griffes, je peux te le garantir. Tu es un homme, et moi... autre chose ! Deux espèces différentes, unies néanmoins par un même talent.

— Celui de tempestaire... »

Le mot avait un drôle de goût dans la bouche, pas déplaisant du tout !

« Exact. Une chance rare, car il en naît fort peu à chaque génération. Cela faisait bien longtemps que je n'avais pas croisé quelqu'un capable des mêmes prouesses que moi.

— Je ne sais pas de quoi vous parlez.

— Ne rêves-tu pas d'orages ? D'averses et de vents tumultueux ? » Jed fut contraint d'acquiescer, car il se doutait que la Matrone connaissait déjà la réponse. « Et ce genre de rêves ne t'abandonne-t-il pas fiévreux et épuisé au petit matin ?

— Si... Mais je récupère vite !

— Parce que tu es plein de vie et que tu n'as pas encore éprouvé ton pouvoir. Mais il est là, intact, tout près d'éclater au grand jour. »

La Matrone pointa une griffe sur le front du garçon.

« Dans ma tête ? interrogea-t-il.

— Où crois-tu que se cachent les rêves ? Oui, c'est là, sous ton crâne, que loge ce qui te rend unique.

— Pourquoi ? Qu'est-ce que j'ai fait pour mériter cela ? »

Le sourire de la Matrone révéla deux rangées de crocs jaunis dans une bouche démesurée. Jed se rendit compte qu'elle pourrait tout entier le gober si l'envie lui en prenait. Instinctivement, il s'écarta du lit à baldaquin. Son talon écrasa quelque chose de mou. La gargouille fusa de sous le meuble, où elle s'était endormie, sa queue dépassant sur le tapis. Sifflant de colère, elle escalada une colonne du lit, et, du haut de son refuge, se mit à invectiver le maladroit à sa manière. Ses piailleries vrillèrent les tympans de Jed, jusqu'à ce que la Matrone y mît un terme :

« Cela suffit, Ghilla. Tu ne te montres pas sous ton meilleur jour en réagissant ainsi. Descends de ton perchoir et présente tes excuses à Jed. »

La gargouille pesta encore un peu, mais finit par obéir. Elle sauta sur le plancher et se haussa sur ses pattes postérieures, le museau pointé sur le nombril du garçon. Celui-ci en profita pour mieux l'observer. Ghilla ressemblait à un rat géant dont le pelage aurait été remplacé par un habit d'écailles verdâtres.

« Gratte-le derrière les oreilles, conseilla la Matrone, il adore ça. »

Jed avança une main prudente au-dessus de l'endroit indiqué. Il effleura d'abord les squames du petit monstre du bout des doigts. Contrairement à ce qu'il s'imaginait, le contact s'avéra plutôt agréable, tiède et doux plutôt que froid et gluant. S'enhardissant, Jed frotta l'index entre les pointes des oreilles. Ghilla manifesta son approbation en lâchant un trille joyeux, qui rappelait le son d'une flûte.

« À présent que vous voilà réconciliés, reprit la Matrone, je peux tenter de t'éclairer. Mais tu risques d'être déçu. Car personne ne sait au juste pour quelle raison ce talent-ci plutôt que celui-là éclôt chez cette personne-ci ou chez celle-là. Ni pourquoi certains individus en semblent dénués, alors que d'autres les cumulent. On prétend parfois qu'il faut naître à tel endroit, ou à telle saison de l'année, pour en bénéficier. Or, je vis depuis longtemps et je n'ai jamais pu vérifier l'exactitude d'une telle affirmation. Les talents n'obéissent à aucune règle connue. Il faut les accepter pour ce qu'ils sont : une chance à saisir d'orienter son destin. Est-ce que tu comprends ?

— Je crois que oui. »

Jed songeait à Rorrick, le Maître Découvreur. S'il n'avait pas été doué d'une vue exceptionnelle, jamais les Directeurs ne se seraient intéressés à lui. Dans son cas, talent et fonction se confondaient admirablement. Mais qu'en était-il pour un tempestaire ? À quoi pouvait-il bien servir ? Jed posa la question.

« Tu auras l'occasion d'en décider une fois que ton pouvoir sera maîtrisé, répondit la Matrone. Personne ne pourra t'obliger à le mettre au service d'une cause qui te déplaît. En apprenant à dominer ton talent, tu gagneras ta liberté.

— Vous allez m'enseigner la maîtrise du vent et des orages ?

— En vérité, ils t'obéissent déjà, mais tu n'en as pas conscience. Je vais te montrer comment commander au ciel autrement que dans tes rêves, mon garçon. Dès que j'aurai suffisamment récupéré, nous débuterons ton éducation. À présent, tu peux te retirer, j'ai encore besoin de repos. »

Ghilla émit une sorte de gloussement interrogatif au moment où Jed franchissait le filet de pêche pour sortir de la chambre.

« Attends, fit la Matrone. Je crois que tu t'es fait un ami, bien malgré toi. C'est bon signe : les familiers de son espèce ne s'attachent qu'aux êtres doués d'un talent d'exception. Que tu le veuilles ou non, Ghilla n'est pas près de te ficher la paix ! »

*

Monsieur Torrence se félicitait de ce congé imposé par les circonstances, même s'il le privait des quelques livres payées par Haggis pour les leçons dispensées à ses élèves. Cependant, le professeur appréciait de pouvoir faire lui aussi l'école buissonnière de temps à autre. Il restait attelé à ses cours tout le long de l'année, saison après saison, sans le moindre répit, passant d'une maison l'autre, pour brader son savoir. Alors, un peu de liberté n'était pas pour lui déplaire.

Après s'être si longtemps échiné à l'étude du calcul et des textes anciens, monsieur Torrence regrettait parfois que ses compétences ne fussent pas davantage reconnues. Il avait cru trouver à Rédemption la place qui convenait à un fin lettré, mais avait dû déchanter – comme beaucoup d'autres. Ici, la ruse était préférable à l'intelligence. Un fieffé gredin était mieux considéré qu'un honnête précepteur. Même dans les beaux quartiers, on admirait la fripouille parvenue plutôt que l'homme intègre mais désargenté. Monsieur Torrence avait pu s'en rendre compte en fréquentant quelques demeures de bonne famille. Les enfants qu'on lui confiait le regardaient de haut en dépit de leur petite taille, déjà conscients de valoir *plus* que lui. Ils moquaient sa mise modeste, ses habits propres mais usés. Bien sûr, il n'était pas question de corriger ces garnements comme ils le méritaient pourtant. Quand il donnait un cours dans une riche maison, monsieur Torrence ne se munissait pas de sa badine. En revanche, il n'oubliait jamais l'instrument quand il se rendait dans le Quartier Gueux. Cette manière de venger son honneur bafoué sur le dos des plus pauvres était peut-être injuste, mais elle lui permettait de défouler sa colère sans risque – il avait même la bénédiction du Maître !

Il revenait d'une longue promenade sur le port, où il avait rêvé de destinations lointaines et d'aventures hors du commun en assistant aux manœuvres d'appareillage. Embarquer serait peut-être la solution à ses tourments. L'occasion de changer de vie... Toutefois, quel capitaine avait besoin d'un professeur à son bord ? La plupart des marins ne savaient ni lire ni écrire, et chacun y trouvait son compte. Les officiers étaient analphabètes, le plus souvent. Certains capitaines eux-mêmes ne maniaient la plume qu'avec difficulté, contraints à cet exercice par la tenue de leur journal de bord. Un vaisseau avait besoin de bras solides, de pieds sûrs et d'estomacs résistants au mal de mer, pas de têtes bien pleines.

Avant de rentrer chez lui, un galetas sous les toits d'un immeuble décrépit qu'il louait une fortune à une logeuse cupide et acariâtre, monsieur Torrence fit un détour par la halle où se tenait le marché de son quartier. À partir de midi, il savait pouvoir y ramasser quelques légumes à peu près comestibles, tombés des étals et abandonnés aux plus démunis. Aujourd'hui ne fit pas exception à la règle. Il mit la main sur un chou pas trop pourri, et deux belles raves que lui disputa un rat plus entreprenant que ses congénères.

Nanti de son butin, monsieur Torrence regagna son pauvre logis, dans l'intention de s'y concocter un festin ordinaire. La surprise le cloua en haut des marches de l'escalier. Sa porte était grande ouverte sur le misérable palier. Sa chambre, unique pièce de la demeure, complètement dévastée. Ses livres gisaient sur le plancher, pages arrachées, couvertures lacérées avec une application maniaque.

Une partie de ses maigres possessions avait disparu. Si incroyable que cela paraisse, on l'avait cambriolé !

Entre-temps...

*L*a chaleur avait dépassé les limites du suppor-
table depuis déjà des heures, mais il n'aban-
donnait pas son affût pour autant. Allongé dans le
trou qu'il avait lui-même creusé la veille, à l'abri
d'une couverture de branchages, il gardait l'œil rivé
sur la piste éloignée d'une demi-lieue, en contrebas
de sa cachette. Parfaitement immobile depuis le
lever du soleil, il s'était à tel point fondu dans le
paysage que plusieurs animaux étaient passés sous
son nez sans le remarquer.

Le secret d'une traque réussie résidait dans la capacité du chasseur à faire preuve de patience. Et monsieur Chandaigne était la patience incarnée. Il lui
était déjà arrivé de demeurer aux aguets, sans boire
ni manger, deux jours et deux nuits d'affilée. Dans ces
moments-là, il oubliait tous les impératifs du corps
afin de se concentrer uniquement sur sa cible. Il parvenait même à repousser le sommeil. Seule la maladie
se rappelait parfois à son mauvais souvenir.

C'était d'ailleurs le cas, à cet instant. Sa sueur se
mêlait de gouttelettes de sang, expulsées de ses muscles

tendus comme des tiges de fer par le mal qui le rongeait de l'intérieur. Mais monsieur Chandaigne, tireur émérite, était prêt à souffrir mille tourments plutôt que dévoiler sa présence en cherchant à éponger la souillure de sa transpiration. La crosse de son fusil bien calée contre l'épaule, une main sous le canon, l'autre entourant le pontet, un doigt posé sur la détente, il attendait le moment d'accomplir la besogne dont on l'avait chargé.

Depuis qu'il avait débarqué sur cette île oubliée des dieux et des hommes honorables, sept ou huit saisons plus tôt, sa réputation n'avait fait que grandir. Il s'était également attiré nombre d'inimitiés, d'abord chez les forçats qui prononçaient son nom avec un rictus de dégoût et un crachat au bord des lèvres, ensuite chez les autres chasseurs de primes, incapables de rivaliser avec lui. Les officiers de la colonie pénitentiaire, en charge de l'administration du bagne, l'invitaient à leur table. Ces dames, épouses et filles de militaires, se flattaient de sa présence chez elles. On prisait dans les salons la conversation et le savoir-vivre de monsieur Chandaigne, presque autant qu'on admirait dans la jungle et les marécages son savoir-faire incomparable.

Tout cela amusait et révulsait à la fois le tireur. S'il n'avait pas été capable de prouesses avec un fusil entre les mains, il aurait certainement fini par porter lui aussi le triste uniforme de forçat et à manier la pioche quinze heures par jour sur cette île maudite entre toutes...

Un mouvement sur la piste interrompit le cours de ses pensées. La proie de monsieur Chandaigne venait d'apparaître, jaillie d'un fourré. Avec la distance, l'homme ne semblait pas plus gros qu'une fourmi. Le tireur ferma les yeux. Il visualisa la jambe du bagnard dans son esprit, puis l'articulation du genou. On lui avait demandé de mettre un terme à sa fuite et de l'empêcher de s'évader à nouveau, pas de le tuer.

Il appuya sur la détente. Le fusil vibra à peine entre ses mains. La petite balle de plomb fut propulsée hors du canon avec un bruit sourd, semblable à celui d'un bouchon de vin pétillant expulsé du goulot. Monsieur Chandaigne rouvrit les yeux juste à temps pour apercevoir sa proie qui s'affalait au milieu de la piste, une demi-lieue plus loin.

Il prit le temps de s'étirer pour ranimer ses membres engourdis. Puis il démonta avec soin son fusil et rangea les différentes parties dans la trousse conçue spécialement pour lui. L'arme ne devait pas rester inutilement exposée à l'air et à l'humidité. C'était une mécanique fragile et de grande précision, un peu comme les automates joueurs d'échecs ou musiciens qui amusaient tant ces dames, dans les salons. C'était aussi son gagne-pain, l'outil indispensable qui complétait son don. Monsieur Chandaigne en prenait donc grand soin, tout autant sinon plus que de sa propre personne.

Avant de s'en aller, il jeta un dernier coup d'œil sur la piste. L'évadé au genou brisé avait rampé jusqu'au fossé, abandonnant un sillage sanglant derrière lui. Il serait bientôt repris par les gardes-chiourmes, à présent que le plomb du tireur l'avait privé de sa mobilité.

Monsieur Chandaigne avait accompli sa mission. Ce soir, il toucherait sa prime et dînerait à la table du gouverneur de l'île. Auparavant, il se décrasse-rait dans un bain, appliquerait sur sa peau emplâ-tres et onguents pour apaiser le mal, et avalerait la potion qui constituait l'essentiel de son traitement.

Pour le reste, il s'en remettait aux dieux, auxquels il ne croyait guère, ainsi qu'aux philosophes, dont il lisait les livres pour l'aider à mieux vivre. Mais ni les uns, ni les autres, n'étaient en mesure de repousser l'échéance fatale, plus proche de jour en jour.

L'En-Bas l'appelait à lui, et sa voix résonnait dans l'esprit du tireur avec davantage de clarté à mesure que filaient les saisons.

Mais cela ne le troublait pas. La belle affaire que se résoudre à mourir ! C'était le lot commun, à quoi bon s'en soucier ? Si chacun empruntait une route différente à la naissance, tous arrivaient finalement à la même destination. Seul importait le confort du voyage, et pas tant sa durée.

Car pour monsieur Chandaigne, les jours étaient comptés.

Chapitre 13
UNE LEÇON INOUBLIABLE

« Tu dois chercher en toi l'énergie indispensable, dit la Matrone. Utilise tes émotions. La colère est un bon moyen.

— Mais je n'ai aucune raison de m'énerver », objecta Jed.

Ils avaient rejoint une petite crique, au pied de la falaise, profitant de ce que la mer s'était retirée pour dévoiler une plage de galets noirs, parsemée d'algues brunes. L'endroit était seulement accessible par le réseau de galeries troglodytiques, quelques heures par jour, à marée basse. Le vent du large soufflait en permanence dans l'anse minuscule, pris au piège par la muraille de roc semi-circulaire – si cette dernière avait été taillée en escalier, on aurait pu se croire dans l'arène d'un cirque antique.

« Je sais. Tu dois juste faire semblant. »

La Matrone tira une bouffée sur le tuyau de sa pipe d'écume. Sous le rabat de la capuche, Jed distinguait mal les traits de son visage. Il gardait cependant le souvenir d'un masque d'écailles couleur de sang, fendu en deux dans le sens de la largeur là où devait se trouver la bouche. Songeant aux crocs qui l'emplissaient, le garçon frémit. Ghilla sauta alors de son épaule et se mit à gambader sur le rivage, longeant la ligne où venaient mourir les vagues, apparemment peu désireux de se mouiller les pattes. Jed observa le jeu du familier tout en écoutant les conseils dispensés par la Matrone :

« Pense à quelque chose qui t'a déjà fichu en rogne. Ou à quelqu'un. »

L'image de Morrow s'imposa aussitôt à l'esprit de Jed. L'assassinat de L'Anguille l'avait révulsé. De là à inspirer de la colère envers son auteur, il n'y avait qu'un pas, facile à franchir.

« Je crois que j'y arrive, dit-il, sentant s'accélérer les battements de son cœur.

— Bien. Entretiens cette rage comme s'il s'agissait d'un feu dans l'âtre. Pour brûler, il lui faut du bois et de l'air. Aspire à pleins poumons ! Attise la flamme qui est en toi. »

Jed se plaça face au vent et prit une grande inspiration. Un puissant goût salé lui emplit la bouche, irritant son palais. Il fit la grimace.

« Pourquoi cette mine dégoûtée ? s'étonna la Matrone.

— J'ai eu l'impression d'avaler un paquet* de mer !

— C'est le signe d'une grande sensibilité à tout ce qui touche au monde marin. Essaie de savourer le vent, comme tu le ferais d'un mets raffiné. Tu dois apprendre à l'aimer si tu veux le dompter. »

L'idée paraissait saugrenue, mais Jed se plia à la volonté de la Matrone. Il se mit à respirer profondément l'air chargé d'embruns, tout en songeant au meurtre commis par Morrow. Il s'en voulait de n'avoir pu réagir et sauver L'Anguille, mais qu'aurait-il pu faire ? La stupeur et l'effroi l'avaient cloué sur place.

« Continue comme ça, murmura la Matrone à l'oreille du garçon. Laisse le vent remuer tes souvenirs. Invite-le à pénétrer ton esprit. Tu ne dois faire plus qu'un avec lui. »

Jed ferma les yeux pour mieux se concentrer. Une étrange sensation, pareille à une douce brûlure, s'empara de tout son être. Éléments d'une subtile alchimie, la colère et le vent se nourrissaient l'un l'autre, pour couler dans ses veines une sorte de feu liquide.

« Tu es sur la bonne voie, l'encouragea la Matrone. Maintenant, impose ta volonté au vent, ordonne-lui où souffler.

— Comment dois-je m'y prendre ?

— Montre-lui la direction en pensée. Si tu veux l'emmener sur la lande, invoque la bruyère. Si tu préfères voler au large, songe à l'océan. »

Pour cette première tentative, Jed préféra demeurer en terrain connu. Il se remémora les balades effectuées ces jours derniers, dans les environs du repaire des Naufrageurs. Aussitôt, il se sentit happé par une immense main invisible et hissé jusqu'au ciel. Déséquilibré, il se mit à vaciller. La Matrone l'attrapa par le bras pour le maintenir d'aplomb.

« Le vertige ne durera pas, dit-elle. Reste bien concentré. Dis-moi ce que tu vois. »

Une façade de roc nu défilait à toute allure devant le garçon. Il lui fallut quelques instants avant de reconnaître le flanc abrupt de la falaise, vu sous un angle inédit. Soudain, le panorama bascula. La lande s'étalait à présent sous Jed. Il planait dans les airs, léger, étourdi de vitesse. Péniblement, il tenta de trouver les mots pour décrire sa position.

« Je survole... les terres, tout près... du bord de la... Non ! »

De nouvelles images avaient surgi dans son esprit, jaillies de l'endroit secret où se cachait son cauchemar pendant les périodes de veille. Jed fut aspiré par le vide alors que la falaise s'émiettait sous lui. Il chuta, précipité vers les rochers et le tapis de galets, incapable de reprendre le contrôle.

« Ouvre les yeux ! ordonna la Matrone, un soupçon de panique dans la voix. Reviens vers moi, vite ! »

Jed eut beau lutter, tout se mélangea sous son crâne – la chute vertigineuse, le visage effrayant de la Matrone, les piaillements inquiets de Ghilla, la plage noire qui montait vers lui à l'allure d'un cheval lancé au galop...

Terrassé par une douleur violente, comme frappé par la foudre, il perdit connaissance.

*

Isiane avait du mal à croire que Jed se fût enfui sans même lui dire au revoir, sans même avoir percé le secret de sa naissance. Pucket ne croyait pas non plus à la fugue de leur camarade. Au moins, Edwyn tenait-il de source sûre qu'il était toujours en vie : son jumeau prisonnier de l'En-Bas le lui avait assuré.

« Mais alors, où est-il ? s'interrogea Pucket pour la millième fois au moins depuis la nuit de l'incendie.

— On sait déjà où il n'est pas », rappela Isiane.

Ils avaient fouillé la plupart des quartiers de la ville, sans succès jusqu'ici. La jeune fille avait usé de son talent tout neuf auprès des passants, mais l'art de la persuasion ne lui avait servi à rien. Personne n'avait vu Jed, ni de près, ni de loin.

« Et s'il ne revenait pas ? hasarda Pucket, lugubre.

— Je ne vois pas ce qu'on pourrait y changer. On a déjà perdu Wyned, puis Corey. C'est à croire que Rédemption ne veut pas de nous.

— Des garçons, en tout cas. Toi, tu te débrouilles admirablement ! »

Pucket disait vrai. Depuis qu'ils écumaient la cité pour le compte de Haggis, Isiane avait rapporté une petite fortune dans les caisses du Maître. Elle n'avait pas son pareil pour soutirer le maximum aux receleurs, à tel point que Morrow la laissait désormais mener seule les négociations. Le tuteur n'assistait même plus aux marchandages. Il conduisait ses propres affaires, de son côté. Puis, le soir venu, les aînés se retrouvaient avant de regagner la Maison, pour mettre en commun l'argent versé ensuite au Maître.

Les travaux de réfection du rez-de-chaussée s'étaient enfin achevés, la veille. Ce matin, les cours allaient reprendre. Réunis autour de la table du petit déjeuner, les aînés attendaient l'arrivée de monsieur Torrence. Edwyn, rétabli, était là lui aussi. Il régnait une ambiance encore plus morose qu'à l'ordinaire. Seul Morrow ne semblait pas atteint par cette mélancolie contagieuse. Il dévorait avec bel appétit, et parfois un sourire lui venait, sans raison particulière. Quand des coups résonnèrent à la porte d'entrée, il fut même le premier sur ses pieds. Haggis alla ouvrir, comme à son habitude. Puis, au lieu de se retirer dans ses appartements, il accompagna élèves et professeur jusque dans la salle de cours, remise en état, où flottait l'odeur du bois neuf.

Monsieur Torrence, fidèle à lui-même dans son habit sévère, dénué de fantaisie, arqua un sourcil étonné, mais n'osa pas demander au Maître la raison de sa présence. Il était après tout chez lui, et n'avait pas à se justifier.

« Quel sera l'objet de la leçon du jour ? », demanda Haggis.

Il se tenait les bras croisés sur la poitrine, planté à une extrémité de l'estrade, de profil par rapport aux élèves. Son nez fin et busqué, en forme de bec, lui donnait l'air d'un rapace prêt à fondre sur sa proie. Nulle lueur ne brillait dans le fond de son œil fixe, inexpressif.

Debout devant le tableau noir, le professeur s'éclaircit la voix pour se donner une contenance, avant de répondre :

« J'ai prévu d'évoquer une page de l'histoire de Rédemption qui me paraît tout indiquée : celle du Grand Incendie.

— Excellent choix. Ce sera, je suppose, l'occasion d'instruire mes aînés des consignes de prudence à adopter pour leur sécurité ? »

Monsieur Torrence approuva d'un signe. Sa glotte tressautait sous le nœud de cravate serré autour du col amidonné de sa chemise. Assise au premier rang, Isiane percevait la nervosité du jeune homme. Haggis était-il en train d'user sur lui de son pouvoir ?

« La prudence, monsieur, continua le Maître d'un ton imperturbable, est une vertu hélas trop peu répandue parmi nos concitoyens. Ne le croyez-vous pas ?

— Il me semble... Euh, je veux dire, certainement...

— Chacun d'entre nous ne devrait-il pas montrer le parfait exemple ? Les pédagogues en particulier ? »

La discussion virait à l'interrogatoire. Monsieur Torrence passa un doigt dans son col pour tenter de desserrer son nœud de cravate. Il paraissait avoir soudain du mal à respirer. Isiane remarqua qu'il transpirait, malgré la fraîcheur régnant dans la salle aux rideaux tirés. Ses joues rasées de près s'empourpraient à vue d'œil.

« Je... Je pense que vous avez raison, mais...

— Mais ? Auriez-vous quelque objection ?

— Non, je vous assure... C'est juste que... Je ne comprends pas... »

Les genoux du professeur se mirent à trembler. Il dut prendre appui sur un coin du bureau pour ne pas s'effondrer. À présent, il ouvrait grand la bouche pour avaler de profondes goulées d'air. Son teint avait viré au cramoisi. Isiane prit conscience qu'il était vraiment en train de suffoquer. Elle voulut avertir ses camarades, mais Haggis fut le plus prompt :

« Et moi, monsieur, je ne comprends que trop bien quel scélérat vous êtes ! tonna-t-il. Non content de vous être montré déloyal envers moi, vous avez fait preuve d'une folle imprudence en oubliant ceci dans mon cabinet de travail... »

Le Maître exhiba l'objet qu'il avait jusque-là dissimulé sous un pan de sa tunique. Chacun poussa une exclamation de surprise en reconnaissant la tristement fameuse badine.

Monsieur Torrence parvint à articuler à grand-peine :

« Je ne comprends pas... On a fouillé chez moi...

— C'est là votre seule explication ? se moqua Haggis. Allons, monsieur, vous pouvez trouver mieux. COMMENT CET INSTRUMENT EST-IL ARRIVÉ JUSQUE DANS MON BUREAU ?

— Je l'ignore... Par pitié... arrêtez... »

Isiane ne put supporter davantage de voir souffrir le professeur.

« Assez ! s'écria-t-elle en se redressant pour faire face à Haggis. Vous voyez bien qu'il ne ment pas ! »

Un bref instant, une lueur d'étonnement illumina le regard du Maître. Puis il tonna, sans même daigner jeter un œil sur l'insolente :

« ASSISE !

— Non ! »

Isiane tremblait sous l'effort consenti pour résister à l'injonction. Elle ferma les yeux pour mieux se concentrer et lança :

« CESSEZ DE TORTURER CET INNOCENT ! »

Une rumeur d'effroi parcourut le reste de la classe. Personne n'avait jamais tenté de s'opposer au Maître avec ses propres armes. Isiane était folle ! Elle allait payer très cher son audace.

Mais Haggis ne se mit pas en colère. Il se tourna vers la jeune fille et pointa la badine dans sa direction.

« Tu ne comprends pas, dit-il. Monsieur Torrence est beau parleur, les mots sont son talent. Il a fait de leur emploi savant son métier. Il sait mieux que quiconque travestir la vérité. »

Le professeur avait cessé de s'étouffer. Mais le Maître n'en avait pas fini avec lui :

« LA VÉRITÉ, MONSIEUR TORRENCE. ELLE DOIT ÊTRE CACHÉE DANS LE FOND DE VOTRE BOUCHE. JE VEUX QUE VOUS L'EN FASSIEZ SORTIR. MAINTENANT ! »

Sous les regards horrifiés de l'assistance, le professeur glissa la main entière entre ses lèvres et se mit à fouiller l'intérieur de sa bouche.

« Je vous en prie... », supplia Isiane.

Mais la tension était trop forte, et elle retomba sur sa chaise, pantelante, près de s'évanouir.

« MONTREZ-LA-MOI, MONSIEUR TORRENCE ! commanda Haggis. JE VEUX VOIR LA VÉRITÉ NUE. ALORS SEULEMENT JE VOUS CROIRAI. »

Un flot de sang noir, épais, jaillit soudain d'entre les lèvres du précepteur. Il retira sa main de sa bouche. Elle brandissait un morceau de chair rose et sanguinolente, entre ses doigts recourbés à la manière de serres. Effaré, il contemplait sa langue, à peine conscient qu'il venait de se l'arracher.

Haggis hocha la tête, apparemment satisfait.

« J'espère que personne n'oubliera la leçon du jour, dit-il. Un talent est une arme efficace mais à double tranchant. Il peut à tout moment se retourner contre son propriétaire. Surtout quand le doute et la peur s'en mêlent. C'est pourquoi vous ne devez jamais vous laisser dominer par de pareilles émotions. Quelqu'un de moins sensible finira toujours par vous le faire regretter. Maintenant, la classe est terminée. Monsieur Torrence, je vous conseille de gagner l'hôpital au plus vite. Vous reviendrez toucher vos gages une fois votre blessure cautérisée. Je tiendrai une prime de renvoi à votre disposition. Car vous comprenez qu'un professeur privé de la parole ne saurait plus nous être d'aucune utilité... »

*

Jed reprit conscience dans un hamac, la tête lourde et le cœur au bord des lèvres. La cellule, anonyme, était semblable à toutes celles où il avait déjà dormi. Les Naufrageurs passaient leurs nuits indifféremment dans l'une ou l'autre des nombreuses cavités de leur repaire, de même qu'ils mettaient l'ensemble de leurs possessions en commun, à l'exception de menus objets ou de souvenirs personnels, comme un bijou ou, pour ce qui concernait Jed, le globe de L'Anguille. Seule la Matrone se voyait attribuer une chambre privée, symbole de sa position et de son prestige. Mais pour le reste, même elle sacrifiait à la coutume du partage équitable des biens entre tous les membres de « sa famille ».

Ghilla, le familier, était roulé en boule entre les pieds du garçon. Il dressa l'oreille en l'entendant s'agiter et avança le cou, quémandant une caresse. Jed l'en gratifia bien volontiers, tandis qu'il reprenait peu à peu ses esprits.

Son apprentissage de tempestaire avait admirablement débuté ! ironisa-t-il. S'il devait défaillir chaque fois que la Matrone lui expliquait quelque chose, mieux valait se résoudre à choisir un autre destin.

« Ah, tu es réveillé, fit Naït en entrant dans la petite pièce sans fenêtres, un bol fumant entre les mains. Tu as beaucoup dormi, s'empressa-t-elle d'ajouter. Notre Mère m'a demandé de veiller sur toi.

— C'est gentil de ta part, mais tu n'es pas obligée de rester, commença Jed, avant de se rendre compte que ses paroles pouvaient être mal interprétées. Je veux dire que tu es mieux dehors, dans la lande, plutôt qu'enfermée sous terre... »

La sauvageonne laissa fuser un rire cristallin.

« Je sais ce que tu veux dire, idiot, le morigéna-t-elle. Bois ce bouillon, il te remettra les idées en place. Et puis, il faudrait que tu t'étoffes un peu ! Tu ressembles à un oisillon tombé du nid, tout maigre et déplumé. »

La comparaison n'était pas dénuée de bon sens, estima Jed. Il avait bel et bien été victime d'une chute, dans sa tête sinon dans la réalité. Il se trouvait effectivement dans la même position qu'un oisillon, incapable d'oser voler, bien que la nature l'eût doté de tous les attributs nécessaires. Puisqu'il possédait le talent de tempestaire, qu'est-ce qui l'empêchait de l'utiliser ?

« Merci », dit-il, acceptant le bol.

Il porta le breuvage à ses lèvres. C'était chaud, clair et relevé. Ça n'était même pas mauvais. Jed était certain de n'avoir jamais rien bu de pareil.

« Qu'est-ce que c'est ? demanda-t-il.

— Une décoction de simples que j'ai moi-même cueillis, l'informa Naït. Ces plantes ont pour vertu de fortifier le corps. Pour le goût, j'ai ajouté une louche de sang de mouton. »

Jed faillit tout recracher. Il se retint *in extremis*, pour ne pas vexer la jeune fille. Mais ce ne fut pas facile d'arriver au fond du bol ! Toutefois le sourire éclatant de la sauvageonne fut sa récompense quand il eut terminé d'avaler la mixture.

« Un peu d'exercice te ferait le plus grand bien, fit Naït. Que dirais-tu d'une promenade dans les collines ? »

Bien qu'il se sentît encore faible, Jed ne voulut pas refuser la proposition.

« C'est une excellente idée, dit-il. Je suis sûr que je me porterai beaucoup mieux après ! »

Chapitre 14

UN BREF ET MERVEILLEUX
MOMENT

Morrow s'amusait encore du tour joué à cet imbécile de professeur. Vraiment, quelle partie de rigolade ! Comme il avait aimé le voir trembler de peur et d'incompréhension quand Haggis s'était emparé d'une partie de son esprit pour bloquer sa respiration...

Sans parler du clou du spectacle ! Le coup de la langue... Vraiment du grand art ! Morrow avait hâte d'atteindre le niveau du Maître. Il ne se satisfaisait plus de convaincre le premier abruti venu de détourner le regard pendant qu'il commettait un vol, ou d'oublier de lui faire payer son verre. C'était devenu trop facile. Même la morveuse blonde y arrivait, à présent. Lui visait plus haut. Beaucoup plus haut !

Il avait étudié attentivement la technique du Maître, sans parvenir toutefois à comprendre comment il s'y prenait pour influencer directement les pensées de ses victimes. Cela n'avait rien à voir avec les mots employés, du moins pas en apparence. Non, c'était infiniment plus subtil. Haggis avait utilisé des mots pleins de sous-entendus pour instiller le doute, puis la peur, dans l'esprit de Torrence. Et une fois que celui-ci avait entrebâillé la porte de ses émotions les plus intimes, le Maître s'était immiscé et en avait pris le contrôle.

Le jour où Morrow serait capable d'un tel exploit approchait, mais pas assez vite à son goût. Il s'entraînait dur, pourtant. Mais il devait agir avec discrétion. Il ne pouvait pas encore se permettre d'affronter Haggis – et un duel serait inévitable s'il décidait de le quitter trop tôt pour diriger sa propre bande de maraudeurs. Un seul Maître régnait sur le Quartier Gueux, qui n'acceptait aucune concurrence. Cependant, rien n'empêchait Morrow de lui nuire pour tenter de l'affaiblir.

L'effraction de la veille avait été accomplie dans cette intention. Morrow avait profité de l'absence de Haggis pour s'introduire en catimini dans son cabinet de travail, au premier étage de la Maison, avant le retour des autres aînés. Fracturer la serrure du secrétaire où le Maître rangeait ses documents n'avait guère posé de difficultés. Toutefois, Morrow s'était vite heurté à un obstacle pour lui infranchissable : les lettres renfermant le secret de la naissance des Innocents étaient rédigées dans autant de langues étrangères qu'ils avaient d'origines différentes. Celle qui concernait Jed ne faisait pas exception à la règle. À part le nom du garçon, ajouté par la plume de Haggis après qu'il l'eut rebaptisé, tout le reste relevait du charabia.

Frustré d'une révélation, Morrow avait continué de fouiller le meuble, jusqu'à tomber sur une lettre plus ancienne, en haut de laquelle figurait son propre prénom. Il n'avait pas pu résister à la tentation. Une fois encore, il en fut pour ses frais.

La feuille de papier contenait seulement une adresse, ici même, dans Rédemption. Morrow l'avait mémorisée, puis il avait remis les lettres à leur place. Afin de ne pas repartir les poches vides, il avait dérobé tous les objets de valeur – pièces et bijoux principalement – accumulés par le Maître. Ils avaient depuis rejoint le trésor personnel de l'aîné, dans sa cachette de la porcherie. Enfin, Morrow avait déposé la badine de monsieur Torrence entre les pieds du secrétaire, n'en laissant dépasser qu'une extrémité. Ainsi, Haggis croirait que son voleur amateur l'avait bêtement oubliée – ce qui n'avait pas manqué se produire, du moins dans un premier temps.

À présent, l'aîné se trouvait confronté à un nouveau dilemme. Planté face à la porte de cette bâtisse bourgeoise, sise à l'endroit décrit dans la lettre portant son nom, le heurtoir à la main, que devait-il faire ? D'un côté, il brûlait de rencontrer ceux qui l'avaient autrefois abandonné, pour connaître les raisons de leur décision ; d'un autre côté, il redoutait les conséquences possibles d'une confrontation avec ses parents. Après tout, s'ils avaient décidé de le rejeter une première fois, pourquoi s'en priveraient-ils à nouveau ? Ne risquait-il pas de compromettre ses plans d'avenir – régner sur le Quartier Gueux à la place de Haggis – en précipitant des retrouvailles non désirées ?

La curiosité finit par l'emporter sur la circonspection. Morrow frappa trois coups contre l'huis, de toutes ses forces. Il laissa retomber le heurtoir et attendit, le cœur cognant contre les barreaux de sa cage thoracique.

On vint ouvrir une longue minute plus tard. Morrow entendit un pas lourd résonner sur le dallage, derrière la porte. Il chercha une manière de se présenter, ne trouvant pas ses mots, plus ému qu'il ne l'aurait cru. La surprise acheva de lui couper le souffle lorsqu'il découvrit la silhouette opulente du maître des lieux.

Considérant son visiteur, celui-ci prit un air étonné et s'écria :

« C'est donc toi, crapule ? Mais que fais-tu là ? »

*

L'ascension de la butte avait éprouvé Jed plus qu'il ne l'aurait imaginé, mais il ne regretta pas l'effort consenti une fois arrivé au sommet.

« Alors, qu'en dis-tu ? demanda Naït. C'est beau, non ? »

Il dut admettre que oui. Du haut de l'éminence, on embrassait du regard un panorama somptueux. Les creux et les bosses de la lande s'étiraient en un camaïeu de verts où éclataient les mauves et les jaunes des fleurs sauvages. La brise faisait onduler les hautes herbes et les branches des buissons, animant ce tableau naturel né de l'imagination d'un artiste généreux.

« C'est magnifique, ajouta Jed.

— J'aime venir m'asseoir ici, au milieu de nulle part. Tout y est si tranquille. »

Montrant l'exemple, Naït s'installa sur un tapis de feuillage. Elle invita Jed à en faire de même en tapotant le sol à ses côtés. Ghilla en profita pour quitter son épaule et partir explorer les environs. Il disparut dans une touffe de genêts, agitant derrière lui sa queue en forme de fouet.

« Ton familier a flairé une piste, s'amusa la sauvageonne. À moins qu'il n'ait décidé de nous laisser seuls tous les deux.

— Pourquoi ferait-il ça ? » demanda Jed.

Naït poussa un soupir.

« Tu n'es vraiment pas dégourdi, dans ton genre, se plaignit-elle. Pour une fois que nous accueillons un garçon qui me plaît dans notre famille... »

Elle accompagna sa remarque d'un geste qui mit le feu au front de son compagnon : du plat de la main, elle effleura sa tempe, lui caressant les cheveux.

« Tu as de jolies boucles claires, lui dit-elle. Et la peau douce, aussi ! Que penses-tu de la mienne ? »

Avant qu'il ait pu réagir, Naït s'était emparée d'une de ses mains pour la promener sur sa joue. Le contact électrisa Jed. La question qui suivit fut la source d'un très grand embarras :

« Est-ce que tu veux bien m'embrasser ? »

Jed faillit en perdre tous ses moyens. Il dut remettre de l'ordre dans ses pensées avant de commencer à répondre :

« Je n'ai encore jamais... »

La sauvageonne ne lui laissa pas le temps d'avouer sa complète ignorance.

« C'est facile, tu vas voir, et aussi très agréable ! »

Lentement, elle approcha ses lèvres des siennes. Jed était partagé entre l'envie de s'enfuir à toutes jambes et celle de prolonger ce merveilleux moment à l'infini.

Mais alors que leurs bouches allaient se rencontrer, un piaillement suraigu s'éleva des fourrés. Ghilla déboula soudain à toute allure, complètement paniqué, talonné par une impressionnante masse de muscles et de poils noir et feu.

« Arès ? s'étonna Jed.

— Tu connais ce monstre ? » fit Naït en se redressant d'un bond.

Surprenant les jeunes gens, le molosse se désintéressa aussitôt du familier. Il détourna sa trajectoire pour foncer droit sur eux.

« Ne reste pas là, cours ! » s'écria Jed.

Mais il était déjà trop tard. Arès prit son élan et sauta à la gorge de la sauvageonne. Avec horreur, Jed la vit basculer sous le poids de l'animal dont les mâchoires claquaient au-dessus du visage de sa proie. Naït tenta de le repousser, mais elle n'était pas de taille à s'opposer à un monstre pareil. Si Jed ne faisait rien, il allait la dévorer vivante !

Il ramassa une pierre et la jeta de toutes ses forces sur le dos de la bête. Arès tourna une gueule écumante dans sa direction et se mit à gronder. Ses deux énormes pattes avant reposaient toujours sur le ventre de Naït, la clouant au sol.

« Fiche-lui la paix ! Approche un peu par ici ! » s'écria Jed en agitant les bras pour capter l'attention du molosse.

Arès se mit à renifler l'air, la truffe frémissante. Il lâcha soudain trois aboiements brefs. Naït tressaillit chaque fois que résonna la voix puissante.

Jed rassembla son courage pour s'approcher d'un pas. Arès garda les yeux braqués sur lui. Il haletait à présent, tirant une langue démesurée, dégoulinante de bave. Son poitrail orné d'une double tache de feu vibrait sous les coups frappés par son cœur.

Jed fit un nouveau pas. Il espérait cacher sa peur. Un poing glacé s'était refermé sur ses entrailles. Il respirait avec difficulté. Son estomac semblait sur le point de lui remonter dans la gorge.

« Là, tout doux, susurra-t-il d'une voix qu'il ne reconnut pas. Tu es un bon chien... »

Arès redressa ses oreilles tombantes et fit pivoter sa tête de quelques degrés, adoptant un air interrogateur. Encouragé par ce changement d'attitude, Jed persévéra :

« Tu te souviens qu'on s'est déjà rencontrés, sur le port ? Je suis sûr que tu t'en rappelles. Ton maître, Nunno, était là lui aussi. »

Le nom du Chien du Guet dut avoir un effet bénéfique, car Arès lâcha un couinement et claqua des mâchoires en l'entendant. Jed s'approcha encore d'un pas.

Les poils de l'animal se dressèrent d'un coup tout le long de son échine. Arès banda ses muscles. Jed comprit qu'il s'apprêtait à bondir. Comme dans un cauchemar, le temps parut ralentir. Jed vit le molosse se tasser sur lui-même, mouvement après mouvement, puis déplier ses pattes et enfin s'envoler, la gueule grande ouverte. Une émotion violente, bien au-delà de la peur, terrassa alors le garçon. Instinctivement, il leva la main devant son visage, paume tournée vers l'avant, tel un dérisoire bouclier de chair et d'os, dans l'attente du choc.

Arès avait franchi la moitié de la distance qui les séparait quand une bourrasque balaya le sommet de la butte, arrachant sur son passage les plants de bruyère pas assez profondément enracinés, soulevant un nuage de mousse et de terre derrière elle. Frappé au flanc par la rafale, Arès fut renversé en plein saut et sévèrement bousculé. Il effectua une culbute presque complète, avant de retomber une douzaine de pas plus loin. À peine remis sur ses pattes, il s'enfuit la queue basse en poussant des gémissements de chiot.

Jed tomba à genoux, vidé de son énergie. Il n'avait pas la moindre idée de ce qui venait de se produire, ni comment cela avait été possible. Il pouvait seulement constater le résultat, à savoir le sillon tracé dans les buissons par le brusque coup de vent. C'était comme si le soc d'une charrue géante avait labouré la colline. Des fragments de feuillage voletaient encore dans l'air, agités par une brise revenue à la normale.

Naït se précipita vers Jed et le prit dans ses bras.

« J'ai eu si peur ! dit-elle. J'ai bien cru que c'était la fin. Tu m'as sauvé la vie. »

La voix de la sauvageonne semblait provenir du fond d'un long tunnel. Sa silhouette se brouilla. Jed chercha à lutter, mais perdit rapidement pied. Ses paupières papillonnèrent et le vide l'aspira.

*

Nunno perçut l'appel d'Arès : trois jappements brefs, indiquant la découverte d'un gibier. Il partit au pas de course dans la direction empruntée par le molosse. Après deux jours de vain pistage, le Chien du Guet commençait à douter des capacités de son partenaire canin. Il lui avait fait renifler le morceau de drap remis par le Maître des Innocents, et Arès s'était aussitôt lancé sur les traces du fuyard. Mais une fois sur la lande, loin de Rédemption, Arès avait commencé de montrer des signes d'hésitation. Il avait à plusieurs reprises rebroussé chemin, croisé et recroisé la même piste, la truffe au ras du sol, sans parvenir à se décider. Nunno ne l'avait jamais vu dans cet état. Ils avaient fini par atteindre les falaises dressées comme des remparts face à la mer, en surplomb d'un chaos de rochers et de plages minuscules, enchâssées dans des criques inaccessibles, hormis pour les oiseaux. Qu'est-ce que le gamin échappé de chez Haggis pouvait bien fiche ici ? S'était-il jeté à l'eau, par désespoir ? Nunno était prêt à le croire, quand, enfin, Arès avait levé sa proie.

Il gravissait la butte quand le vent se leva, atteignant en quelques secondes à peine un niveau de fureur digne d'un grain* de pleine mer. Nunno perdit l'équilibre. Il se rattrapa aux branches d'un arbuste pour ne pas rouler au bas de la colline. Heureusement, la tempête impromptue s'évanouit aussi vite qu'elle était apparue. Nunno reprit son escalade.

Là-haut, Arès émit un gémissement de pure frayeur. Son maître accéléra l'allure.

En déboulant sur le plateau du sommet, il découvrit un spectacle étonnant. La végétation avait été fauchée, la terre retournée, des arbrisseaux déracinés. L'endroit était désert. Perplexe, Nunno porta le pouce et l'index en crochet à sa bouche et siffla. Arès fit son apparition, honteux, sortant du fourré où il avait trouvé refuge. Il avait l'air entier et ne portait aucune marque de blessure. Nunno le flatta tout en l'interrogeant :

« Qu'a-t-il bien pu se passer ici ? Bien sûr, tu ne me le diras pas... » En guise de réponse, l'animal fourra son museau dans le creux de sa paume. « Tu veux me montrer quelque chose, comprit Nunno. Quoi ? Vas-y, mon vieux, éclaire-moi ! »

Arès se dirigea vers le flanc de la butte exposé côté mer. La lande s'étendait en pente douce jusqu'en bordure de falaise.

« Il n'y a rien d'intéressant dans le coin », fit Nunno.

Mais le molosse insista. Il se mit à gratter le sol au pied d'un buisson touffu, arrachant des mottes de terre avec ses griffes. Peu à peu, il dégagea l'entrée d'une tanière, dissimulée sous un tapis de mousse et de lichens. D'après la taille de la trouée, un individu pas très gros pouvait tout à fait s'y glisser.

« Je retire ce que j'ai dit, mon vieux. Il y a bien quelque chose par ici qui vaut le coup d'œil. Bravo, joli travail ! »

Nunno s'allongea et passa la tête par l'ouverture. Un boyau se profilait quasiment à la verticale, jusqu'à une profondeur difficile à estimer. Le Chien du Guet ne poursuivit pas plus loin son exploration.

« Je crois que nous avons trouvé la cachette de notre gibier, confia-t-il à Arès. Mais je doute que le gamin soit arrivé là seul et par hasard. Reste à savoir combien ils sont là-dessous, et, surtout, qui ils sont. En tout cas, une chose est sûre : Haggis ne va pas récupérer son bien aussi facilement qu'il le pensait ! »

Entre-temps...

Monsieur Chandaigne savait depuis long-temps qu'un homme condamné par la maladie jouit plus intensément des plaisirs de l'exis-tence qu'ils sont pour lui les derniers. Il ne l'avait pas appris dans les livres, mais l'avait découvert d'expé-rience. Pourtant, ce soir-là, chez le gouverneur de l'île qui était une prison à ciel ouvert, il ne parvint pas à profiter pleinement de la saveur des mets ni du charme de certaines convives. Celles-ci se mon-traient des plus aimables, n'hésitant pas à exhiber leurs appas pour mieux attirer son attention, mais rien n'y faisait, Monsieur Chandaigne n'avait pas l'esprit à la bagatelle.

Non sans étonnement, il découvrit qu'il s'ennuyait. Cela lui apparut comme une révélation. Ainsi, il était encore capable de céder à la moro-sité ? C'était le signe, irréfutable, qu'il était pour lui temps de plier bagage et de mettre le cap sur d'autres latitudes.

Aussi, fidèle à son habitude de ne jamais repousser à plus tard la moindre manifestation de ses désirs, se leva-t-il de table alors qu'on servait tout juste le troisième plat – une sorte de grosse volaille au bec curieusement difforme, nommée par les savants Didus Ineptus et rebaptisée plus simplement « dodo » par les indigènes. Sans se soucier le moins du monde des expressions contrariées de ses hôtes, monsieur Chandaigne s'en alla d'un pas décidé. Personne n'osa le rappeler, ni même lancer la moindre protestation, car il était de notoriété publique que le tireur émérite ne se départait jamais d'un ou deux pistolets, dissimulés sous un pan de son habit, et qu'il supportait mal de se faire houspiller.

De retour à l'auberge où il avait pris pension, monsieur Chandaigne rassembla les fioles et les flacons indispensables à la poursuite de son traitement. Il rangea ses vêtements de cérémonie et passa sur sa chemise le long manteau de peau tannée, confectionné pour lui par les femmes d'une tribu de guerriers des steppes de l'Orient, en remerciement pour les services qu'il avait rendus là-bas. Puis il coiffa le chapeau de cuir aux larges bords qui était son meilleur allié contre les éléments – pluie et soleil trop ardent. Enfin, il ramassa la trousse contenant son fusil et sortit rejoindre la nuit.

Le port de la petite colonie pénitentiaire ne dormait jamais, contrairement au reste de l'île. Les marins en escale animaient joyeusement les bouges de leurs rires avinés, quelle que fût l'heure de la journée. Monsieur Chandaigne alpagua le premier venu dont il comprit le langage – lui-même parlait couramment huit langues apprises au cours de ses voyages, et le double de dialectes. Il glissa une pièce dans la main du marin et lui demanda où trouver son capitaine. L'homme, ravi de l'aubaine, lui indiqua une goélette gréée à quatre mâts, qui avait fière allure, mouillée en retrait dans la rade. Contre la promesse d'une autre pièce, il accepta de conduire son bienfaiteur à bord.

Durant le court trajet en chaloupe, monsieur Chandaigne contempla les feux des fanaux qui brûlaient tout le long de la côte, pour éclairer ses plages au cas où un forçat chercherait à gagner la mer à la faveur de la nuit. Il ne regretterait pas cette île, pas plus que ses habitants. Au moins en repartait-il plus riche qu'il n'y était arrivé. Mais sa fortune fondrait au gré des saisons à venir, car il aimait mener grand train. Tôt ou tard, il lui faudrait trouver un nouvel engagement. Cela ne l'inquiétait pas outre mesure. Sa réputation le précédait toujours, et, partout où il passait, les propositions venaient à lui, et non l'inverse.

La goélette portait un nom qui lui parut de bon augure : la Fille du Vent. Son capitaine, un petit homme barbu au ventre proéminent, reçut d'autant plus volontiers ce passager unique et peu encombrant qu'il était prêt à payer le prix fort pour s'assurer de disposer de tout le confort. Une cabine privée serait mise à sa disposition et il dînerait à la table des officiers.

Quand monsieur Chandaigne s'enquit de l'armateur du bâtiment et du propriétaire de sa cargaison, il lui fut répondu un seul nom : celui de la Compagnie. Ce qui ne l'étonna guère, dans la mesure où celle-ci assurait l'essentiel du transport des bagnards exilés du continent septentrional. En règle générale, une fois le bétail humain débarqué, on remplissait les cales des navires de produits issus du travail forcé – essences de bois exotiques, minerais et plantes locales, parfois même des animaux qu'on exhibait ensuite dans les salons des grandes maisons, pour le plaisir éphémère des enfants de leurs propriétaires.

Monsieur Chandaigne versa au capitaine la moitié de la somme convenue pour prix de la traversée. Le petit homme barbu s'étonna alors du manque de curiosité de son passager. « Vous ne m'avez pas demandé quelle est la destination finale de la Fille du Vent », fit-il remarquer. Monsieur Chandaigne le gratifia alors d'un sourire entendu, avant de répliquer : « Tous les chemins suivis par les vaisseaux de la Compagnie ne mènent-ils pas à Rédemption ? »

Le capitaine ne put qu'acquiescer. « Nous serons rendus à bon port d'ici trois mois, si les courants et les vents nous sont favorables et à condition de ne pas croiser de navires pirates plus rapides que le nôtre, précisa-t-il. — Si ça devait être le cas, qu'aurions-nous à redouter ? » voulut savoir monsieur Chandaigne. Le capitaine se composa une mine sombre pour répondre : « À coup sûr, une fin longue et atroce... »

À nouveau, monsieur Chandaigne sourit. « Cela ne me changerait guère de l'ordinaire », dit-il. Puis il souhaita le bonsoir au capitaine et s'enferma dans la cabine qu'on lui avait préparée.

Cette nuit-là, la première passée à bord de la Fille du Vent, il s'endormit apaisé, sa douleur assagie à l'idée d'un voyage qui promettait son lot de surprises et d'action.

Chapitre 15
BAPTÊME DE MER

« Il faut tenter notre chance, affirma Isiane. Partons tant qu'il est encore temps.

— Avant de subir le même sort que monsieur Torrence, renchérit Edwyn.

— Mais où irons-nous ? demanda Pucket. Haggis nous fera rechercher dans toute la ville et il finira bien par nous retrouver.

— Il n'a pas encore remis la main sur Jed », rappela opportunément Isiane. Edwyn et Pucket échangèrent un regard intrigué. « Parce qu'il a certainement quitté Rédemption, continua la jeune fille. C'est le seul moyen d'échapper à l'influence du Maître.

— Tu oublies juste une chose, dit Pucket. Nous n'avons nulle part où aller !

— Impossible d'embarquer sur un navire de la Compagnie sans être signalé par les Chiens du Guet qui rôdent sur le port », appuya Edwyn.

Les trois jeunes gens s'étaient réunis pour discuter de leur situation dans un jardin public surtout fréquenté par des nourrices en charge de rejetons de bonne famille. L'endroit, paisible, était suffisamment éloigné du Quartier Gueux pour qu'ils échappent à la surveillance des vrais mendiants et faux éclopés qui avaient fait allégeance au Maître. Tant qu'ils ne s'approchaient pas trop près des bambins en costumes de flanelle et robes de dentelle, on tolérait leur présence.

« J'y ai bien réfléchi, reprit Isiane. De nombreux colporteurs parcourent les contrées de l'intérieur. Je pourrais tenter de persuader l'un d'eux de nous prendre avec lui. En échange d'un peu d'argent si nécessaire...

— Un instant, la coupa Pucket. Et le secret de ta naissance ?

— Je m'en fiche ! explosa la jeune fille. Je n'en peux plus de cette vie. Je refuse de continuer à chaparder pour le compte de Haggis en attendant de savoir lequel d'entre nous sera sa prochaine victime, ou celle de Morrow. Tant pis pour le secret de mes origines ! Je préfère ignorer d'où je viens et qui je suis en réalité, si le prix à payer pour ces révélations est celui du sang.

— Je suis d'accord, approuva Edwyn. Pour ma part, j'ai déjà payé assez cher. Et toi, Pucket ? »

Le grand garçon avait l'air embarrassé quand il déclara :

« Il n'y a pas que cette histoire de naissance en jeu. Vous deux, vous avez découvert votre talent. Moi, pas encore. Si je quitte la Maison, peut-être qu'il ne se révélera jamais.

— C'est vraiment si important pour toi ? demanda Edwyn. Il a fallu que mon frère meure pour que mon talent se manifeste. Je sais maintenant qu'un don n'est pas forcément une bénédiction.

— Mais si je reste, continua Pucket, les autres aînés ne se priveront pas de me harceler. Je ne sais vraiment pas quelle décision prendre.

— Tu as le temps d'y réfléchir, dit Isiane. Il va me falloir quelques jours pour dégotter celui qui nous aidera à fuir. Et j'aurai besoin de quoi le décider si ma parole ne suffit pas. Pucket, tu es le meilleur chapardeur d'entre nous. Penses-tu pouvoir dérober suffisamment de bourses pour réunir une jolie somme en plus de l'écot du Maître ?

— Tu peux compter sur moi ! Ce sera ma contribution à votre évasion si vous deviez partir sans moi.

— Alors, c'est entendu, les garçons. Retrouvons-nous ici chaque soir pour mettre un pécule de côté. Nous pourrons le cacher quelque part dans ce parc, il y sera plus à l'abri qu'à la Maison. Et quoi qu'il arrive, surtout, nous devons tous jurer de tenir notre langue. Si Haggis ou Morrow devaient avoir le moindre soupçon, je ne donne pas cher de notre peau ! »

*

Emmitouflée dans les pans de sa pèlerine, la Matrone fumait au chevet de Jed quand il se réveilla. L'odeur du tabac flottait dans la cellule, mêlée à celle de l'air marin. Une ouverture en forme de meurtrière se découpait dans la paroi rocheuse, face à l'entrée, et laissait filtrer la lumière du jour. En redressant la tête, Jed aperçut une mince bande de mer grise sous un lambeau de ciel assorti. On l'avait débarrassé de sa chemise et ses sandales pour l'allonger sur un hamac taillé dans une vieille toile de voile. Ghilla ronflait à ses pieds. La Matrone avait pris place sur l'unique siège, un banc assez solide pour supporter son poids.

« Bonjour, jeune héros, le salua-t-elle avec une pointe d'ironie. J'ai décidé de t'attribuer ta propre chambre, juste à côté de la mienne. J'y ai fait transporter tes effets personnels. » Elle pointa une griffe sur un petit coffre en bois, à côté du banc. « Tout est là : tes vêtements, et quelques autres récupérés ici ou là, ainsi que cet étrange lumignon de verre. Je n'en avais jamais vu de pareil. Il n'y a aucune mèche à l'intérieur, pas trace d'huile ou de graisse non plus, et pourtant cette petite flamme brûle avec ardeur.

— Un ami m'en a fait cadeau, dit Jed, espérant que cette pseudo-explication suffirait.

— Ça devait être un ami cher. Et proche. »

Inutile de démentir, quand bien même ce n'était pas la vérité :

« Nous nous sommes perdus de vue, depuis.

— Il en va souvent ainsi, hélas. Comment te sens-tu, après ton exploit sur la colline ? »

La confrontation avec Arès lui semblait avoir eu lieu des siècles plus tôt.

« Bien. En pleine forme, même. »

Jed sauta du hamac pour en donner la preuve. Dérangé dans son sommeil, Ghilla émit un trille de protestation.

La Matrone eut un geste approbateur.

« Parfait. Je crois que tu es prêt à reprendre l'entraînement. Ton expérience d'hier te sera certainement utile.

— Je ne sais même pas ce qui s'est vraiment passé.

— D'après ce que Naït m'a rapporté, c'est pourtant clair : tu as levé une bourrasque dévastatrice pour chasser la bête qui vous avait surpris.

— Je ne l'ai pas fait exprès !

— Mais tes réflexes sont redoutables. Et plutôt que la colère, la peur t'a fourni l'énergie nécessaire. C'est elle qu'il te faudra apprivoiser pour commander aux éléments. »

C'était facile à dire, mais Jed s'abstint de protester. Il ne voulait pas passer pour un éternel pleurnichard, surtout après avoir sauvé la vie de Naït. Il gardait le souvenir, troublant et agréable, de leur étreinte interrompue.

« Habille-toi chaudement et n'oublie pas de te munir d'un couvre-chef, conseilla la Matrone en se relevant.

— Pourquoi ?

— Parce que nous allons sortir en mer et que nous ne rentrerons pas avant l'aube. Il fera froid une fois le soleil basculé sous l'horizon. Et si les éléments se déchaînent, tu seras vite trempé de la tête aux pieds. »

En fouillant dans le coffre, Jed trouva sa vareuse et un caban trop large pour son gabarit, ainsi qu'un bonnet de laine, imperméable lui aussi. Une paire de bottes en cuir, trop grandes de plusieurs pointures, complétait cette panoplie de marin pêcheur. Avant de les enfiler, Jed enroula une bande de toile autour de ses pieds et de ses chevilles. Puis il fit quelques pas pour tester son équilibre. Ghilla attendit qu'il passe à sa hauteur pour bondir sur son épaule.

« Parfait, jugea la Matrone. Allons rejoindre l'équipage. »

Elle précéda le garçon de sa démarche pesante dans un nouveau dédale de galeries aboutissant à un escalier creusé à même le roc. Au bout d'une trentaine de marches inégales, ils débouchèrent dans une grotte à demi immergée, où se trouvait amarrée une petite embarcation à fond plat, arrondie aux deux extrémités de sa coque.

« Ma galiote à bombes personnelle », indiqua la Matrone.

Une douzaine de Naufrageurs avaient pris place à bord, également répartis de chaque côté des bancs de nage. Il s'agissait de gaillards dans la pleine force de l'âge, costauds et bien nourris. La plupart chiquaient ou fumaient la pipe, comme leur « mère » d'adoption. Jed avait déjà remarqué que les membres du clan profitaient ordinairement d'avantages qui étaient considérés comme des privilèges à Rédemption. En ville, seuls les citoyens assez riches pour s'acquitter des diverses patentes votées par le Conseil pouvaient s'offrir chaque jour une ration de tabac. Et il en allait de même avec les autres produits et denrées dont la distribution était ailleurs strictement contrôlée. La Confrérie des Naufrageurs s'affranchissait de toute entrave à la circulation des biens, de luxe comme les plus communs. Cette liberté semblait avoir un effet bénéfique sur le moral de toute la grande et belle famille. Depuis son arrivée, Jed n'avait jamais entendu personne se fâcher ou vu quiconque faire grise mine. Il en avait tiré la conclusion qui s'imposait : quand chacun y jouissait des mêmes droits, la jalousie n'avait plus sa place au sein d'une communauté.

« Installe-toi avec moi, fit la Matrone. Près de la barre. »

Jed s'adossa à un rouleau de corde, au milieu de la plate-forme arrière. Ghilla se coula dans le nid de chanvre pour reprendre sa sieste interrompue. Le familier avait apparemment l'habitude de prendre la mer, pour se montrer aussi peu curieux. Au contraire de Jed, dont le regard se posait sur tout ce qu'il découvrait pour la première fois avec une pointe d'émerveillement.

Dans la travée, entre les rameurs, deux mâts et leurs gréements étaient allongés, prêts à être déployés. À l'avant, la gueule d'un gros tube métallique noir pointait en l'air, orienté à un angle de quarante-cinq degrés. La base du dispositif disparaissait dans la cale, sous le plancher du pont.

« Drôle de canon ! s'exclama le garçon.

— C'est un mortier, corrigea la Matrone. Il sert à bombarder des places fortes ou des ports ennemis. On ne l'utilise pas sur des cibles mouvantes comme d'autres navires. Il faut jeter l'ancre et prendre position à la distance requise avant de lancer une bombe.

— À quoi bon s'en charger, alors ?

— Il peut s'avérer un argument très dissuasif en cas de négociations », répondit la Matrone. Puis elle changea de sujet : « Ouvre la trappe sous tes pieds, tu accéderas aux réserves. Prends ce qu'il te faut pour caler ton estomac de biscuits et de pain, c'est le meilleur moyen d'éviter le mal de mer. »

Jed se rendit alors compte qu'il était affamé et obéit volontiers. Tandis qu'il se nourrissait, la Matrone dénoua les amarres et les hommes se mirent à souquer. La galiote glissa mollement sur l'onde, se dirigeant vers la sortie de la grotte, à peine une brèche dans le roc, adaptée aux dimensions de l'esquif. Une fois à l'air libre, les rameurs accélérèrent la cadence pour franchir les brisants sur lesquels se jetaient des vagues au dos couvert d'écume. Un bâtiment doté d'une coque pansue aurait brisé sa quille sur les rochers visibles sous la surface.

Le repaire des Naufrageurs offrait un ensemble de défenses naturelles remarquables. Seul un vaisseau de très faible tonnage pouvait envisager une attaque par la mer. Et la falaise en à-pic qui s'élevait jusqu'au plateau interdisait une approche par la lande. Enfin, les tunnels d'accès étaient assez nombreux pour autoriser une retraite discrète en cas de siège. Vraiment, songea Jed, c'était l'endroit rêvé où couler une existence paisible. D'autant que Naït, la jolie sauvageonne, vivait là elle aussi.

« Reposez les avirons, mes gars, ordonna la Matrone au bout d'un moment. Redressez les mâts et amenez les voiles. Je vais m'arranger pour soulager votre peine ! »

Des rires accueillirent la proposition. En deux temps, trois mouvements, mâts d'artimon et de misaine* furent pointés vers le ciel. Une poignée de secondes plus tard, leurs voiles claquaient au vent, comme pour applaudir l'exécution de la manœuvre. Une solide brise de terre fit alors enfler la toile et poussa la galiote en direction du large. La Matrone maintint le cap d'une main fermement agrippée à la barre du gouvernail.

Pour sa première sortie en mer, Jed se montrait curieux de tout. Il ne perdait pas une miette du spectacle offert par le ballet parfaitement orchestré de l'équipage. Les oscillations perpétuelles de l'océan le fascinaient tout autant. L'immense masse liquide semblait vibrer d'une fantastique pulsion vitale, comme si, caché dans ses profondeurs, battait un cœur unique.

Peu à peu, les falaises s'amincirent à l'horizon, jusqu'à se réduire à une succession de pointillés gris-blanc au-dessus de la ligne des flots. Deux heures après le départ de la galiote, elles avaient complètement disparu.

*

Morrow était encore sous le choc de sa rencontre avec Borguigne, le bourreau officiel de Rédemption. Ainsi, celui qu'il rencontrait au Pied du Mur pour traiter ses affaires, depuis plusieurs saisons déjà, n'était autre que son père !

L'aîné avait encore du mal à accepter cette embarrassante vérité. Il était d'ailleurs demeuré bouche bée, la veille, face au gros homme. Borguigne avait dû insister pour lui arracher une explication à sa présence. Reprenant ses esprits, Morrow avait improvisé un mensonge crédible : la promesse d'un butin d'exception qu'il souhaitait négocier en tête à tête avec son meilleur receleur, dans la plus absolue discrétion. La défiance du bourreau s'était dissipée aussitôt. Il avait alors accepté de recevoir l'aîné chez lui, une fois la nuit tombée, dès le lendemain, pour jeter un coup d'œil au trésor en question.

Toute la nuit qui avait suivi, Morrow s'était posé une question demeurée sans réponse : devait-il se présenter comme le fils du bourreau, ou attendre que ce dernier prenne l'initiative d'avouer la vérité ? Finalement, il avait opté pour la solution de facilité. Il laisserait les choses se produire et réagirait en conséquence.

Mettre la main sur de quoi aguicher Borguigne lui prit une bonne partie de la journée. Délaissant ses quartiers de prédilection, Morrow écuma la ville haute à la recherche d'une proie. Ses pas l'amenèrent presque naturellement jusqu'à la rue des Lapidaires, ainsi nommée car elle accueillait un grand nombre de tailleurs et vendeurs de pierres précieuses. Il n'était pas question de procéder ici de la manière habituelle. Les boutiques étaient surveillées par des gardes armés, sans doute insensibles à son don de persuasion. Morrow ne pourrait jamais approcher assez près, encore moins y pénétrer, sans se faire alpaguer.

En revanche, il put observer tout à loisir le va-et-vient des riches clientes. Un véritable manège de calèches transportait ces dames et ces demoiselles, les arrêtant devant l'entrée des boutiques. Chaque fois, un valet dépliait le marchepied et ouvrait la portière. Une frêle jeune fille fit d'abord son apparition dans une envolée de froufrous. Morrow supposa qu'elle venait choisir un cadeau pour son prochain anniversaire. Elle aurait pu faire l'affaire si ses laquais n'avaient été nantis d'épaules carrées et de matraques à la ceinture. Se présenta ensuite une femme d'un certain âge, les traits figés sous une épaisse couche de fard, qui s'extirpa avec lenteur de sa voiture pour gagner l'échoppe du joaillier d'un pas mal assuré. Son cocher et son valet semblaient encore plus vieux, si c'était possible. Rien à craindre de ces barbons-là, se réjouit Morrow. Il avait trouvé la proie idéale.

Il attendit sans se faire remarquer qu'elle ressorte de la boutique, flanquée de son laquais quasi centenaire. La chance lui souriait : la vieille avait décidé de porter le collier à trois rangs de perles et de pierres colorées qu'elle venait de s'offrir. Tant de vanité méritait bien une leçon.

Mains dans les poches, arborant un air aussi inoffensif que possible, Morrow remonta la rue en direction de sa victime, mêlée aux badauds. Il avait refermé un poing autour du manche de son couteau et se tenait prêt à en faire jaillir la lame. Vivacité et précision seraient ses meilleures alliées. Il lui faudrait agir et déguerpir avant même que la vieille comprenne ce qui se passait.

Parvenu à sa hauteur, il joua les tête-en-l'air et bouscula d'un méchant coup d'épaule l'infortuné valet. Un bourgeois qui passait par là reçut l'ancêtre en livrée dans ses bras. S'ensuivit un instant de confusion où de hauts cris furent poussés, de part et d'autre. Morrow sortit son couteau et, de sa main libre, agrippa le bijou convoité. Il tira de toutes ses forces, étranglant à demi la vieille bique qui se mit à brailler d'une voix de fausset. D'un mouvement du poignet, l'aîné coupa le fil du collier. Mais, dans sa précipitation, il ne mesura pas sa force. Perles et pierres précieuses s'envolèrent hors de sa portée. Morrow jura. Le coup avait raté.

Il allait tourner les talons pour déguerpir quand une main ridée s'accrocha à son col. Les ongles de la vieille s'enfoncèrent dans la peau tendre du garçon, faisant couler le premier sang. Soudain fou de rage, Morrow releva son bras armé et frappa, droit au cœur.

Un masque de consternation recouvrit le visage de la vieille femme. Puis il fut remplacé par l'ombre de la mort. Elle relâcha sa prise et s'écroula, le manche du couteau toujours fiché dans la poitrine.

« À l'assassin ! À l'assassin ! » se mit à glapir le cocher, qui avait assisté à toute la scène depuis son banc haut perché.

Morrow n'eut pas le temps de recouvrer ses esprits, ni de prendre conscience de l'horreur du geste commis. Les gardes des boutiques voisines, accourus sur-le-champ, lui sautèrent tous dessus. Il perdit connaissance sous une volée de coups, recroquevillé sur le pavé, songeant avec regret aux retrouvailles ratées avec son père.

Chapitre 16

À LA POURSUITE DU *CONQUÉRANT*

« T u es bien sûr de toi, mon neveu ? » demanda le capitaine du Guet.

Nunno hocha le menton et dit :

« Le gamin se terre sous la lande, dans une sorte de tanière. Arès en a découvert l'entrée.

— Je savais que je pouvais te faire confiance : bon sang ne saurait mentir ! » se réjouit le gros homme en levant son verre.

Haggis n'avait pas touché au sien. Il préférait garder les idées claires. Il avait accouru dès réception du message annonçant la nouvelle : la cachette de Jed avait été repérée. Quand l'émissaire du capitaine s'était présenté, le Maître ne dormait pas, malgré l'heure tardive. Il ruminait de sombres pensées. Morrow, son aîné le plus aguerri, l'élève dont il était le plus fier, n'était pas rentré à la Maison. Son absence ne présageait rien de bon. Avait-il lui aussi succombé à l'ivresse de la fugue ? Cela était-il lié au vol commis dans son cabinet de travail ? Puisque monsieur Torrence était innocent, il fallait que le coupable fût assez proche du Maître pour en connaître les habitudes...

« Quelque chose vous préoccupe ? s'enquit le capitaine. Vous avez l'air soucieux.

— Rien de grave, éluda Haggis, avant de se tourner vers Nunno pour le complimenter : Beau travail, jeune homme. Vous avez mérité votre récompense. » Voyant les pièces d'argent passer directement dans la paume de son neveu sans faire de détour par ses propres poches, le capitaine du Guet adopta une expression outrée. Mais il n'osa pas protester. D'autant que Haggis n'en avait pas terminé : « J'aimerais me rendre sur place, dit-il. En bonne compagnie : cinq ou six couples de Chiens me conviendraient. »

Le capitaine en profita pour reprendre l'avantage :

« Hé, comme vous y allez ! L'absence d'un tel effectif ne passera pas inaperçue. Je serai obligé de la justifier auprès des contremaîtres de la Compagnie, et ces racailles savent se montrer gourmandes. »

Haggis se pencha par-dessus le bureau du gros homme, dont les yeux s'écarquillèrent sous l'effet de l'appréhension.

« J'AI ASSEZ PAYÉ ! EST-CE ENTENDU ? »

Il aurait préféré ne pas employer son talent, mais son voleur lui avait dérobé les cinquante livres conservées dans son secrétaire pour ce genre d'occasions. Les bajoues du capitaine se mirent à trembler sous l'effet de la tension. Il essayait de résister, motivé sans doute par son avidité, mais n'était pas de taille à s'opposer au don du Maître. Bien peu l'étaient, en vérité. Quelques-uns, toutefois, y demeuraient insensibles. Les Directeurs étaient de ceux-là. Aussi Haggis évitait-il de leur déplaire, autant que possible. En manipulant l'imbécile qu'ils avaient placé à la tête du Guet, il prenait un risque. Mais un risque calculé, car s'il parvenait à remettre la main sur Jed, et si ce dernier s'avérait être celui qu'il pensait, les Directeurs seraient sûrement prêts à payer une fortune pour lui racheter le garçon — ils fermeraient alors les yeux sur les méthodes employées pour le récupérer.

« JE TIENS À ÊTRE OBÉI SANS PLUS DE DIS-CUSSION », insista-t-il.

La tête du capitaine dodelina en signe d'acquiescement. Son teint avait viré au pourpre et de grosses gouttes de sueur dévalaient son front. Haggis relâcha son emprise pour lui permettre de reprendre la parole.

« Je... Je vais mettre mes meilleurs éléments à votre disposition, promit-il.

— Qu'ils se tiennent prêts à partir deux heures avant l'aube, cette nuit. Procurez-leur des chaînes solides. Nous frapperons au lever du soleil et nous ramènerons autant de prisonniers que possible.

— Les gens qui protègent votre fuyard vont sans doute résister.

— Je me fais fort de les convaincre que ce n'est pas dans leur intérêt. Et si mes arguments ne devaient pas suffire, je compte sur ceux de vos molosses. Surtout, ne les nourrissez pas avant notre départ ! »

*

218

La Matrone n'avait pas menti : la température était tombée avec la nuit. Jed frissonnait dans son caban, transi mais enchanté par la balade en galiote. À aucun moment, malgré la houle, il n'avait senti son estomac se nouer, comme cela arrivait quand on n'avait pas le pied marin. Il avait même partagé les rations des Naufrageurs, dévorant à belles dents sa part de viande boucanée, refusant toutefois le quart de rhum proposé, au profit d'eau douce.

Quand les premières étoiles apparurent, la Matrone désigna une constellation déployée juste au-dessus de l'horizon.

« Imagine qu'un rayon lumineux relie chacun de ces flambeaux allumés dans le ciel, quelle forme adopterait l'ensemble ? » interrogea-t-elle.

Jed réfléchit quelques instants.

« C'est drôle, répondit-il. On dirait les trois pointes d'une fourche. Il y a même assez d'étoiles pour le manche.

— On l'appelle le Trident. Il indique toujours le sud, quand on le voit ainsi orienté. Essaie de t'en souvenir. Nous sommes presque arrivés. » Puis, s'adressant à son équipage : « Amenez les voiles, les gars ! »

La manœuvre effectuée, les Naufrageurs reprirent les rames. Jed scruta l'obscurité qui faisait face à la proue. Il finit par apercevoir une sorte de monticule émergeant des eaux noires. L'îlot n'était pas bien large, mais une barrière de rochers en protégeait l'accès. La galiote se faufila à travers une passe étroite avant de racler le fond et s'échouer sur une plage de galets.

« Hardi, mes petits amis ! lança la Matrone en posant le pied au sec. Je veux qu'un soleil brille ici même avant une heure ! »

Les Naufrageurs se mirent illico à l'ouvrage. De la cale, ils déchargèrent de pleines brassées de bois sec et des tonnelets de poix. Tandis qu'ils édifiaient un bûcher au beau milieu de l'îlot, la Matrone resta à observer le large, campée face aux pointes du Trident.

« Il approche, fit-elle. Un cinq-mâts de toute beauté. »

Jed essaya de percer les ténèbres, mais en vain.

« Je ne vois rien, lâcha-t-il, dépité.

— Parce que tu n'utilises pas le sens qui convient. Tes yeux ne servent à rien. Du moins, ceux que tu as sur le devant de la tête. Ferme-les et ouvre ceux que tu as sous le crâne.

— Je ne sais pas comment faire.

— Si, puisque tu y arrives dans tes rêves. » La repartie n'étonna pas Jed outre mesure. Il baissa les paupières et se concentra. « C'est facile, tu verras, assura la Matrone. D'abord, évoque le vent. Pense au souffle de la brise. Puis laisse ton esprit lâcher prise et s'envoler avec lui. Tu ne risques rien, fais-moi confiance. »

Sa première tentative, dans la crique au pied de la falaise, s'étant soldée par un échec cuisant, Jed hésitait à mettre encore son talent à l'épreuve. Mais il ne pouvait pas passer le reste de sa vie à craindre les conséquences du pouvoir dont la nature l'avait doté. Tôt ou tard, il lui faudrait dominer sa peur – n'était-ce pas à ce prix qu'on devenait un homme ?

Il se rappela la sensation du vent fouettant ses joues quand il se promenait, solitaire, sur la lande. Cela suffit à le projeter vers les cieux, comme la fois précédente. Sournoise, l'angoisse de la chute s'immisça dans ses pensées d'envol. Et s'il perdait le contrôle ?

Non ! Cela n'arriverait pas. Il devait ignorer sa crainte, car elle ne pouvait pas le tuer.

« Continue ainsi, l'encouragea la Matrone. Tu es sur la bonne voie. Maintenant, tâche de repérer le Trident et dirige-toi vers lui. »

Jed entendait la voix résonner directement dans son esprit. Mieux, il sentait la présence désincarnée de la Mère des Naufrageurs à ses côtés. Elle volait, tout comme lui, portée par le vent...

« Non, corrigea-t-elle. *Je suis* la brise, Jed. Et toi également. »

C'était vrai, il le savait, il l'avait toujours su, mais en prenait seulement conscience. Il commençait même à apercevoir des formes et des lueurs, un peu partout autour de lui. D'immenses masses sombres, sans guère de consistance, qui se déplaçaient elles aussi dans le ciel. Les nuages, comprit-il. Et les lumières étaient celles des étoiles, apparaissant par intermittence au hasard des déchirures qui lacéraient les nuées.

Jed se mit en quête du Trident, aisément identifiable. Il finit par le trouver légèrement sous sa gauche. Il infléchit sa course aérienne pour s'aligner sur le bon cap. Il lui suffit pour cela s'y songer. La Matrone avait raison : il n'y avait rien de plus facile !

C'était grisant, même : Jed éprouvait une sensation de liberté si intense qu'il en aurait crié de joie s'il l'avait pu.

« Approche-toi de la surface des flots, maintenant. Fais comme si tu voulais caresser l'océan. »

Jed obéit sans la moindre difficulté. Il avait l'impression qu'un verrou venait de céder sous son crâne. Comme si les chaînes qui retenaient son talent prisonnier depuis toujours s'étaient enfin brisées...

L'étrave d'un gigantesque vaisseau se dressa soudain devant lui. Trop tard pour éviter la collision. Jed sentit ses pensées se fragmenter au moment où la proue du cinq-mâts le fendait en deux. Le rire de la Matrone l'enveloppa aussitôt, rassurant et chaud.

« Pas de panique, n'oublie pas que tu es le vent, rien ne peut te blesser. Rassemble tes idées et fais demi-tour. C'est l'heure de la poursuite. La proie ne doit pas nous échapper ! »

Sans trop savoir comment, Jed se retrouva d'un coup avec le château de poupe du navire en vue. Des lanternes avaient été allumées à chacun des six étages, illuminant la nuit et révélant les silhouettes des plantureuses sirènes sculptées de part et d'autre de la structure. Les créatures mi-femme, mi-poisson brandissaient une banderole où s'étalait en lettres d'or le nom du bâtiment : le *Conquérant*.

En s'approchant, Jed put distinguer le détail de certaines cabines à travers les carreaux des fenêtres. Dans celle qui occupait toute la largeur du premier pont, une dizaine d'officiers étaient réunis autour d'une table pour le dîner. Des domestiques assuraient le service. La nappe disparaissait sous l'abondance de plats et de couverts. Jed n'aurait jamais cru qu'un tel luxe était chose permise à bord d'un navire. Il douta cependant que les membres de l'équipage profitent de telles agapes, privilège du capitaine et de son entourage.

« Ne perds pas ton temps, nous avons à faire. Il va nous falloir aider ce bâtiment à dériver vers notre fanal, sans que son timonier* s'en rende compte. Et quand il prendra conscience de son erreur de cap, il sera trop tard ! Rejoins-moi dans le gréement. Nous allons jouer un peu avec les grands* mâts. »

Jed bondit sur le gaillard d'arrière, où le pilote se tenait accroché à la barre, fumant la pipe, l'œil braqué sur la ligne d'horizon. Comme la mer était calme, et la brise légère, le marin se détendait en fredonnant un air joyeux – la perspective du retour prochain au port ne devait pas être étrangère à cet accès de gaîté. Jed glissa sur le pont, situé en contrebas, agitant au passage les pans du manteau passé sur les épaules du barreur. Il contourna le mât d'artimon, le grand mât arrière, puis s'éleva en tourbillonnant le long du grand mât central. Il commençait à prendre goût à l'exercice – c'était si excitant de commander au vent !

« Ne souffle pas trop fort, conseilla la Matrone. Il ne faut pas laisser croire qu'un grain se prépare. »

Le garçon modéra son enthousiasme. Il se contenta d'effleurer la voilure, tandis que la Mère des Naufrageurs procédait à l'infime correction de cap nécessaire. Quand elle eut terminé, elle donna le signal du retour vers l'îlot.

Jed était presque déçu de mettre si tôt fin au jeu.

« Le plus dur est encore à venir. Mais tu en as assez fait pour aujourd'hui. Tu dois te reposer. »

Le temps d'un battement de paupières, Jed avait repris pied sur la plage de galets. Il sentit aussitôt ses jambes flageoler, comme près de se dérober sous lui. Ses forces l'avaient abandonné et il dut s'asseoir sur un rocher. Ghilla sauta sur ses genoux, peut-être pour le réconforter. Jed lui gratta le crâne entre les oreilles, d'une main distraite, tout en observant la suite des événements.

Les Naufrageurs achevèrent de déverser les tonnelets de poix à la base du bûcher. L'odeur du goudron monta à la tête de Jed, déclenchant un accès de migraine. Néanmoins, la douleur n'était pas aussi intense qu'au sortir d'un cauchemar. Elle finit par refluer, vague après vague, puis disparaître.

Sur un signe de la Matrone, Ghilla quitta le giron du garçon pour approcher du tas de bois. Le familier se redressa sur ses pattes antérieures. Il adopta une mimique sévère, fronçant ses sourcils d'écaille et ouvrant la gueule à s'en décrocher la mâchoire. Il émit un crachotement de chat en colère, et une flamme bleutée jaillit du fond de sa gorge. Dans la seconde qui suivit, le bûcher empoissé s'embrasa tout entier avec un ronflement de forge. Sa tâche accomplie, Ghilla revint se lover aux pieds de son maître, où il finit par s'endormir.

Drôle de bestiole, vraiment, songea Jed. *Moitié rongeur et moitié reptile, capable de couver le feu dans ses entrailles...*

« La vigie du *Conquérant* ne va pas tarder à repérer notre fanal », dit alors la Matrone en s'asseyant à son tour.

Elle avait le souffle court et la respiration sifflante, comme après un effort intense.

« Le pilote croira la côte toute proche et mettra le cap droit sur les écueils alentour, compléta Jed. Le navire va forcément s'échouer.

— Et son équipage l'abandonner... Ainsi que sa cargaison ! Nous n'aurons plus qu'à nous servir. »

Jed considéra la douzaine de Naufrageurs qui se chauffaient autour du foyer improvisé au centre de l'îlot avant de faire remarquer :

« Ils sont beaucoup plus nombreux à bord du *Conquérant*, et armés. S'ils défendaient leur bien ?

— Nous ne pourrions pas leur résister, c'est vrai. Mais ils n'en feront rien.

Comment pouvez-vous en être sûre ? »

La Matrone esquissa un sourire. Sa face écarlate et cuirassée semblait la proie des flammes, à la lueur du brasier. L'air conspirateur, elle répondit :

« Le capitaine sait où se trouvent son intérêt et celui de la Compagnie... »

Entre-temps...

Le dîner s'achevait quand monsieur Chandaigne sentit arriver la crise. La maladie lui avait offert un répit de courte durée – pas même trois jours depuis qu'il avait essuyé la précédente attaque, dans la jungle, durant l'affût. Son front se couvrit de sueur qu'il savait mêlée de sang. Monsieur Chandaigne n'eut pas besoin d'en demander confirmation aux autres convives. Il suffisait de voir les regards effarés des officiers de la *Fille du Vent* pour s'en rendre compte.

« Veuillez m'excuser, dit-il en reposant ses couverts. Je suis désolé de devoir vous infliger ce triste spectacle. »

Il sortit son mouchoir et se tamponna les tempes, avant de s'essuyer le reste du visage. Ses membres ne lui obéissaient plus qu'avec réticence. Il lui fallait se concentrer pour accomplir les gestes les plus simples. Parfois, quand la crise s'éternisait, il lui arrivait de perdre totalement le contrôle de lui-même.

« Souffrez-vous d'une forme exotique de la suette ? s'enquit le capitaine, soucieux de ne pas offusquer son généreux passager par son silence.

— Les médecins et les apothicaires que j'ai consultés partout dans le monde ont été incapables de trouver la réponse à cette question, dit monsieur Chandaigne. Le mal qui me ronge est assimilable à une fièvre pernicieuse, mais il ne porte aucun nom connu à ce jour. »

C'était la stricte vérité. La maladie tenait également en échec les professeurs des grandes facultés et les chirurgiens royaux à qui monsieur Chandaigne avait présenté son cas. Les théories les plus diverses lui avaient été avancées, les plus abracadabrantes aussi. Certains l'avaient même cru possédé par quelque démon vengeur – le spectre d'une de ses innombrables victimes, qui aurait trouvé là le moyen de tourmenter son assassin. On avait finalement prescrit au tireur un ensemble de potions et d'onguents capables d'atténuer la douleur en cas de crise. C'était tout ce qu'on pouvait faire pour lui.

D'une main tremblante, monsieur Chandaigne mélangea à son vin le contenu d'une petite fiole tirée d'une poche cousue dans le revers de son gilet. Puis il avala le breuvage cul sec. Le goût épouvantable le fit à peine frémir. En s'écoulant dans son gosier, le médicament commença à agir. La fièvre retomba et le tireur recouvra peu à peu la pleine maîtrise de ses mouvements.

« C'est terminé, dit-il, avant d'ajouter, plus bas : Pour cette fois. »

Chacun replongea le nez dans son assiette. Le dîner prit fin dans une ambiance morose, malgré les efforts du capitaine pour détendre l'atmosphère.

Une fois couché dans son hamac, monsieur Chandaigne eut du mal à trouver le sommeil. Les crises frappaient de plus en plus souvent, et ses réserves de potion n'étaient pas inépuisables. De plus, il devait régulièrement augmenter les doses pour repousser la fièvre écarlate. Un jour prochain, il le savait, le mal serait le plus fort. Rien n'empêcherait plus le sang empoisonné de s'écouler hors de son corps. Ainsi vidé de toute substance, il espérait avoir encore la force de braquer le canon d'un de ses pistolets sur son front, de relever le chien et de presser la détente.

Mais rien n'était moins sûr. Que se passerait-il s'il ne parvenait pas à mettre lui-même un terme à ses souffrances ? Il préférait ne pas y songer.

Monsieur Chandaigne, tireur émérite, n'avait jamais raté sa cible. Pourvu qu'il en soit toujours ainsi ! Quelle ironie ça serait, s'il devenait lui-même son premier et dernier échec dans le même temps...

Repoussant cette pensée morbide, il s'empara du volume d'un traité de philosophie consacré à l'étude des mondes parfaits et donc impossibles. Quelques minutes plus tard, absorbé par sa lecture, il avait oublié ses propres imperfections et celles du monde qui l'entourait – le seul qu'il connaissait, en cela irremplaçable, et qu'il quitterait non sans regret.

Chapitre 17
LA TRÊVE EST BRISÉE !

Morrow ouvrit un œil, puis l'autre, et le regretta aussitôt. Avec la conscience, la douleur afflua de tous ses membres martyrisés. La volée de coups reçus rue des Lapidaires n'avait pas épargné la plus petite surface de peau, constata-t-il en découvrant les affreuses ecchymoses violacées qui le couvraient de la tête aux pieds. Comble d'infortune, on l'avait déshabillé et jeté presque nu au cachot – seule sa culotte préservait encore sa pudeur.

Il gisait sur un lit de paille humide d'où montait un fumet peu ragoûtant. Ses muscles protestèrent quand il passa en position assise, s'adossant au mur chargé de moisissure.

L'aîné serra les dents et ravala ses larmes. Il était seul dans la geôle, à peine assez grande pour qu'il puisse s'y tenir allongé. Un soupirail en forme de demi-lune laissait filtrer une lumière blafarde, sept ou huit coudées au-dessus du sol. Même s'il avait pu l'atteindre, Morrow aurait été incapable de se glisser à travers les barreaux, séparés de la largeur d'une main. La porte n'offrait pas plus de possibilités d'évasion : doublée de plaques de fer, elle s'ouvrait seulement de l'extérieur. De toute manière, le garçon n'aurait pas été capable de crocheter la serrure à mains nues.

Ce n'était pas la première fois qu'il séjournait dans une prison quelconque de Rédemption. Chaque quartier possédait la sienne, administrée par une corporation ou une milice entretenue par les habitants assez riches pour s'acquitter de l'impôt. Comme la plupart rechignaient à payer de trop fortes sommes, les gardiens se laissaient facilement corrompre pour améliorer le sort des détenus, quand ce n'était pas pour accélérer leur libération. La charge de gouverneur d'une maison de force pouvait ainsi s'avérer très lucrative !

C'est pourquoi Morrow ne prit pas sa situation au tragique. Il lui suffirait de s'entendre avec ses geôliers, quitte à user de persuasion, et de négocier le prix de son élargissement. Ou de laisser Haggis s'en occuper à sa façon, comme il en avait l'habitude.

Mais plus le temps passait, plus les certitudes de l'aîné faiblissaient. Pourquoi ne venait-on pas s'assurer qu'il était toujours en vie, lui remettre un quignon de pain noir et l'écuelle de soupe claire qui faisaient l'ordinaire de tout prisonnier ?

Inquiet, il se racla la gorge et appela :

« Holà ? Quelqu'un ? »

L'écho de sa voix rebondit entre les quatre murs, vite étouffé. Il attendit, en vain. Personne ne lui répondit. Aucun gardien ne se présenta. Ça n'était pas normal.

Morrow rampa jusqu'à la porte – solution la moins éprouvante pour ses muscles endoloris – et tambourina contre le battant ferré. Il cessa de frapper quand ses poings écorchés se mirent à saigner.

Toujours aucune réaction de la part des geôliers. Cette fois, Morrow prit peur. L'évidence se fraya peu à peu un chemin à travers le brouillard de confusion qui avait envahi son esprit.

Personne ne viendrait, car il appartenait à une catégorie de détenus privée de tout espoir : celle des condamnés à mort !

*

À sa grande frustration, Jed n'avait pas assisté au naufrage du *Conquérant* dans les conditions idéalement requises. D'abord, il faisait encore nuit quand l'étrave du cinq-mâts était venue racler les hauts-fonds qui entouraient l'îlot. Ensuite, les nuages s'étaient rassemblés dans le ciel, masquant les étoiles et la lune. Enfin, pour couronner le tout, la bruine s'était mise à tomber.

Malgré l'humidité, le bûcher avait continué à se consumer, régulièrement alimenté par deux Naufrageurs assignés à cette unique fonction. Pendant ce temps, leurs compagnons s'étaient positionnés à divers endroits de la plage, sous la direction de la Matrone.

Il y eut soudain un craquement sinistre à quelques encablures du rivage, suivi de cris et de jurons exprimés dans différentes langues. Jed devina que la coque du vaisseau avait crevé contre les brisants. Il essaya d'imaginer la panique des marins, surpris de trouver des rochers affleurant en surface alors qu'ils pensaient naviguer dans des eaux profondes, guidés par la lueur du fanal qui signalait la côte – du moins le croyaient-ils.

Toutefois, il fut surpris, tendant l'oreille, de constater avec quelle discipline fut menée l'évacuation du bâtiment. Une voix puissante, portée jusqu'à l'îlot par la brise, donna l'ordre de mettre les canots à la mer. En quelques minutes à peine, c'était apparemment chose faite.

Jed s'étonna de la rapidité avec laquelle le capitaine avait pris cette décision. N'aurait-il pas dû tenter de pomper l'eau qui envahissait ses cales, afin de maintenir le *Conquérant* à flot ?

Quand il posa la question à la Matrone, celle-ci lui répondit :

« Si l'accident avait eu lieu sous d'autres latitudes, tout aurait été mis en œuvre pour sauver le navire et sa cargaison.

— Alors, pourquoi pas ici ?

— Parce que chacun va y trouver son compte : nous autres, Naufrageurs, en premier lieu, puisque nous allons remplir nos réserves de marchandises précieuses, et certainement aussi de poudre. La Compagnie, ensuite, parce qu'elle a assuré sa cargaison et touchera une jolie somme en contrepartie de sa perte. Une perte toute relative, car à qui crois-tu que nous allons céder tout ce dont nous n'aurons pas l'usage ?

— Les Directeurs vont racheter leurs propres marchandises ?

— Oui, à vil prix en comparaison de leur valeur réelle. Les fripouilles qui dirigent la Compagnie gagnent sur tous les tableaux. L'argent de l'assurance plus celui de la vente des produits récupérés assurera un joli bénéfice. »

Jed se souvenait des explications données par Rorrick le Découvreur.

« Mais le capitaine ne sera pas payé et l'équipage ne touchera pas sa solde, fit-il remarquer.

— En théorie, oui. Mais le capitaine du *Conquérant* est depuis longtemps rompu aux magouilles des Directeurs. Il sera récompensé comme il convient pour n'avoir pas tenté d'éviter la catastrophe. Ses hommes auront leur part. Tous trouveront à rembarquer. Et le *Conquérant* sera renfloué. Ce qui assurera un revenu supplémentaire à la Compagnie, puisque les chantiers navals lui appartiennent. »

L'escroquerie – quel autre mot employer ? – était parfaitement orchestrée, Jed fut obligé de le reconnaître. Des Directeurs jusqu'aux plus humbles marins, chacun respectait la partition écrite dans l'intérêt de tous. Les Naufrageurs connaissaient eux aussi leur rôle sur le bout du doigt. Ils se précipitèrent sur les balles de coton et de soie apportées par le courant. En deux temps, trois mouvements, la cale de la galiote fut pleine. La Matrone donna alors le signal du départ.

Les hommes repoussèrent l'embarcation, alourdie par les richesses dérobées, puis reprirent leur place sur les bancs de nage, aviron en main. L'un se mit à chanter, scandant le rythme de la manœuvre d'une belle voix grave. Chacun reprit la rengaine pour se donner du cœur à l'ouvrage. Les paroles évoquaient l'ivresse de la liberté, la joie éprouvée à vivre affranchi des contraintes de la société. Pour la première fois, Jed se demanda ce qui avait poussé ces anciens marins à abandonner la mer. Il attendit que la galiote eût franchi la passe et que les voiles fussent déployées pour poser ouvertement la question.

« La plupart ont été renvoyés de la Compagnie, avoua la Matrone. Parce qu'ils refusaient de se soumettre aux ordres souvent iniques d'un quartier-maître ou d'un mauvais officier. Plutôt que de grossir les rangs des miséreux de Rédemption, ils ont préféré rejoindre les membres de ma grande et belle famille. Certains viennent avec leur épouse et leurs enfants, d'autres avec un ami ou un frère, si bien que, bon an, mal an, notre nombre ne cesse d'augmenter. D'autant que les naissances ne sont pas rares.

— C'est le cas de Naït ? Elle est née parmi vous ?

— En un sens, oui. Je l'ai trouvée à demi morte, seulement âgée de quelques semaines. Son couffin avait échoué non loin de notre repaire.

— Qui peut vouloir se débarrasser ainsi de son bébé ? C'est ignoble...

— Ses parents n'ont peut-être pas voulu la confier à Haggis. Ou bien ils n'ont pas eu le temps d'atteindre Rédemption. Certains navires coulent sans l'aide des Naufrageurs ! »

Sur cette remarque, non dénuée d'ironie morbide, la discussion fut close. Le jour finit par se lever, annoncé par l'extinction des étoiles dans le ciel. Les hommes se partagèrent un solide petit déjeuner, qu'ils arrosèrent de rhum à volonté. Un courant opportun – sans doute créé par la Matrone – poussa la galiote en direction du continent.

Emmitouflé dans son caban, Ghilla à ses côtés, Jed somnola toute la matinée, bercé par un doux et lent mouvement de gîte. Parfois, les images d'un rêve lui apparaissaient, fugaces. Il vit ainsi Naït, mais son visage se confondit avec celui d'Isiane quand l'épaisse chevelure brune de la sauvageonne prit la couleur du miel. Pucket, Edwyn, Wyned et Corey vinrent eux aussi saluer leur compagnon. Jed aurait voulu les retenir, mais ils ne firent que passer, sans rien dire. Ils disparurent au détour de ruelles sombres et tortueuses, comme on en trouvait dans le Quartier Gueux. Pourquoi le fuyaient-ils ? Jed se lança à leur poursuite. Mais lorsqu'il tourna à son tour l'angle de la rue, le paysage changea. Il se trouvait désormais au sommet d'une colline perdue au milieu de la lande. Le vent lui apportait les échos de jappements lointains. Il reconnut la voix d'Arès, mais le molosse n'était pas seul. Une meute entière se dirigeait vers lui. Une meute enragée, affamée de sa chair, assoiffée de son sang, il en avait la certitude. Jed voulut s'enfuir, mais il n'avait nulle part où se cacher. Contrairement à Naït, il ne connaissait pas les secrets de la lande. Tôt ou tard, les bêtes allaient le débusquer et le dévorer...

« Non ! » s'écria-t-il, rouvrant brusquement les yeux.

Les images de la lande s'évanouirent aussitôt, rendues aux brumes du rêve. Mais les aboiements de la meute résonnaient toujours dans le lointain, hachés par la brise de terre qui les transportait avec elle.

La galiote voguait seulement à quelques encablures de la côte. La ligne grise des falaises dressait son barrage infranchissable face à la proue de l'esquif. Les Naufrageurs s'étaient emparés des avirons et souquaient avec une vigueur décuplée par l'appréhension. Même la Matrone, cramponnée à la barre, affichait une expression anxieuse.

« Ils attaquent notre repaire, informa-t-elle le garçon, sans plus préciser de qui elle parlait. La trêve est brisée ! »

*

Naït avait senti l'odeur des bêtes avant celle des hommes. Quelques heures plus tôt, la première debout, elle avait chipé une ration dans la cambuse – la cellule où s'entassaient les vivres – et était venue assister au lever du soleil depuis la butte où Jed lui avait sauvé la vie, deux jours auparavant. Le nouveau protégé de la Matrone avait encore beaucoup à apprendre, mais sa candeur était plutôt attrayante. Et puis, avec ses traits délicats et ses boucles claires, pas vraiment blondes, presque grises en vérité, il n'était pas dénué d'un certain charme... Une fois qu'il aurait grandi et pris un peu de consistance, il serait le genre à attirer les convoitises de ces dames !

En repensant au baiser qu'elle avait failli lui voler, Naït avait laissé échapper un éclat de rire. Quelle drôle de tête il avait fait ! La brise venue de l'intérieur des terres avait alors amené un relent de pelage mouillé aux narines de la sauvageonne. Elle fut aussitôt sur le qui-vive.

Suivant la piste odorante, toujours sous le vent, Naït dévala la pente de la butte et s'enfonça dans un vallon encore empli d'ombres à cette heure de la journée.

Les chiens approchaient. Naït pouvait maintenant les entendre haleter et gronder, mais pas les voir. Elle grimpa en haut d'un rocher moussu pour disposer d'un meilleur point de vue et finit par distinguer plusieurs silhouettes humaines, sur le flanc de la colline qui lui faisait face. Elle compta six maîtres-chiens et autant de molosses, retenus par une chaîne. Un septième individu complétait la meute. Il allait sur un cheval à la robe tachetée et portait un manteau long, dont les pans battaient la croupe de sa monture. Un frisson parcourut l'échine de la sauvageonne. Elle avait encore en tête la gueule effrayante du monstre qui l'avait plaquée à terre avant de chercher à lui ouvrir la gorge. Qui étaient ces gens ? Et pourquoi en voulaient-ils à sa famille ?

Elle devait absolument alerter les membres du clan. D'un bond, elle sauta à bas de son perchoir et prit ses jambes à son cou. Une bordée d'abois résonna soudain dans son dos. Les chiens l'avaient repérée !

Naït se sentit pousser des ailes sous l'effet de la frayeur. Mais le plus proche accès au réseau souterrain se trouvait encore à bonne distance. Surtout, il fallait gravir la butte pour l'atteindre. Jamais elle n'y parviendrait avant les bêtes taillées pour la traque, si leurs maîtres décidaient de les lâcher. Résistant à l'envie de se retourner pour savoir quelle décision ils avaient prise, elle resta concentrée sur son effort. L'écho d'une cavalcade éclata dans le fond du vallon qu'elle venait tout juste d'abandonner.

Le cavalier s'était lancé à ses trousses. Naït n'avait qu'une chance de lui échapper : se faufiler dans les bosquets de genêts bardés d'épines, où le cheval n'oserait pas s'aventurer. Mais avant qu'elle ait pu mettre son plan à exécution, une voix comme elle n'en avait jamais entendu résonna dans son dos.

« ARRÊTE-TOI ! »

Ce fut plus fort qu'elle. Naït se figea dès qu'elle l'entendit. Elle eut l'impression que les mots l'avaient saisie en pleine course, qu'ils étaient comme les mailles d'un filet invisible jeté sur son esprit, emprisonnant sa volonté.

« TOURNE-TOI, FAIS-MOI VOIR À QUOI TU RESSEMBLES. »

À nouveau, la sauvageonne ne put qu'obéir. Pourtant, tout son être se rebellait. Elle sentait un flot d'émotions l'envahir, où la colère l'emportait. Mais le cavalier était le plus fort. Ses paroles ne s'adressaient pas à la raison de ses interlocuteurs. Elles frappaient droit au cœur et répandaient leur poison dans tout l'organisme, telles des flèches aux pointes enduites de venin, et le corps se soumettait à leurs exigences.

Le vieil homme sur son cheval avait le visage sec et fripé comme un fruit vidé de ses sucs. Le nez en forme de bec semblait trancher l'air devant lui. Aucune lueur ne brillait dans ses yeux sans expression. Mais il émanait de toute sa personne une étonnante vitalité.

« SORS DE L'OMBRE, FILLETTE, QUE JE TE VOIE MIEUX. »

Naït avança de trois pas en direction du cavalier. Un pâle rayon de soleil parvenait à se glisser à ras de colline pour frapper l'endroit où il se tenait et éclairer timidement les alentours. Les traits du vieil homme arborèrent une expression d'incrédulité quand il découvrit la sauvageonne en pleine lumière.

« LÈVE LA TÊTE, MONTRE TA FRIMOUSSE... »

Le ton était toujours impératif, mais moins assuré cependant. La voix cessa de tonitruer quand le vieillard reprit :

« Comme tu lui ressembles ! C'est étonnant. Dis-moi, quel âge as-tu ?

— Treize ans, bientôt quatorze, répondit Naït.

— Bientôt quatorze, répéta le cavalier, qui paraissait réfléchir. Oui, reprit-il, cela pourrait correspondre... »

Il n'acheva pas sa phrase. Les chiens déboulèrent soudain dans le vallon, excités au bout de leurs chaînes. Naït reconnut sans peine celui qui avait failli la tuer. Son maître était un grand gaillard aux cheveux bouclés.

« Quels sont les ordres ? demanda-t-il en s'adressant au cavalier.

— Je ramène la prisonnière en ville pendant que vous lancez l'attaque. Trouvez le gamin et capturez-le. Débarrassez-vous de tous ceux qui se dresseront en travers de votre chemin et ramenez en ville ceux qui se rendront. Le Conseil pourra offrir aux citoyens de belles exécutions publiques ! »

Chapitre 18
LA VOLONTÉ DU DESTIN

La Matrone se cramponnait à la barre tout en haranguant l'équipage :

« Hardi, mes gars, hardi ! Souquez comme si votre vie en dépendait. D'ailleurs, c'est le cas... »

Les Naufrageurs tiraient sur leurs avirons avec l'énergie du désespoir. La galiote se rapprochait de la côte, pas assez vite toutefois au goût de Jed. Les jappements envolés de la lande se mêlaient à présent de cris de terreur. Imaginant les chiens lâchés dans le réseau de galeries à la poursuite des femmes et des enfants, Jed sentit son cœur se serrer.

« On ne peut pas aller plus vite ? demanda-t-il. Il faut lever le vent !

— Je me suis épuisée à diriger le *Conquérant* et à vider ses cales, dit la Matrone, je n'ai plus assez de forces.

— À moi d'essayer, alors ! »

Jed ferma les yeux. Il n'eut pas à se concentrer pour puiser dans le bouillonnement de ses émotions : la peur l'avait tout entier saisi depuis qu'il avait entendu le premier aboiement. Il revoyait Arès sauter à la gorge de Naït. Cette seule évocation suffisait à nourrir son talent, à lui donner la puissance nécessaire pour devenir le vent et gonfler les voiles d'artimon et de misaine.

La galiote bondit en avant, effleurant la crête des vagues. Elle semblait voler à la surface des flots. Les Naufrageurs abandonnèrent leurs rames désormais inutiles et s'agrippèrent au bordage pour ne pas basculer à l'eau. La coque tanguait et gîtait furieusement tout en grinçant, les voiles claquaient et la mâture craquait, tendue à rompre, mais l'esquif tenait bon.

« Attention aux brisants ! » alerta la Matrone quand ils arrivèrent en vue de l'entrée de la grotte, ouverte au pied de la falaise.

L'avertissement venait trop tard. Emporté par sa fougue, Jed précipita l'embarcation droit sur les rochers. La Matrone pesa de tout son poids sur la barre pour virer de bord. L'étrave évita le choc, mais le fond de la coque racla un écueil. La galiote eut un soubresaut et versa sur le tribord. Plusieurs marins furent précipités à la mer.

Jed roula sur le pont et son crâne heurta le bordage. Il vit trente-six chandelles, mais demeura conscient.

La galiote menaça un instant de chavirer. Au dernier moment, elle finit par se stabiliser et s'arracher au piège des brisants sous l'effet d'un puissant courant. La Matrone était parvenue à éviter le drame. Les Naufrageurs aidèrent leurs camarades tombés à l'eau à remonter à bord en leur envoyant des filins. Puis ils abaissèrent les voiles et rabattirent les mâts, afin de pouvoir pénétrer dans la grotte.

« Reste avec moi, fit la Matrone, saisissant Jed par la manche alors qu'il s'apprêtait à se ruer dans l'escalier de pierre à la suite des marins. Je ne me sens pas très bien... »

L'effort fourni pour délivrer la galiote et éviter le naufrage avait achevé de la vider de ses forces. Un voile terne brouillait l'éclat de son regard. Elle parut soudain âgée de plusieurs milliers d'années – c'était peut-être la vérité, d'ailleurs, songea Jed.

« Que puis-je faire ? » demanda-t-il.

Son front commençait de l'élancer. Une bosse devait pousser à l'endroit où il avait reçu le coup. Mais ce n'était pas le moment de se plaindre.

« Tu ne dois pas être pris... Il ne faut pas... » La Matrone s'affaiblissait à vue d'œil. « Je ne vais pas... pouvoir t'aider avant... longtemps. Tu dois... te méfier d'eux...

— De qui ?

— Les Directeurs... Ne les approche pas... Ils sont comme... »

Elle ne put achever sa mise en garde. Ses paupières se mirent à papillonner et sa tête roula sur son épaule. L'instant suivant, elle avait perdu connaissance.

Jed était complètement désemparé. Les échos d'une lutte sans merci lui parvinrent du niveau supérieur des galeries. Grondements bestiaux et hurlements de frayeur composaient une symphonie sauvage dont les premières mesures firent se dresser les poils sur sa nuque et ses avant-bras. On se battait à mort, là-haut. Et lui ne pouvait rien faire, sinon veiller sur la Mère des Naufrageurs. Il devait absolument la mettre à l'abri, mais il était incapable de manœuvrer seul la galiote. Quant à transporter la Matrone sur son dos, ce n'était même pas la peine d'y penser !

Cependant, Jed ne pouvait se résoudre à demeurer inactif. Malgré la douleur qui pulsait entre ses tempes – à croire qu'un marteau s'abattait à coups réguliers sur une enclume, quelque part dans sa tête –, il redevint la brise soufflant au ras des flots, au pied de la falaise. Repoussant toute idée de chute ou de vertige, il s'élança à l'assaut de la muraille naturelle. La cellule qui lui avait été attribuée se situait à peu près à mi-hauteur, entre ciel et mer. Et la brèche ouverte dans le roc en guise de fenêtre était assez large pour qu'une rafale bien dirigée puisse s'y engouffrer.

Une fois à l'intérieur, Jed mit quelques instants à ordonner le flot de sensations qui le submergea. Le vent n'appréciait pas de se trouver à l'étroit, prisonnier entre quatre murs. L'instinct du garçon lui hurlait de s'enfuir, mais il sut résister à l'appel impérieux des grands espaces et de la liberté. Il parvint à dompter la bête folle née dans l'immensité du ciel et à la convaincre de se laisser guider dans les entrailles de la falaise.

C'est alors que Jed prit conscience de ne pas être seul dans la cellule. Un Chien du Guet, en uniforme, fouillait dans la malle contenant ses effets. Il venait de mettre la main sur le globe où brûlait l'âme de L'Anguille, et le contemplait d'un air ébahi. Jed souffla alors une bourrasque rageuse, bousculant le mobilier. Surpris, le milicien laissa tomber sa trouvaille.

Jed réagit par réflexe. Il se précipita pour récupérer la sphère de verre avant qu'elle se brise, oubliant qu'il n'avait pas de mains pour s'en emparer.

Une tornade miniature s'éleva d'un coup au milieu de la pièce. Le tourbillon happa le globe dans sa spirale et le maintint en suspension dans l'air, sous les yeux exorbités du Chien.

« Sorcellerie... Sorcellerie ! » se mit-il à bafouiller, visiblement terrorisé.

Il tourna les talons et s'enfuit sans demander son reste. Jed était presque aussi surpris que lui. Le don de tempestaire autorisait apparemment bien des facéties !

Sans relâcher sa prise, il se rua dans le dédale des galeries. Il ne tarda pas à tomber sur une scène d'épouvante : deux molosses, déchaînés, s'acharnant sur le corps d'un malheureux plus mort que vivant, recroquevillé sur le sol. Jed reconnut le joueur d'osselets qui avait monté la garde devant la chambre de la Matrone. Avec un terrible sifflement de colère, il balaya le premier animal d'une rafale. Le second se désintéressa de sa victime aussitôt qu'il aperçut la flamme bleue dans le verre, oscillant devant lui. Son pelage se hérissa et il retroussa les babines. Sans doute ses sens de tueur à demi sauvage l'avertissaient-ils de la proximité de la mort et du Royaume d'En-Bas. Quoi qu'il en fût, la vision du globe l'effraya suffisamment pour qu'il détale, la queue entre les jambes, aussitôt imité par son congénère.

Un groupe de Naufrageurs fit alors irruption au détour d'un boyau. Jed reflua vers sa cellule afin de ne pas les affoler.

« Là, il y a quelqu'un ! s'écria un marin.

— C'est Kerlan, fit un autre. On dirait qu'il est mort.

— Non, fit un troisième, il respire encore. Mais ces satanées bestioles l'ont bien arrangé...

— Vous deux, chargez-vous-en, reprit le premier. Amenez-le jusqu'à la grotte, mais restez sur vos gardes ! Je vais récupérer les affaires de la Matrone. Il va falloir abandonner le repaire. »

Jed était déjà arrivé à la même conclusion. À présent que les Chiens du Guet en avaient découvert l'accès, le réseau troglodyte n'offrait plus assez de sécurité à ses habitants. Toutefois, le jeune tempestaire refusait de quitter les lieux sans Naït. Il se remit à souffler dans les galeries, à la recherche de la sauvageonne.

Il ne tarda pas à éprouver les limites de son talent. Plus il s'enfonçait dans les profondeurs du dédale, plus l'effort à fournir s'avérait intense. Le globe lui donnait l'impression de peser de plus en plus lourd. La migraine se remit bientôt à le tarauder et Jed fut contraint de rebrousser chemin, la mort dans l'âme. Il recouvra un semblant de vigueur en retrouvant le grand air, mais dut mobiliser toute son attention pour négocier la descente de la falaise puis pénétrer dans la grotte, et enfin déposer le cadeau de L'Anguille dans un nid de cordage, sur le pont de la galiote.

L'instant suivant, Jed rouvrit les yeux. Il avait regagné son corps. Celui-ci tremblait de la tête aux pieds, couvert de transpiration. Ghilla accueillit le garçon avec un concert de pépiements joyeux. Jed n'eut même pas la force de le récompenser d'une chatouille amicale. Ses membres ne lui obéissaient plus. Il devait lutter pour ne pas s'enfoncer dans le sommeil, comme l'avait fait la Matrone.

Heureusement, l'équipage fut bientôt de retour, accompagné de tous celles et ceux découverts encore en vie dans les recoins du repaire souterrain. Plusieurs marins portaient des marques de morsure. Leur sang se mélangeait à celui de l'adversaire, animal ou humain, sur leurs habits souillés. Ils avaient raflé autant d'armes et de vivres que possible, et les abandonnèrent au milieu du pont pour se hâter de sortir les avirons.

Dix minutes plus tard, la galiote avait de nouveau franchi la passe ouverte dans la barrière de brisants. Piteux, défaits, les Naufrageurs fuyaient leur antre, abandonnant leurs morts derrière eux, ainsi qu'un grand nombre de prisonniers. Jed partageait l'abattement général, mais pour une raison des plus égoïstes : Naït ne se trouvait pas à bord.

Il refusait pourtant de croire qu'elle avait succombé à l'attaque des Chiens. Pas elle, ce n'était pas possible ! Elle connaissait les galeries jusque dans leurs moindres recoins. La lande était son jardin. Elle avait certainement réussi à se cacher quelque part. Jed se fit la promesse de tout mettre en œuvre pour la retrouver, le moment venu.

Mais, pour l'heure, les Naufrageurs étaient confrontés à un sérieux dilemme : ils n'avaient nulle part où aller. Et leur mère n'était plus en état de lever le vent pour les emporter loin du danger. Elle gisait, inerte, en travers du pont. On avait rabattu les pans de sa pèlerine sur son immense carcasse pour la protéger du froid. C'était tout ce que ses enfants d'adoption pouvaient faire pour lui venir en aide – à part prier les anciens dieux de lui accorder leur miséricorde.

« Toi, tu es comme elle, tu as le don », fit le marin qui avait pris la direction des opérations, pointant l'index sur Jed. Ce dernier put tout juste acquiescer. « Alors, notre sort est entre tes mains, mon gars. En l'absence de la Matrone, c'est à toi de veiller sur nous autres ! »

*

Le jour déclinait, la nuit ne tarderait plus. Les ténèbres prenaient possession de la geôle. Morrow n'était pas fâché de ne plus avoir à contempler les tristes murs ornés de moisissure. Son corps ne le faisait plus autant souffrir qu'à son réveil. Il était parvenu à se mettre debout et à parcourir l'étroite cellule de long en large, d'un pas encore hésitant. Un moment, dressant l'oreille, il avait cru entendre sonner neuf coups à l'horloge d'un proche beffroi, mais c'était peut-être l'effet de son imagination, torturée par l'angoisse.

Quel sort lui réservait-on ? Et pourquoi Haggis ne venait-il pas le délivrer ? Peut-être le Maître lui faisait-il payer sa volonté d'émancipation en le laissant ainsi mariner. Peut-être – et cela lui parut plus effrayant encore – avait-il deviné que l'aîné était l'auteur du vol perpétré dans sa Maison…

Un cliquetis interrompit le cours de ses pensées. On déverrouilla la serrure. La porte s'ouvrit avec un grincement de mauvais augure. Brandissant une lanterne, Borguigne se tenait sur le seuil. Difficile de juger de son expression, dans le fouillis de la barbe négligée qui lui mangeait le visage. Morrow crut cependant lire de la tristesse dans le regard du bourreau quand il prit la parole :

« Qu'est-ce qui t'a pris d'occire cette bourgeoise, espèce d'idiot ? Son époux est un des conseillers du bourgmestre ! Il a réclamé ta tête, mais seulement une fois que tu auras été soumis à la question. Tu dois avouer l'ensemble de tes crimes avant de gagner l'En-Bas. Le Conseil veut faire un exemple, pour que Haggis comprenne qu'en dehors du Quartier Gueux il n'a pas tous les droits.

— Et c'est toi qui seras chargé de la besogne, *père* ? »

L'aîné s'était efforcé de mettre dans ce dernier mot toute la morgue dont il était encore capable. Borguigne donna l'impression d'avoir reçu un coup en pleine face. Il émit un grognement et ses lèvres se tordirent en un rictus douloureux, comme sous l'effet d'une peine immense.

« Qui d'autre, bougre d'imbécile ? maugréa-t-il. Crois-tu que cela m'enchante de devoir user de mes talents sur celui qui est issu de ma propre chair ? J'ai toujours redouté le moment où Haggis te révélerait le secret de ta naissance, mais je n'aurais jamais imaginé que cela se passerait ainsi... »

Morrow cracha avec mépris aux pieds du bourreau.

« Fais ton devoir, père. Nous partagerons enfin un moment d'intimité, toi et moi, avant que tu m'ôtes la vie ! »

Borguigne eut un soupir déchirant.

« Pourquoi penses-tu que nous ayons préféré, ta pauvre mère et moi, t'éloigner de notre maison quand tu étais encore morveux ? »

La question prit Morrow de court. Il avoua son ignorance d'un haussement d'épaules.

« Je savais, à ta naissance, que tu porterais la malédiction des rejetons mâles de mon sang, dit le bourreau. J'ai été assez fou pour croire t'en protéger en te reniant. Mais le destin se moque des minables arrangements des hommes, il finit toujours par obtenir ce qu'il désire. Tu es comme moi, doué d'un talent qui te fera haïr par tes semblables, mon fils.

— Lequel ? Que suis-je donc à tes yeux ? »

Borguigne grommela dans sa barbe avant de répondre :

« Une froide machine de mort et de malheur... Jamais tu ne pourras te passer de faire couler le sang, aussi longtemps que tu vivras. »

Le ricanement de Morrow sonna comme un défi.

« Belle promesse que tu me fais là, père. Il est heureux que mon trépas soit imminent ! »

Le bourreau secoua son menton massif.

« Peu importent les conséquences, mais je ne serai pas celui qui t'ôtera la vie. Pas après te l'avoir donnée il y a près de quinze ans.

— Que vas-tu faire ?

— Rien. Laisser cette porte ouverte et détourner le regard. Puis rentrer chez moi et attendre qu'on vienne me demander des comptes. Saisis ta chance et pars, crapule... Fuis Rédemption aussi vite et aussi loin que possible. Et ne reviens jamais. Sors définitivement de mon existence ! »

*

Le Maître avait réservé une surprise aux aînés, ce soir-là. Tous étaient réunis dans le réfectoire pour partager un dîner composé d'une soupe claire épaissie de pain blanc – un festin pour qui avait le ventre creux. Ainsi Pucket, jamais complètement rassasié, avalait-il sa troisième assiettée, quand Haggis fit son entrée. Il n'était pas seul. Une jeune fille l'accompagnait. Dès qu'il l'aperçut, Pucket en eut le souffle coupé. Il avala de travers la bouchée de mie trempée de soupe qu'il mâchonnait, et faillit s'étouffer. Edwyn lui asséna une claque dans le dos pour l'aider à déglutir.

« Qu'est-ce qui t'arrive ? lui demanda-t-il.

— Je crois que la nouvelle recrue du Maître a produit son petit effet sur lui, s'amusa Isiane. C'est vrai qu'elle est plutôt jolie, dans son genre », ajouta-t-elle après un bref coup d'œil sur l'intéressée.

Cette dernière arborait une impressionnante tignasse de jais, plus ou moins disciplinée, qui lui tombait jusqu'à mi-cuisse. Elle avait de grands yeux lumineux, aux couleurs du printemps : un mélange de vert et d'or, qu'elle promenait avec curiosité et sans aucune gêne sur chacun des aînés. Lorsque ce regard s'attarda sur Pucket, le garçon se mit à rougir et replongea illico le nez dans son assiette.

« Je réclame votre attention, dit Haggis. J'ai une déclaration à vous faire. »

Toutes les têtes se tournèrent dans sa direction. Le Maître se tenait campé au milieu de la salle, les mains posées sur les épaules de la jeune fille en un geste à la fois tendre et protecteur. Isiane nota qu'elle ne semblait pas apprécier ce contact. On la devinait tendue, prête à décamper.

« Ce jour est pour moi important, reprit Haggis. Car il est celui du retour de la joie dans mon vieux cœur de père. » Des murmures étonnés parcoururent l'assistance. Pucket afficha un air béat et contrarié à l'annonce de l'incroyable nouvelle qui suivit : « Voici celle qui est née de ma chair et que je croyais disparue avec sa mère, peu après sa naissance, quatorze années en arrière. Voici celle qui sera mon héritière et régnera bientôt sur le Quartier Gueux et tous les Innocents. Voici celle à qui vous devez désormais témoigner obéissance et respect, comme vous le faites avec moi. Voici Naït, ma fille enfuie, qui m'est enfin revenue ! »

Entre-temps...

La frégate avait pris la Fille du Vent en chasse depuis le point du jour. Rapide et bien armée, elle se rapprochait inexorablement de sa proie. Quand le drapeau noir fut hissé à son grand mât, personne ne s'en étonna à bord de la goélette ralentie par le poids de sa cargaison.

« Ils seront sur nous avant la nuit, prévint le capitaine. Fichus pirates ! Si l'on tente de résister, ils nous extermineront sans la moindre pitié. Espérons qu'ils nous laisseront abandonner le navire sans faire couler le sang... »

Les officiers acquiescèrent, l'air grave. Monsieur Chandaigne prit alors la parole et dit : « Il y a une autre solution. Laissez-moi régler la question à ma manière. »

Il avait avec lui sa trousse et l'ouvrit pour en révéler le contenu. Il déposa l'une après l'autre les différentes pièces du fusil devant lui. Puis il les assembla, tout en s'informant de la vitesse à laquelle filait la frégate, ainsi que de celle du vent. « Combien de pirates à bord ? demanda-t-il enfin.

— Une trentaine environ, répondit le capitaine. C'est bien assez de gredins pour s'emparer de nous, hélas, car ils ne craignent pas la mort. »

Ce à quoi monsieur Chandaigne répliqua : « Parce que jusqu'à présent, ils l'ont seulement donnée et pas encore suffisamment reçue. Il est temps pour ces canailles d'affronter celle qui fut leur compagne aimable et d'en découvrir le véritable visage. »

Ayant parlé, monsieur Chandaigne ferma tous les boutons de son manteau de cuir et renfonça son chapeau sur son front. Il remplit ses poches de balles de plomb, puis noua la bandoulière de son fusil en travers de sa poitrine. Enfin, il avala le contenu d'une fiole de potion, pour prévenir les tremblements de ses muscles. Ainsi paré, il gagna le pont de la Fille du Vent et entreprit l'escalade des gréements du mât de hune. Il lui fallut cinq minutes pour arriver jusqu'au poste de vigie. S'il ne craignait pas le vertige, monsieur Chandaigne n'avait pas pour autant le pied marin. Les longs et lents mouvements de gîte et de tangage se trouvaient accentués dans les hauteurs du navire. Il devrait en tenir compte au moment d'ajuster son tir.

Une fois sur la petite plate-forme qui dominait la mer, monsieur Chandaigne défit sa bandoulière et commanda à la vigie de l'attacher solidement au mât, afin qu'il conservât l'usage de ses deux mains. Le marin s'exécuta en quelques gestes habiles. Le tireur lui conseilla alors de rejoindre le pont. « Revenez me délivrer demain, à l'aube, dit-il. Tout sera terminé. »

Enfin seul, il concentra son attention sur la silhouette de la frégate pirate. Elle se découpait, nettement visible, sur la ligne d'horizon, éclairée à contre-jour par un soleil déclinant. Le drapeau noir flottait au vent, présage de malédiction – c'était là sa destination. Il devait inspirer la terreur et forcer l'adversaire à la capitulation avant même que le combat eût lieu. Ce genre de menace impressionnait ceux que la vie pouvait encore longtemps combler. Monsieur Chandaigne n'en avait donc cure.

Il demeura longtemps immobile, à scruter sa cible, s'imprégnant des moindres détails à mesure qu'elle se rapprochait. Entre ses mains, son fusil devint peu à peu le prolongement naturel de son corps. Le soleil finit par s'engloutir de l'autre côté du monde, jetant ses derniers feux sur l'océan comme on aurait lancé une poignée de poudre d'or à la surface d'un miroir. Plusieurs lanternes s'allumèrent sur le pont de la frégate, alors distante d'à peine un mille marin, soit une demi-lieue. L'équipage s'activait en vue de l'abordage de la goélette. Monsieur Chandaigne était prêt à l'en dissuader – définitivement.

Ayant fait le plein d'images dans sa tête, il ferma les yeux et chargea son fusil. Il recula le piston qui comprimait l'air dans le tube du canon en tournant la petite manivelle incrustée sous la crosse. Puis il épaula, visualisa le pilote accroché à la barre du gouvernail et pressa la détente, libérant d'un coup le piston, expulsant l'air dans la chambre où était logée la petite balle de plomb. Celle-ci fusa presque sans bruit. Elle fila à toute vitesse, agitée par le vent.

Guidée par le talent du tireur, elle suivit une trajectoire d'abord ascendante avant de plonger en direction de sa cible.

Le pilote s'effondra sans un cri sur la grande roue de la barre, le crâne percé d'un trou minuscule. Déjà, monsieur Chandaigne avait rechargé son fusil et procédé à un deuxième tir, visant cette fois le quartier-maître, présent lui aussi sur le gaillard d'arrière. Le capitaine des pirates fut sa prochaine victime. Ensuite vint le tour des membres subalternes de son équipage.

Avant la fin de la nuit, monsieur Chandaigne avait abattu tous les hommes assez fous pour ne pas trouver refuge dans le ventre de la frégate, transformant peu à peu cette dernière en vaisseau fantôme.

Après cet incident, la Fille du Vent ne fut plus l'objet d'aucune convoitise. À croire que le mot était passé de bouche en bouche dans toute la communauté de la flibuste, porté par une brise avec l'odeur du sang : malheur à qui s'y frotterait !

Monsieur Chandaigne passa le reste de la traversée à lire ses chers philosophes, cloîtré dans sa cabine. Finalement, au bout de quelques semaines dont rien ne vint rompre la monotonie, un cri tombé de la hune le réveilla un matin : « Terre en vue ! C'est le Continent du Nord ! Nous débarquerons sous peu à Rédemption ! »

Des hourras saluèrent la nouvelle. Monsieur Chandaigne commença de ranger ses affaires. Puis il grimpa sur le pont. La brume s'était levée. Il faisait plutôt frais, pas encore vraiment froid, mais ça ne saurait tarder.

*Pour le tireur émérite, une nouvelle vie allait com-
mencer. Combien de temps durerait-elle, c'était
toute la question. Peu, vraisemblablement. Mais,
pour l'heure, monsieur Chandaigne s'en moquait. Il
était enfin arrivé à destination.*

TROISIÈME PARTIE
LA FUITE

Chapitre 19
SOUS L'EMPRISE DU MAÎTRE

Tout intriguait Naït dans la grande Maison. Elle qui avait toujours vécu libre comme l'air ne parvenait pas à s'habituer aux usages imposés par le Maître. Il fallait prendre son repas à heure fixe, dans la compagnie de tous les élèves, se lever et se coucher à des moments précis, même si l'on n'en avait pas envie. Comment les Innocents faisaient-ils pour supporter pareille discipline ? Voilà qui ne cessait de surprendre la jeune fille. Elle se languissait de la lande et de ses parfums sauvages, de l'horizon infini où s'étiraient la mer et le ciel, sans rien pour arrêter le regard. Heureusement, il y avait le jardin. C'est là que Naït passait le plus clair de son temps, quand Haggis la laissait échapper à sa surveillance.

Elle avait encore du mal à penser à lui comme à un père. Il lui avait demandé de l'appeler ainsi, et elle s'exécutait, mais ça ne venait pas facilement. D'abord, il paraissait trop vieux, suffisamment pour être son grand-père, ou même son arrière-grand-père ! Ensuite, il ne lui témoignait aucune forme de tendresse, la traitant seulement avec davantage d'égards que ses élèves. Enfin, Haggis la tenait en son pouvoir, lui refusant la liberté à laquelle tout son être aspirait. Quelle sorte de père se conduisait ainsi avec ses enfants ?

Au début, Naït n'avait pas compris ce qui lui arrivait. Après l'attaque du repaire des Naufrageurs, elle s'était sentie obligée de suivre l'inquiétant cavalier, mue par une force impérieuse dont elle n'avait que vaguement conscience. Elle avait cru que la peur expliquait à elle seule son attitude soumise. Peu à peu, la sauvageonne avait pris conscience qu'elle n'était plus vraiment elle-même en présence de Haggis. Son caractère frondeur s'évanouissait aussitôt que le vieillard apparaissait. Lorsqu'il ouvrait la bouche, des mots tortueux, bizarres, s'en échappaient, qui se glissaient dans les moindres failles de son esprit, comme des insectes sous une pierre, pour grignoter sa volonté et l'affaiblir. Elle était pourtant pleine de résolution, déterminée à s'enfuir ou, pour le moins, à ne pas écouter ce que le Maître avait à lui raconter. Mais à peine avait-il commencé à parler qu'elle sentait s'effondrer une à une ses défenses, avant de capituler, prête à obéir sans discuter.

Elle avait fini par comprendre que son père possédait un talent d'un genre particulier. Que sa voix et les sons qu'elle formait pouvaient avantageusement remplacer les entraves d'un prisonnier. Qu'avec la bonne intonation, il donnait aux mots un pouvoir sans autre limite que son imagination. Ainsi lui suffisait-il de dire « *Reste dans ma Maison* » pour que Naït n'éprouve plus le désir d'en partir. Pour autant, il ne pouvait pas la forcer à se réjouir de demeurer son hôte...

Ce soir-là, comme tous les autres soirs depuis deux semaines, Naït avait donc dîné à la table de son père, dressée sur une estrade au milieu du réfectoire. Durant le repas, ils n'avaient pas échangé une parole.

L'œil sévère, Haggis surveillait ses élèves tout en mangeant. Quelques instants plus tôt, il avait reçu de chacun d'eux une poignée de pièces, qui gonflaient désormais sa bourse. Le rituel était toujours le même : dès que le jour déclinait, les Innocents regagnaient la Maison et défilaient devant lui, leur obole à la main. Ceux qui ne rapportaient pas assez s'attiraient un commentaire sarcastique, voire la promesse d'une sanction. En tout cas, ils se voyaient privés de repas. Au contraire, ceux qui revenaient les mains pleines recevaient des félicitations et une double, ou même une triple part. Parmi ces derniers, figurait immanquablement le trio formé par Isiane, Edwyn et Pucket.

Naït avait eu le temps d'apprendre le nom de chaque élève, et d'observer leur comportement – elle n'avait pas grand-chose d'autre à faire. Elle avait vite remarqué que Pucket perdait ses moyens en sa présence. Aussi prenait-elle un malin plaisir à provoquer l'embarras du grand garçon, en lui adressant par exemple des œillades, juste pour le voir rougir ou l'entendre bafouiller. Mais pas devant Haggis, car elle craignait la réaction de son père. Il était tout à fait capable de punir l'aîné pour avoir manqué de respect à sa fille. Or, Naït n'était pas cruelle. Elle cherchait seulement à tromper l'ennui et à égayer son séjour forcé dans cette prison dorée.

Au terme du dîner, elle s'apprêtait à regagner sa chambre quand Haggis lui demanda de le suivre dans ses appartements. Il avait quelque chose à lui montrer, expliqua-t-il. Naït n'osa évidemment pas refuser.

Ce n'était pas la première fois qu'elle pénétrait dans la partie de la Maison exclusivement réservée à l'usage du Maître, toujours sur son invitation. Mais il ne lui avait encore jamais ouvert les portes de son cabinet de travail.

« Installe-toi confortablement », dit-il en indiquant un divan recouvert de soieries, qui avait dû être expédié à grands frais depuis l'autre bout du monde. Il déposa sa bourse à l'intérieur du secrétaire et retira un long rouleau de papier d'un autre compartiment du meuble. « Tu dois avoir mille questions à me poser sur celle qui t'a mise au monde », reprit-il.

Naït acquiesça. Tant qu'elle avait vécu parmi les Naufrageurs, les origines de sa naissance ne l'avaient pas préoccupée. Elle savait que la Matrone l'avait recueillie très jeune, et n'avait d'ailleurs aucun souvenir remontant à une époque antérieure. La lande était tout son univers, et cela lui allait très bien ainsi. Les orphelins étaient légion, partout dans le monde, et plus encore dans les environs de Rédemption. Toutefois, la curiosité avait commencé de la titiller dès lors que Haggis avait fait irruption dans son existence.

« J'ai hésité à te parler de ta mère, continua le Maître. À la vérité, il n'y a pas beaucoup à dire à son sujet. Mais je peux te montrer à quoi elle ressemblait. »

D'un geste, il déroula son affiche sur le tapis aux motifs compliqués.

Naït laissa échapper une exclamation de surprise en découvrant son portrait craché, perdu au milieu d'une poignée d'autres. La femme était certes plus âgée, plus grande aussi, mais on ne pouvait pas s'y tromper : une abondante chevelure noire dévalait ses épaules et ses pommettes saillaient en angle aigu au-dessus de chaque joue. Le peintre l'avait représentée dans une pose avantageuse, le corps moulé dans une combinaison mettant en valeur ses formes féminines. Elle souriait et saluait une foule imaginaire. À ses côtés, un Haggis rajeuni se tenait les bras écartés, très élégant dans son costume bariolé. Trois hommes complétaient le tableau, aussi différents les uns des autres qu'on pouvait le concevoir : un vieillard barbu et ventripotent, un bellâtre au faciès charmeur et un échalas à l'air chafouin. Deux masques, l'un souriant, l'autre grimaçant, encadraient la troupe. Enfin, un texte présentait le spectacle, mais Naït fut incapable de le déchiffrer, car elle ne savait pas lire.

« Qui sont-ils ? demanda-t-elle en désignant le portrait groupé.

— Il faut parler d'eux au passé », rétorqua Haggis. Naït crut qu'elle devrait se contenter de cette seule réponse. Au bout d'un moment, son père reprit toutefois : « Bien avant ta naissance, nous sillonnions

les contrées intérieures et donnions des représenta-
tions devant tous les publics qui acceptaient de nous
voir jouer. Nous interprétions les grands textes du
répertoire, depuis la farce grivoise jusqu'au drame
le plus poignant. C'est en me confrontant, soir après
soir, à une foule toujours plus nombreuse, que j'ai
pris conscience du pouvoir des mots échappés de ma
bouche. J'ai appris à en mesurer la portée, selon
l'effet que je désirais produire : déclencher l'hilarité,
faire couler les larmes ou provoquer la crainte. Bref,
je suis devenu *"Haggis le Maître des Émotions"*,
c'est ce qui est écrit en haut de l'affiche. Aucun
membre de la troupe ne possédait de talent équiva-
lent. J'en suis donc devenu le directeur. Mes compagnons se sont spécialisés chacun dans un rôle
précis. Brousset jouait les rois ou les barbons, Paulin
les amoureux ou les séducteurs, L'Anguille les traî-
tres ou les cocus... Et Esmalda les princesses ou les
bergères.

— Et vous, père ? Quel rôle jouiez-vous ?

— J'étais le conseiller du roi, l'ami du séducteur,
l'assistant du traître ou le père de l'ingénue, tous
ceux que les autres comédiens ne pouvaient être.
J'avais pris l'habitude de masquer mon visage, pour
donner plus de poids à mes paroles. Très vite, notre
renommée a gagné Rédemption. Nous nous sommes produits dans les cabarets des quartiers popu-
laires, puis dans des théâtres plus prestigieux.
Fortune et célébrité aidant, nous nous sommes ins-
tallés à demeure en ville. Ce fut la fin de notre
errance. »

Haggis marqua une pause. Il semblait perdu dans ses souvenirs. Naït l'avait écouté, fascinée par son récit. Avait-il usé de son talent pour produire pareil effet ? Elle n'en avait pas l'impression.

« Comme de nombreux autres avant moi, j'étais tombé sous le charme d'Esmalda depuis longtemps déjà. J'ai attendu de pouvoir lui offrir la vie qu'elle méritait pour me déclarer. J'ai fait bâtir cette Maison pour elle, dans le Quartier Gueux, parce qu'elle disait mépriser les honneurs et l'hypocrisie des bourgeois de la ville haute. Elle a accepté mon cadeau. Tu occupes d'ailleurs la chambre qu'elle s'était choisie. Mais elle continuait de refuser mes avances. J'en étais le plus malheureux des hommes. Jusqu'au jour où j'ai pris conscience qu'elle en aimait un autre.

— Paulin, le séducteur, devina Naït.

— L'évidence aurait dû me crever les yeux. Mais ils ne s'affichaient pas en public, leur relation demeurait discrète. J'ai découvert la vérité en épiant les allées et venues d'Esmalda. »

Nouvelle pause. Cette fois, Haggis prit un air sombre. La nostalgie avait cédé le pas à la rancœur, apparemment.

« Que... Qu'avez-vous fait alors, père ? demanda Naït.

— Ce que je m'étais pourtant interdit depuis toujours, par amour. J'ai utilisé mon talent. »

D'abord, Naït ne comprit pas pourquoi cet aveu paraissait tant coûter à l'ancien Maître des Émotions. Son visage exprimait un dégoût sans bornes, comme s'il venait de mordre dans un fruit pourri, infesté de vers. Puis, peu à peu, la terrible vérité s'imposa à l'esprit de la jeune fille. L'horreur dut se refléter dans son expression, car Haggis réagit aussitôt :

« Tu as raison d'être effrayée. Je l'étais moi-même en contemplant mes traits dans le miroir, après avoir commis l'irréparable. Avec quelle facilité j'avais pu convaincre Esmalda de m'aimer ! Et quelle jubilation j'avais ressentie, pendant qu'elle s'offrait à moi, et même après... C'est à ce moment que je me suis laissé corrompre par mon pouvoir. »

N'étais-tu pas vicié jusqu'à l'âme dès le départ ? ne put s'empêcher de songer Naït. *Pour avoir fait subir à ma mère ce genre d'outrage, ne devais-tu pas porter les germes du mal en toi ?*

Bien entendu, elle n'osa pas exprimer ses doutes à voix haute. Au lieu de quoi, elle dit :

« C'est donc ainsi que j'ai été conçue... »

Haggis confirma d'un hochement du menton.

« Mais l'histoire ne s'arrête pas là, fit-il. Même si j'ai pu facilement persuader Esmalda de se taire, il est vite apparu qu'elle portait une vie dans son ventre, quand celui-ci a commencé de s'arrondir. Paulin était fou de tristesse et de rage. Il a compris ce qui s'était passé. Notre troupe s'est séparée, les larmes et le sang ont coulé.

— Le sang ?

— Le mien et celui de cet imbécile qui avait confondu la scène du théâtre avec celle de la vie, plus impitoyable et sans rappels, elle ! explosa Haggis.

Il s'est pris pour un des personnages chevaleresques qu'il avait si souvent incarnés et m'a provoqué en duel. Je l'ai laissé faire couler le premier sang, puis je l'ai convaincu de me laisser lui enfoncer ma lame dans le cœur. »

Naït tressaillit, car son père avait mimé le geste et pointé une épée imaginaire sur sa poitrine.

« Plus tard, fit-il, tu es arrivée. Avec le temps, j'ai cru que la peine d'Esmalda, ainsi que sa haine à mon égard s'étaient atténuées. Je me trompais. Avec la complicité de Brousset et L'Anguille, ta mère a échafaudé votre fuite. Elle a réussi à embarquer à bord d'un navire en partance pour l'Archipel.

— L'Archipel... »

Un nom envoûtant, pour ce qu'il recelait de mystères et de promesses. Naït l'avait souvent entendu prononcer par les Naufrageurs. Certains d'entre eux avaient même posé le pied sur l'une des innombrables îles semées au beau milieu du vaste océan de l'hémisphère Sud. Gilvech' était de ceux-là. Le vieux marin gardait comme un trésor les souvenirs de sa visite aux peuples de l'Archipel. Il en régalait les membres du clan, le soir à la veillée. Naït l'avait toujours soupçonné d'embellir ses récits, tant ce qu'il décrivait paraissait merveilleux.

« L'Archipel, oui. Là où se réfugient ceux qui cherchent à fuir leur passé, précisa Haggis. Mais Esmalda n'est jamais arrivée jusque-là. Son navire a sombré quelques jours après avoir appareillé. Elle ne comptait pas au nombre des survivants. Toi non plus. J'ai cru vous avoir perdues toutes les deux. Une fois encore, je me trompais. »

Il enroula l'affiche et la rangea dans son secrétaire.

« Voilà, tu connais la vérité, si dure soit-elle à accepter. Je ne te demande pas de me pardonner, puisque je n'y suis pas arrivé moi-même. Mais peut-être pourras-tu mieux comprendre ce que je suis devenu. Va, à présent, tu peux disposer. »

Naït ne se le fit pas répéter. Après de telles révélations, elle avait besoin de respirer de l'air frais. Elle n'était pas près de trouver le sommeil, et n'aurait pas supporté de se retrouver à l'étroit entre les murs de sa chambre – cette même chambre où, quatorze années plus tôt, sa mère avait vécu un cauchemar éveillé.

Elle gagna les allées du jardin mal discipliné qui lui rappelait un peu sa chère lande, inaccessible désormais. Là, elle renouait avec la solitude qui avait été sa plus fidèle compagne pendant longtemps. Seuls les plus jeunes élèves étaient autorisés à s'aventurer dans les parages, pour accomplir des tâches aussi ingrates que le nourrissage des porcs ou le nettoyage de leur cabane. Aussi Naït s'étonna-t-elle en découvrant qu'elle n'était pas seule, ce soir-là, à profiter du clair de lune.

Un grand garçon fit irruption de la porcherie au moment où elle-même passait devant l'entrée. Tous deux s'immobilisèrent. Après un court instant de gêne mutuelle, le visiteur détailla Naït des pieds à la tête, la toisant finalement avec insistance, un sourire aux lèvres.

« Tu es nouvelle ? lui demanda-t-il. Je ne t'ai jamais vue.

— Je peux en dire autant », rétorqua-t-elle, sur la défensive.

Il ne comptait pas au nombre des Innocents qui lui avaient été présentés, Naït l'aurait juré. Ses vêtements, sales et déchirés, étaient fort mal ajustés, certains trop étroits pour son gabarit, d'autres au contraire trop larges, à croire qu'il les avait empruntés à autant de propriétaires différents, tous aussi négligents les uns que les autres. Il avait enrobé ses mains de lambeaux de chiffons épais et barbouillé son visage de suie, si bien que ses traits se confondaient avec l'obscurité. Difficile cependant de ne pas remarquer la lueur allumée dans son regard – défi, provocation ?

« Je n'habite plus ici, dit-il.

— Alors, que fais-tu là ? »

Il désigna l'espèce de sac en cuir qu'il avait coincé sous un bras.

« Je suis passé reprendre ce qui m'appartient.

— En te glissant comme un voleur dans le jardin de mon père, fit Naït, comprenant soudain la raison du curieux accoutrement du garçon : les couches de guenilles, ainsi que les chiffons autour des paumes, le protégeaient des tessons de bouteille fichés au sommet du mur entourant le jardin.

— Qu'est-ce que tu dis ? s'étonna-t-il.

— Tu es un voleur, répéta Naït.

— Non, pas ça... Tu as bien parlé du jardin *de ton père* ? »

Il semblait ne pas en croire ses oreilles. Naït confirma d'un hochement du menton.

« Je m'attendais à tout de la part de ce vieux saligaud, mais ça... Pour une surprise, elle est de taille ! Et plutôt jolie, ma foi.

— Tu connais bien Haggis ? demanda à son tour la jeune fille.

— Du moins je le croyais. Il m'a formé pour prendre sa suite, le moment venu. Mais j'ai décidé de ne plus attendre une échéance aussi lointaine ! Mon nom est Morrow. Et le tien ?

— Naït. Je suis la fille d'Esmalda.

— Je connais ce nom. C'était celui de la femme qui partageait la vie du vieux. Ça remonte avant son installation dans le Quartier Gueux, quand il jouait pour les rupins de Rédemption. Il m'a parfois parlé d'elle.

— Il m'a montré son portrait, ce soir. Elle était vraiment belle.

— Pas de doute, tu tiens d'elle, plus que de lui. Heureusement pour toi ! J'ai été charmé de faire ta connaissance, mais je ne peux pas m'attarder. »

Morrow esquissa un pas en direction de l'arbre le plus proche. Une idée folle germa dans l'esprit de Naït : s'il avait été formé pour succéder au Maître, le visiteur était peut-être en mesure de lever le sort qui la retenait prisonnière.

« Aide-moi à échapper à l'emprise de mon père », le supplia-t-elle.

Le garçon secoua lentement la tête.

« Je n'ai pas le talent de Haggis, dit-il. Pas encore. S'il t'a convaincue de rester auprès de lui, je n'y pourrai rien changer. Toutefois, il y aurait bien une autre solution...

— Laquelle ? »

La lueur s'intensifia dans les yeux de Morrow quand il répondit :

« Si Haggis mourait, tu lui échapperais, ainsi que tous ceux qu'il tient encore en son pouvoir. Mais je ne serai pas le fou qui l'affrontera, pas sans être sûr d'avoir au moins une chance de l'emporter. Je suis navré pour toi, ma jolie, mais tu vas devoir prendre ton mal en patience jusqu'à ce que ce jour arrive. »

Plus souple et silencieux qu'un chat, Morrow grimpa dans l'arbre et disparut dans l'épaisseur du feuillage. Quelques instants plus tard, Naït crut distinguer une ombre dansant sur le faîte du mur, puis celle-ci bascula du côté de la rue.

Au moins, songea-t-elle en regagnant la Maison, ce drôle de visiteur lui avait-il redonné espoir : désormais, elle savait qu'il existait un moyen de recouvrer la liberté. Restait juste à trouver le courage de le mettre en application. Ou de rencontrer le fou qui aurait ce courage, pour reprendre l'expression de Morrow.

Naït hésita avant de s'engager dans l'escalier qui menait à l'étage des aînés. Elle n'appréciait pas ce qu'elle s'apprêtait à faire, mais elle était certaine d'une chose : si elle demeurait trop longtemps cloîtrée entre ces murs, elle n'y survivrait pas. Loin de la lande et de la mer, des créatures aussi libres que l'air qui peuplaient l'une et l'autre, sa vie n'avait pas de sens. Haggis était peut-être à l'origine de sa venue au monde, mais ça ne lui donnait pas le droit de la priver de tout ce qu'elle aimait.

Elle prit sa décision. Elle devait agir cette nuit, tant que sa détermination demeurait intacte, ou jamais.

Chapitre 20
LA FLAMME SOMBRE

« La cambuse est vide, annonça Kerlan. Il va falloir trouver le moyen de la remplir si on ne veut pas mourir de faim. »

Le Naufrageur portait les stigmates de l'attaque qui avait eu lieu quelques semaines plus tôt. Les crocs des molosses s'étaient enfoncés dans sa chair, lui déchirant la joue. Il avait fallu manier l'aiguille pour lui redonner à peu près apparence humaine. Une impressionnante cicatrice en forme de fer à cheval lui couturait désormais la moitié gauche du visage. Il avait fini par récupérer de ses blessures, tout comme ses compagnons d'infortune. L'île où ils avaient trouvé refuge était seulement habitée par des colonies d'oiseaux farouches, nichées dans les creux des rochers éboulés sur la plage. Une crique à l'abri des regards indiscrets accueillait la galiote, démâtée pour ne pas attirer l'attention des vigies quand un navire croisait au large. Un campement avait été aménagé avec les moyens du bord, à l'intérieur des terres, où poussait une maigre végétation. Si l'eau douce ne manquait pas, car la pluie tombait presque chaque jour, la réserve de vivres embarqués pendant la fuite était épuisée.

« Tu dois faire quelque chose, mon gars », reprit Kerlan en fixant Jed.

Les autres Naufrageurs approuvèrent d'un même mouvement. Tous étaient réunis sous la tente improvisée à partir d'une voile de la galiote, autour du corps de la Matrone. Celle-ci était allongée sur un lit de balles de coton issues du pillage du *Conquérant*. Seul le léger sifflement qui s'échappait d'entre ses lèvres prouvait qu'elle était toujours en vie. Elle était plongée dans un profond sommeil que rien ne semblait jamais devoir troubler. Jed se demandait même si elle en émergerait un jour.

« Vous voulez que j'attire un bâtiment sur les récifs, devina-t-il, s'adressant à la vingtaine d'hommes et de femmes serrés les uns contre les autres pour se tenir chaud.

— C'est la seule solution, fit Kerlan. Je sais que tu en es capable. » Jed n'en était pas persuadé. Mais le marin défiguré insista : « Tu n'as pas besoin de t'en prendre à un vaisseau de fort tonnage. Une goélette fera parfaitement notre affaire.

— Il en sort chaque jour de la rade de Rédemption », renchérit un vieux bonhomme du nom de Gilvech'.

Il ne se déplaçait plus qu'en clopinant sur une béquille après avoir perdu sa jambe gauche, écrasée par la chute d'une caisse dans un entrepôt de la Compagnie. Son infirmité avait été la cause de son renvoi. Rejeté par tous car incapable de subvenir à ses besoins, il avait fini par rallier la grande famille des Réprouvés.

« Les cales sont alors pleines de nourriture et de rhum, précisa-t-il. De quoi combler les estomacs de tout un équipage pour plusieurs mois.

— La saison froide approche, continua Kerlan. Sans provisions, nous ne pourrons pas y survivre. »

Jed avait déjà compris que le sort des Naufrageurs se trouvait entre ses mains. Il ne se sentait pas le droit de les abandonner.

« Je ferai de mon mieux, promit-il finalement.

— Je suis sûr que tu t'en tireras très bien, dit Kerlan. Elle t'a choisi pour lui succéder, ajouta-t-il avec un geste du menton à l'adresse de la gisante enveloppée dans sa pèlerine.

— Elle ne sait même pas qui je suis, fit remarquer le garçon.

— Mais elle a pu te voir à l'œuvre, dit Gilvech'. Chaque fois que l'orage grondait au-dessus de Rédemption, elle sortait sur la lande pour assister au spectacle. »

Jed faillit rétorquer qu'il s'agissait de la manifestation de ses cauchemars, mais il se ravisa en songeant à la déception des Naufrageurs. Il ne leur restait que l'espoir. Inutile de le leur enlever.

« Nous allons prendre chacun notre tour de garde, fit Kerlan. Dès qu'une goélette fera son apparition, nous te préviendrons. Repose-toi en attendant. Tu vas avoir besoin de toutes tes forces pour lever la tempête. »

*

Jed sentit qu'on le secouait. Il ouvrit un œil encore englué de sommeil.

« Debout, matelot, souffla Gilvech'. Ça va être à toi de jouer. »

Les Naufrageurs s'étaient endormis les uns contre les autres, sous une épaisseur de voile, tout près de la Matrone. Jed avait espéré qu'elle serait sortie de son long sommeil, mais ça n'était pas le cas. Ghilla était pelotonné dans son giron. Il redressa le museau et émit un piaillement interrogateur.

« Chut, murmura Jed. Reste ici et veille sur elle, c'est compris ? »

Le familier bâilla à s'en décrocher la mâchoire, puis reposa le museau sur ses pattes croisées. L'instant suivant, il ronflait de nouveau.

Gilvech' réveilla assez d'hommes valides pour manœuvrer la galiote. Ils quittèrent la tente sans faire de bruit. Jed les suivit.

Dehors, le clair de lune baignait l'îlot d'une lueur rousse. Des nuages en forme de longues torsades de coton sale s'étiraient jusqu'à l'horizon. Entre eux, on apercevait des bandes de ciel étoilé. Jed tenta de repérer le Trident, en vain.

Il emboîta le pas au vieux marin unijambiste, qui sautillait allégrement sur sa béquille. Avec le clapotis des vagues et la rumeur du ressac, les criaillements des grands oiseaux au ventre blanc composaient une symphonie sauvage que rien ne semblait devoir interrompre. Malgré l'absence du soleil, ils continuaient leur ronde bruyante dans les airs. Parfois, un téméraire plongeait dans les eaux noires, ses ailes repliées, et disparaissait dans une gerbe d'écume. Il refaisait surface, un peu plus loin, un poisson encore vif dans le bec, tel un éclair d'argent. Il l'avalait avant même d'avoir rejoint la nuée de ses congénères, pour ne pas se le faire voler.

« Eux n'ont pas à s'en faire, fit Gilvech'. Ils ne mourront jamais de faim. Et personne ne viendra les déloger de leurs nids. »

Jed ne fit aucun commentaire. Il avait eu tout le temps nécessaire de songer aux raisons de l'attaque du repaire souterrain des Naufrageurs. Ceux-ci avaient vécu longtemps en paix, se contentant de prélever leur dîme sur les cargaisons de la Compagnie avec la permission des Directeurs. Comme la Matrone le lui avait expliqué, chacun y trouvait son compte. Tout s'était écroulé après son arrivée. Cela ne pouvait pas être un hasard. Personne ne lui avait ouvertement reproché quoi que ce soit, mais certains regards ne trompaient pas.

Kerlan faisait les cent pas sur la plage, près de la galiote. Il avait l'air excité comme une puce.

« La chance nous sourit ! lança-t-il. Pas plus tard qu'à minuit, j'ai repéré une goélette de toute beauté qui s'en allait avec la marée. »

Guilvech' mouilla l'index et leva le bras au ciel.

« La brise de terre souffle au sud-ouest, dit-il. Il va falloir rabattre la mignonne vers la côte et ses brisants. Allons, du nerf, les gars ! Tous à bord et à vos avirons. Souquez comme si vous aviez le vaisseau du Grand Dab aux trousses ! »

Jed se joignit à la manœuvre. Il trouva sa place à côté de Kerlan, qui s'était emparé de la barre, et demanda :

« Qu'est-ce que c'est que le Grand Dab ?

— Tu n'as jamais entendu parler du Père aux Pieds Fourchus ? Pour beaucoup, c'est le premier et le plus puissant des démons. Il est né de l'océan qui recouvrait toutes les terres avant qu'elles n'émergent. Il est le capitaine d'une galère où sont enchaînées les âmes des marins morts au combat. Gare à l'équipage qui croiserait sa route ! »

Kerlan ponctua sa tirade d'un clin d'œil. Jed avait déjà remarqué combien les gens de mer pouvaient se montrer superstitieux tout en se moquant de leurs propres croyances, comme pour mieux les conjurer. Il venait d'en avoir une nouvelle démonstration.

Passée la barre* grondant à l'entrée de la crique, la galiote prit peu à peu de la vitesse. Les hommes poussaient et tiraient sur leur rame au rythme des coups frappés sur le pont par la béquille de Guilvech'. L'esquif filait à fleur d'eau, rasant l'écume. Pour l'alléger, les Naufrageurs avaient vidé la soute et démonté la bombarde de proue, mise à l'abri sous la tente du campement. De plus, Kerlan s'avérait un excellent pilote. Il connaissait les courants favorables qui sillonnaient cette partie de l'océan, les pièges à éviter et les passes praticables dans le semis d'îlots. Bientôt, une voile parut à l'horizon, triangle noir hissé sur la ligne grise des flots.

« Deux mâts, c'est bien elle, c'est notre goélette, fit Kerlan. Tu vas pouvoir la repousser vers la côte, moussaillon ? »

Jed n'en savait rien. Mais il allait essayer. Il se concentra, fermant les yeux. Les leçons de la Matrone lui revinrent en mémoire. Il pensa au vent. Il pensa à devenir le vent. Il pensa comme le vent – léger et vif, insaisissable et invisible...

Et voilà qu'il volait, libéré du poids de son corps. La sensation éprouvée était unique, enivrante. Les vagues défilaient sous lui, ondulant à la clarté de la lune. Les étoiles semblaient clignoter dans le ciel, hachées par les nuages, sous l'effet de la vitesse.

Il fut soudain sur la goélette. Toutes voiles déployées, elle semblait faire du surplace. Jed-le-vent vira dans ses gréements, souffla sur le pont et regagna la poupe. Quatre marins veillaient à la manœuvre, en comptant le pilote et le mousse du bord. Jed reconnut le garçon au coutelas qui l'avait traité de « rat des quais » tandis qu'il s'initiait au chapardage, une éternité plus tôt – en fait, une poignée de semaines seulement. Fallait-il y voir un présage, bon ou mauvais ?

Il resta concentré. Il devait puiser au plus profond de ses émotions, où la peur et la colère prenaient racine, pour lever la bourrasque qui ferait dévier le bâtiment de sa course. Cela n'était plus aussi difficile qu'au tout début. Jed avait eu l'occasion de s'entraîner depuis qu'ils avaient rejoint l'îlot, pour tromper l'ennui et l'angoisse. Il atteignit l'endroit secret où son talent avait sa source, quelque part dans son esprit. Là brûlait une flamme sombre. C'était du moins ainsi que Jed percevait la chose. Il s'agissait peut-être de sa propre force vitale, de même nature que celle de L'Anguille, prisonnière du globe de verre, mais d'une couleur différente. Quoi qu'il en fût, elle fournissait l'énergie indispensable au contrôle des éléments.

Jed sentit la chaleur l'envahir quand la flamme sombre se mit à grandir. Plus elle gagnait en intensité, plus le vent forcissait. Il fut rapidement assez puissant pour remuer l'océan autour de la goélette. La crête des vagues s'éleva jusqu'au bordage. Des creux se formèrent, qui aspirèrent le mince navire, malmené par la houle. Le pilote se cramponna fermement à la barre. De nouveaux marins firent irruption sur le pont, l'air hagard et effrayé, dérangés en plein sommeil. L'un d'eux, sûrement le capitaine, mit ses mains en porte-voix et lança des ordres.

Les voiles étaient à présent gonflées à craquer. La goélette tanguait tant et si bien que chacun devait s'agripper au bastingage ou à un filin pour ne pas basculer par-dessus bord. Tous les efforts de l'équipage ne servaient à rien. Le vent furieux et déchaîné s'était emparé du navire. Toutefois les hommes n'abandonnaient pas la partie. Ils luttaient, bravant la colère du ciel, pour éviter la catastrophe. Les plus agiles se hissèrent dans les haubans, jusqu'à atteindre les premières vergues. Ils réussirent à décrocher une partie de la voile d'artimon, mais une bourrasque leur arracha la toile des mains. Déséquilibrés, les hommes furent précipités à la mer dans un hurlement de frayeur. Une vague s'abattit. L'instant suivant, ils avaient disparu, engloutis.

Jed tressaillit. Il n'avait pas voulu cela ! Il s'efforça de calmer la colère du vent. Mais il ignorait comment s'y prendre. Très vite, il dut se rendre à l'évidence : la tempête avait échappé à son contrôle. La flamme sombre brûlait maintenant en lui avec une joie mauvaise. Jed prit peur. Que se passerait-il si elle continuait de grandir ? Consumerait-elle sa volonté ?

Cela ne pouvait pas arriver ! Cela ne le devait pas !

Mais comment l'empêcher ? Jed n'en avait aucune idée. Impuissant, il assista au naufrage qu'il avait provoqué. La goélette ne tarda pas à s'éventrer sur un écueil. Elle chavira sous le choc. Ses mâts se brisèrent. Les autres marins du bord furent projetés pardessus le bastingage. Parmi eux, le capitaine, le pilote et le mousse. En moins d'une minute, les vagues avaient recouvert la coque brisée et dispersé les débris de la goélette, y compris ceux où s'accrochaient les naufragés. Ceux-ci se débattaient pour ne pas couler à leur tour. Mais il paraissait évident qu'ils ne remporteraient pas ce combat si personne ne les secourait.

Jed rouvrit les yeux. Une atroce migraine le taraudait. Son cœur battait à tout rompre. Il haletait, pantelant, comme après avoir couru pendant des lieues à travers la lande. Kerlan l'observait, visiblement inquiet.

« Pourquoi as-tu fait ça ? demanda-t-il. Tu n'avais pas besoin de démolir ce vaisseau.

— Je n'ai pas fait exprès ! Il faut se dépêcher de leur venir en aide, ou ces malheureux vont se noyer !

— On est trop loin pour arriver à temps. Ils ne s'en sortiront pas à moins d'un miracle... »

Entre-temps...

*E*lle rêvait et savait qu'elle rêvait. Mais elle savait aussi que les images de son rêve n'étaient pas nées de son imagination. Ce qu'elle voyait en songe était bien en train de se produire. Et elle n'y pouvait rien changer.

La tempête s'acharnait sur la goélette, tel un enfant cruel sur un insecte pris au piège. Le vent hurlait sa colère, les vagues déferlaient avec une joie furieuse sur le pont du navire fracassé contre les rochers des hauts-fonds. L'équipage était condamné.

Elle tenta d'émerger du sommeil. Si elle parvenait, même pour un court instant, à s'évader des limbes, elle pourrait alors disperser le vent. Mais son corps refusait de lui obéir. Sa propre flamme intérieure était éteinte. Il lui faudrait encore des jours, sinon des semaines, avant de se rallumer.

Elle se sentait atrocement vieille et inutile. Et le garçon n'était pas prêt à prendre sa place. Il avait tant à apprendre ! Des mois, des années, même, seraient nécessaires avant qu'il comprenne ce qu'il était vraiment, qu'il l'accepte et en fasse bon usage – si toutefois il y parvenait un jour.

Mais ses ennemis lui en laisseraient-ils le temps ? Haggis, l'infâme vieux cabotin, semblait déterminé à le récupérer coûte que coûte. Il avait dû finir par comprendre quel inestimable trésor sa Maison abritait, après qu'elle le lui avait volé. Elle avait alors commis une erreur funeste pour les membres de sa belle et grande famille. Elle avait sous-estimé l'avidité et la cruauté du Maître des Innocents. Pourtant, ce n'était pas la première fois qu'il croisait sa route.

Quatorze années plus tôt, ils avaient fait affaire ensemble. Elle vivait encore en ville, à cette époque. Elle y était même crainte et respectée. Haggis venait de perdre celle qu'il aimait. C'est un homme brisé qui se présenta devant elle. Sa requête était terrible. Elle y accéda par jeu, par défi également, par ennui peut-être. Elle leva une tempête et coula le navire qui emportait la femme désirée par le Maître. Il préférait l'abandonner à l'océan plutôt que la perdre au bout du monde. Mais il n'avait pas fait mention de l'enfant, à peine un nourrisson, encore accroché au sein de sa mère. Quand elle le vit, affolé dans la tourmente, elle décida de l'épargner. Haggis n'en avait jamais rien su. Elle-même paya fort cher son geste. Sa position interdisait qu'on la livrât au bourreau, aussi fut-elle bannie de Rédemption. Elle s'en alla avec l'enfant, une drôlesse qu'elle choisit d'appeler Naït et d'élever non pas comme sa fille, mais comme celle de la lande où elles avaient trouvé refuge : libre et sauvage. Suivant leur exemple, d'autres Réprouvés vinrent bientôt les rejoindre. Ainsi naquit la Confrérie des Naufrageurs. Aujourd'hui, il n'en restait plus rien, ou si peu...

Aujourd'hui, il ne lui restait plus que ses rêves.

Chapitre 21

RIEN QUE NOUS NE PUISSIONS SURMONTER ENSEMBLE

P ucket faillit s'étrangler en découvrant celle qui se tenait sur le seuil de sa chambre. Les coups frappés avec discrétion à sa porte l'avaient réveillé au moment de plonger dans le sommeil. Il se demanda s'il n'était pas déjà en train de rêver. Mais non.

La fille du Maître lui sourit. Quelle métamorphose depuis son entrée dans la Maison de Haggis ! Ses cheveux noirs avaient été peignés puis tressés pour former une longue natte qui pendait dans son dos. Cette nouvelle coiffure dégageait son front, dévoilait toute l'intensité de son regard et mettait en valeur ses pommettes saillantes.

« J'espère que je ne te dérange pas, dit-elle. Est-ce que je peux entrer ?

— B... bien sûr », bafouilla Pucket.

Elle ne lui laissa pas le temps de s'écarter et le frôla au passage. Pucket huma l'odeur de sa chevelure, encore chargée des senteurs sauvages de la lande. Son trouble ne fit que croître. Il referma la porte et se tourna vers sa visiteuse, assise sur le rebord du lit qui avait été celui de Jed.

« Tu n'as jamais songé à fuir cet endroit ? » demanda-t-elle à brûle-pourpoint.

Pucket se contenta d'acquiescer d'un geste du menton. Il ne pouvait pas avouer à la fille du Maître qu'un plan d'évasion était en cours d'élaboration, sous la direction d'Isiane.

« Moi, fit Naït, j'y pense chaque heure de chaque journée. Mais je ne peux rien y faire. Les mots de mon père me retiennent prisonnière.

— Comme nous tous ici. Les cadets ne sortent jamais, eux non plus.

— Mais les aînés le peuvent. Haggis vous donne plus de liberté.

— C'est vrai, admit Pucket. Nous sommes libres d'aller et venir en ville tant qu'il fait jour.

— Certains en profitent pour échapper à l'emprise de leur Maître. » La jeune fille désigna les lits inoccupés. « Tes amis sont partis, fit-elle remarquer.

— Corey croupit dans une geôle, aux dernières nouvelles. Quant à Jed, personne ne sait vraiment ce qu'il lui est arrivé...

— Jed ? Tu parles du garçon mince, aux cheveux clairs et bouclés ? Celui qui fait souffler le vent ? » demanda Naït, l'air perplexe.

Pucket approuva. Il n'était décidément pas au bout de ses surprises, ce soir-là !

« Pour ce qui est du vent, je ne sais pas, avoua-t-il. Mais la description correspond... Tu as vraiment vu

Jed ? Il est en vie ? Où est-il passé ? Et pourquoi s'est-il enfui ? »

Naït leva la main pour mettre un terme au flot de questions.

« Doucement, dit-elle. Je vais te raconter ce que je sais. »

En quelques phrases, elle résuma sa brève rencontre avec le protégé de la Matrone, passant sous silence certains détails de leur escapade sur la colline, quand ils avaient subi l'attaque du molosse. Pour la réussite de son plan, elle ne devait pas rendre Pucket inutilement jaloux.

« Et voilà toute l'histoire, conclut-elle. La dernière fois que je l'ai vu, ton ami se portait à merveille.

— Isiane sera ravie de l'apprendre. Elle s'inquiète tellement pour lui... »

Une ombre passa-t-elle dans le regard de Naït ? Dans le doute, Pucket n'insista pas.

« Je te remercie d'être venue me donner des nouvelles de Jed, dit-il. Hélas, je ne crois pas que je le reverrai de sitôt.

— Pourquoi pas ? Jed n'était pas là quand les Chiens ont surgi. La Matrone non plus. Ils se sont sûrement mis à l'abri. »

Pucket reprit espoir.

« Comment les retrouver ? demanda-t-il.

— Je crois que je saurai où chercher, avança Naït. Je connais la plupart des endroits où les Naufrageurs sont certains de trouver refuge.

— Formidable ! s'exclama le grand garçon. Tu vas pouvoir me les indiquer et... »

— Ce n'est pas aussi simple, le coupa-t-elle. Je ne sais pas lire une carte, je n'en ai jamais eu besoin. Mais je connais la lande par cœur. Je pourrais te guider, si je pouvais sortir de cette Maison. »

Pucket avait perdu son enthousiasme quand il déclara :

« Jamais le Maître ne te laissera partir, tu l'as dit toi-même. Ça ne sert à rien d'en parler.

— Ne sois pas si pessimiste. Il y a toujours un moyen de parvenir à ses fins. Il suffit juste d'en accepter le prix.

— On croirait entendre ton père...

— Je t'interdis de me comparer à lui ! Je le déteste plus que tu ne pourrais l'imaginer.

— Pour quelle raison ?

— Parce qu'il t'en faut une ? s'emporta Naït. Alors, je le déteste pour ce qu'il est. Cela te convient ?

— Ne t'énerve pas... Je suis désolé, je ne voulais pas te froisser.

— Ça va, tu n'as pas fait exprès. Tu vois que je ne te mens pas : je le hais vraiment.

— Oui, admit Pucket. Et tu n'es pas la seule dans cette Maison, ni en dehors. Haggis s'est fait beaucoup d'ennemis en ville. »

Naït acquiesça, une ébauche de sourire aux lèvres. D'un signe, elle invita le grand garçon à s'asseoir auprès d'elle. Puis elle se pencha vers lui pour murmurer à son oreille :

« Celui qui les débarrasserait du Maître s'attirerait leur reconnaissance, peut-être même y gagnerait-il la gloire et la fortune. »

Pucket se demanda s'il avait bien entendu. La proximité de la jeune fille le troublait, mais pas au point de ne pas comprendre ce qu'elle lui proposait.

« Tu ne parles pas sérieusement, dit-il.

— Au contraire. Mais je vois que je me suis trompée à ton sujet. Tu ne vaux pas mieux que les autres, finalement. »

Elle se releva et fit mine de s'éloigner. Pucket ne lui en laissa pas le temps. Il l'attrapa par le poignet et la retint.

« Attends, je t'en prie... Ne juge pas trop vite... C'est juste que ta proposition est si soudaine, inattendue... Il faut que j'y réfléchisse. Je ne saurais pas comment m'y prendre pour... Je n'arrive même pas à le dire ! »

Il recommençait à bafouiller. Ses idées s'embrouillaient, son cœur cognait comme un marteau sur l'enclume du forgeron, dans sa poitrine. Il n'avait pas envie qu'elle s'en aille, il n'avait pas envie de lâcher son poignet. Il aurait voulu la garder auprès de lui pour toute la vie, mais il aurait préféré mourir sur-le-champ plutôt que d'avoir à le lui avouer. Il se sentait complètement perdu.

« Calme-toi, conseilla Naït. Tu n'as pas besoin de te décider maintenant. Pense à ce que je t'ai dit. Je reviendrai te voir demain soir et tu me donneras ta réponse, d'accord ? »

Pucket hocha le menton. Il relâcha son étreinte. Naït lui déposa un rapide baiser sur la joue.

« Alors, à demain », souffla-t-elle avant de refermer la porte.

*

La tempête avait fini par se calmer sans que Jed y fût pour quelque chose. Transi et épuisé, il assista en spectateur au remplissage des soutes de la galiote, sous l'œil indifférent de la lune. Les Naufrageurs récupérèrent tout ce qui flottait à la surface de l'océan – ballots, caisses, tonnelets... Ils ne découvrirent aucun survivant. Tous les marins de la goélette avaient coulé à pic, victimes de la furie des éléments.

Depuis son poste de barreur, Guilvech' supervisait la manœuvre de transbordement. Voyant Jed maussade, il chercha à le consoler :

« Ne sois pas triste, il n'y avait rien à faire, dit-il. Le Grand Dab a réclamé son dû.

— C'est ma faute si l'équipage est mort noyé. Aucun démon n'a rien à voir là-dedans. Je n'ai pas été capable de maîtriser mon don.

— D'accord, convint l'unijambiste. Mais tu as agi pour nous venir en aide. Tu n'avais pas l'intention de leur faire du mal. C'était un accident. Personne ne te le reprochera.

— Si : moi, et toute ma vie ! Je n'utiliserai plus jamais mon talent, c'est fini. »

Guilvech' prit le temps de peser sa réponse.

« Soit, puisque telle est ta décision, je suppose qu'on devra la respecter. Même s'il doit nous en coûter...

— Que veux-tu dire ?

— La Matrone ne levait pas le vent uniquement pour pousser des bâtiments sur les récifs. Elle faisait parfois gronder l'orage et tomber les éclairs pour nous protéger. Elle a ainsi épargné nombre de vies, au fil des ans. Qui sait si tu n'en ferais pas autant ? »

Jed se souvint alors de la bourrasque qui avait détourné Arès de la gorge de Naït. Sans son talent, la sauvageonne serait morte, ce jour-là. Il fut obligé de reconnaître qu'en certaines circonstances son pouvoir de tempestaire s'avérait une bénédiction. Mais cela ne suffit pas à le faire changer d'avis.

« Tant que je ne serai pas certain de ne plus nuire à quiconque, je jure de ne plus jouer avec les éléments », dit-il.

Guilvech' opina.

« Ça me paraît raisonnable. En grandissant, tu découvriras qu'une bonne intention n'entraîne pas forcément une bonne action, hélas. Mais il importe de toujours s'efforcer au meilleur, moussaillon, même si l'on échoue. Parce que c'est le seul moyen d'éviter que le pire l'emporte à coup sûr. Tu comprends ?

— Je crois, oui. » Puis, après une pause, Jed ajouta : « Merci...

— De rien. C'est juste le conseil d'un vieil éclopé qui finit ses jours parmi les Réprouvés. Autant dire pas grand-chose. Mais je le partage volontiers avec toi, comme tout ce qui m'appartient. Entre nous, c'est ainsi qu'il faut se comporter. Si j'ai du rhum dans ma bouteille, chacun pourra y boire une rasade, pour étancher sa soif. Si tu as de la peine, j'en veux aussi ma part, pour alléger ton fardeau. Ensemble, il n'y a rien que nous ne puissions surmonter. »

Ces mots trouvèrent écho dans l'esprit de Jed. Il se sentait toujours aussi mal pour avoir causé la perte de l'équipage de la goélette, mais le soutien du vieux Naufrageur l'aida à supporter le poids de la culpabilité – un peu comme la béquille de Guilvech' lui permettait de se tenir debout.

Chacun reprit bientôt sa place à bord. Les rameurs se remirent à l'ouvrage en chantant pour se donner du courage. La galiote était bien plus lourde qu'à l'aller et ils avaient travaillé toute la nuit, mais rien n'aurait pu entamer leur belle humeur, pas même la disparition des marins de la goélette. Jed en tira une leçon : il fallait se réjouir d'être vivant, même si le malheur s'était abattu autour de soi. Le monde était dur pour les faibles et les solitaires. C'est pourquoi les gens se rassemblaient dès qu'ils le pouvaient – Haggis et ses élèves, la Matrone et les Naufrageurs, l'équipage d'un navire, tous restaient ensemble parce qu'ils étaient plus forts une fois réunis. Ceux qui quittaient le groupe ne faisaient pas de vieux os. L'Anguille l'avait appris à ses dépens. Jed songea aussi à Corey. Son camarade croupissait en prison, loin des siens. Avait-il trouvé une nouvelle famille d'adoption, un autre clan pour veiller sur lui ? Jed l'espérait de tout cœur.

Ses pensées vagabondèrent ensuite du côté de la lande et de Naït. Qu'était-elle devenue ? Il ne se passait pas une journée sans que Jed se posât la question. L'absence de réponse le mettait au supplice. Mais il n'y avait rien qu'il pût faire. Il était coincé sur l'îlot jusqu'au réveil de la Matrone, et d'après ce que Kerlan lui avait raconté, elle pouvait rester des semaines endormie.

Combien de temps durerait l'exil des Naufrageurs ? Étaient-ils condamnés à vivre dans la clandestinité jusqu'à la fin de leurs jours ? Là encore, Jed n'avait aucune réponse. Tôt ou tard, les provisions viendraient à manquer de nouveau. Que se passerait-il alors ? Mieux valait ne pas y songer...

*

Isiane n'en croyait pas ses oreilles. Elle écoutait Pucket lui exposer ses doléances, sans l'interrompre. Edwyn était présent, lui aussi. Ils se trouvaient tous les trois réunis dans la chambre de la jeune fille, discutant à voix basse, tels les comploteurs qu'ils étaient. L'aube ne tarderait plus. Bientôt, les aînés devraient rejoindre le réfectoire, avant d'entamer une nouvelle journée de chapardage pour le compte de Haggis — peut-être la dernière, si le plan exposé par Pucket se réalisait.

« La propre fille du Maître ? s'étonna Isiane une fois que le grand garçon eut fini de parler. Pourquoi voudrait-elle sa mort ?

— Pour gagner sa liberté, expliqua Pucket en chuchotant. C'est le seul moyen de rompre le charme qui la retient prisonnière.

— Tu as donc déjà oublié le traitement réservé à monsieur Torrence ? » demanda Edwyn.

Pucket secoua énergiquement la tête.

« Non, et c'est pour ça que j'ai besoin de votre aide. Seul, je n'y arriverai jamais.

— Tu sembles déterminé, remarqua Isiane. On dirait que rien ne te fera changer d'avis.

— Vous deux, rappela Pucket, vous avez bien décidé de gagner les contrées de l'intérieur. Et je n'ai rien fait pour m'y opposer. Au contraire, je vous ai aidés en volant plus que ma part pour augmenter votre cagnotte.

— C'est juste, admit Isiane. Et nous ne te remercierons jamais assez. Mais tu nous demandes de participer à un meurtre ! C'est autrement plus grave...

— Je ne vous demande pas de faire couler le sang, corrigea Pucket, dont la voix grave résonnait entre les murs de la pièce malgré ses efforts pour l'adoucir. C'est moi qui porterai les coups. Je prendrai tous les risques. J'ai juste besoin de vous pour tenir éloignés les autres aînés le temps que je passe à l'action. Ensuite, quoi qu'il arrive, vous pourrez vous en aller, comme vous l'avez prévu.

— Quand as-tu décidé de frapper ? interrogea Edwyn.

— Le plus tôt possible. J'ai promis à Naït de lui donner ma réponse ce soir. Je crois qu'elle ne voudra pas attendre un jour de plus. Si vous êtes d'accord, alors je tenterai d'éliminer Haggis demain.

— Nous savons déjà ce qui t'arrivera si jamais tu échoues, dit Edwyn, songeant à leur infortuné précepteur. Et si tu réussis ? As-tu réfléchi à la suite des événements ? »

Pris de court, Pucket dut admettre que non. Il avait passé une grande partie de la nuit à mettre au point le stratagème qui lui permettrait d'atteindre le Maître sans s'exposer à sa vengeance. Il avait fini par trouver la solution au petit jour. Mais il n'avait pas imaginé un seul instant ce qui pourrait se produire ensuite.

« Je suppose que ce serait la fin des Innocents, dit-il. Débarrassé de Haggis, chacun serait libre de son destin.

— Tu en es bien certain ? insista Edwyn. Malgré tous ses défauts, dont le moindre n'est pas la cruauté, Haggis protège ses élèves. Personne n'ose lever la main sur eux, ici, dans le Quartier Gueux.

— Quoi, tu le défends après ce qui est arrivé à ton frère ? s'insurgea Pucket. Je n'arrive pas à le croire !

— Je ferais n'importe quoi pour que Wyned revienne de l'En-Bas, tu le sais, mais je ne peux rien changer à la situation. Alors j'aimerais éviter que d'autres Innocents subissent le même sort. Que crois-tu qu'il arrivera quand ils seront livrés à eux-mêmes dans Rédemption ? »

Pucket l'ignorait. Il se doutait toutefois que la plupart des élèves feraient des proies faciles pour les créatures les plus perverses qui rôdaient en ville. En les libérant du joug du Maître, il jetterait cadets et aînés dans les griffes de prédateurs plus dangereux encore.

Il eut beau réfléchir, il ne voyait pas comment échapper à cette contradiction.

« C'est sans espoir, lâcha-t-il finalement. Je vais devoir renoncer. Naït sera déçue. »

La mine sombre, Pucket se dirigea vers la porte.

« Attends un peu, l'arrêta Isiane. Il y a peut-être un moyen de la satisfaire sans courir de risque. »

Le grand garçon se figea, la main sur la poignée. Il adressa un regard plein d'espoir à son amie.

« Je ne suis pas absolument sûre de moi, avança-t-elle. Mais je commence à me débrouiller plutôt bien avec mon talent de persuasion... Oh, je n'arrive pas à la cheville de Haggis, mais je suis capable de faire céder les receleurs les plus coriaces. Je pourrais peut-être convaincre Naït de partir avec nous, malgré l'interdiction de son père. Qu'en penses-tu ?

— Ça vaut le coup d'essayer, admit Pucket.

— Alors, c'est entendu. Je lui parlerai ce matin. Si tout se passe bien, nous pourrons fausser compagnie au Maître aujourd'hui même, tous ensemble. »

L'espoir gonfla le cœur de Pucket. Ce serait merveilleux de pouvoir s'enfuir avec Naït et ses amis. Tant pis pour le secret de sa naissance et la révélation de son talent ! Il était prêt à renoncer à l'un comme à l'autre pour rester auprès de celle qui occupait la plupart de ses pensées. Il était également prêt à beaucoup plus et le fit savoir avant de quitter la chambre :

« Dans le cas contraire, souffla-t-il, je réglerai le problème à ma façon. »

Chapitre 22

LE PALAIS DE BRIQUE
ET D'ACIER

On vint trouver monsieur Chandaigne à la première heure du jour, dans la pension où il avait posé ses maigres bagages. Il achevait de lire le dernier chapitre du traité de philosophie qui l'avait tenu éveillé toute la nuit, quand des coups furent frappés à sa porte. Il referma son livre, s'empara du pistolet toujours à portée de sa main, l'arma et le dissimula sous l'édredon. Puis il se redressa contre ses oreillers et s'éclaircit la voix avant de lancer :

« Entrez ! »

Un cocher se présenta dans la chambre, chapeau à la main.

« Vous êtes attendu en ville, dit-il. Je dois vous conduire séance tenante devant mes maîtres. »

L'impérative invitation amusa monsieur Chandaigne. Décidant d'épargner l'importun, il rabaissa le chien du pistolet. Il savait reconnaître la perspective d'un emploi sous n'importe quelle forme.

« Qui sont-ils ? » voulut-il savoir.

Le cocher leva un sourcil étonné.

« Mais, les Directeurs, voyons ! »

Évidemment, songea monsieur Chandaigne. Qui d'autre aurait pu l'envoyer quérir aussi tôt, sans douter qu'il se présenterait dans l'heure ?

« Je serai prêt dans quelques minutes, dit-il. Attendez-moi dehors. »

Il prit le temps de s'habiller pour la circonstance, avec goût mais sans ostentation. Puisqu'il allait rencontrer les plus importants citoyens de Rédemption, également les plus riches et puissants personnages dans toute cette partie du monde, il tenait à faire bonne impression. Il préféra une veste de velours sur un gilet de soie à son manteau de cuir, de la pommade dans ses cheveux plutôt que son vieux chapeau à larges bords. Mais il n'oublia pas de se munir de deux pistolets, passés dans sa ceinture.

Devant la pension, une calèche attelée à une paire de chevaux piaffant d'impatience bloquait la rue étroite. Personne n'osait protester parmi les badauds, déjà nombreux malgré l'heure précoce. L'emblème de la Compagnie, peint sur les portes du véhicule, expliquait cette modération. Les quatre tritons à tête vaguement humaine, dont les queues de poisson s'entrecroisaient telles les lames d'épées brandies vers le ciel, étaient l'objet d'une quasi-vénération partout en ville. Rien de plus normal quand on considérait que la prospérité de Rédemption s'était construite sur la seule activité de la Compagnie.

La voiture s'élança à toute allure dans le dédale des ruelles. Les claquements du fouet résonnaient en écho aux cris du cocher quand il persuadait les lambins de s'écarter de son chemin. Un carillon sonna sept coups, quelque part, pas très loin. Des lambeaux de brume s'accrochaient au pavé et le ciel n'était pas encore visible au-dessus des toits.

Néanmoins, une grande activité régnait dans la cité, à croire qu'elle non plus ne dormait guère, songea monsieur Chandaigne. Depuis qu'il avait débarqué, le sommeil le fuyait. Ce n'était pas le plus gênant des symptômes de sa maladie, puisqu'il lui permettait de s'étourdir de lecture, mais il annonçait le plus souvent une crise très douloureuse, qui pouvait frapper à tout moment. Une abondante sudation mêlée de sang la précéderait. Il faudrait alors réagir vite et avaler une fiole de potion, peut-être même deux ou trois. Cela ne repousserait pas l'attaque, mais en atténuerait les effets sur l'organisme. Jusqu'à la prochaine fois.

Après une demi-heure de course folle, la calèche ralentit enfin. Elle longea une muraille d'acier et de brique, hérissée de pointes dans ses hauteurs, inaccessibles. Ceux qui vivaient de l'autre côté devaient avoir de grands secrets à cacher, jugea monsieur Chandaigne.

Un portail métallique constellé de rivets se mit en branle à l'approche de l'attelage. Les énormes vantaux s'écartèrent juste ce qu'il fallait pour laisser la voiture pénétrer dans le domaine des Directeurs. Curieux, monsieur Chandaigne admira le dispositif de rouages et de pistons qui animait l'ensemble. En plus des philosophes, il avait lu certains ouvrages scientifiques. Il n'ignorait donc pas qu'il fallait beaucoup d'énergie pour mouvoir quelque chose d'aussi lourd. La propriété disposait certainement de ses propres machines à vapeur, comme on en trouvait dans les fabriques des faubourgs.

Une vaste cour entièrement nue s'étendait entre la muraille d'enceinte et le bâtiment émergeant du brouillard, comme au milieu de nulle part. Des centaines de lueurs bleuâtres en dessinaient plus ou moins les contours, laissant deviner ici la pointe d'un clocheton, là le fuseau d'une tourelle. Éclairage au gaz, devina monsieur Chandaigne. Une véritable débauche d'énergie, là encore, et sans autre utilité que d'impressionner le visiteur éventuel. Pas de doute, les Directeurs maîtrisaient l'art de la mise en scène !

Le cocher immobilisa la voiture à hauteur d'un escalier au pied duquel patientait un laquais en livrée noir et or. Celui-ci ouvrit la portière et s'effaça en s'inclinant. Devant la façade, on pouvait prendre toute la mesure de la bâtisse : imposante, écrasante même. Portes et fenêtres avaient été taillées sur le gabarit de géants. Comme pour le mur d'enceinte, la brique et l'acier avaient été privilégiés par les architectes de ce monstrueux palais des temps modernes. Une débauche de briques, une profusion d'acier sous toutes ses formes – colonnes, poutres, encadrements divers et jusqu'à des moulages de gargouilles dont les gueules béantes laissaient couler un filet de vapeur.

Monsieur Chandaigne emboîta le pas au domestique. Ils traversèrent un vestibule aux proportions titanesques, où aurait pu se dérouler une foire de quartier. Pour l'heure, un seul visiteur occupait les lieux, perdu dans cette immensité. Apercevant les nouveaux venus, il s'approcha. Monsieur Chandaigne lui trouva un air sévère et fier.

« Haggis, se présenta-t-il. À qui ai-je l'honneur ?

— Chandaigne. »

Ils échangèrent une poignée de main sans se quitter du regard, se défiant de briser le contact. Aucun ne capitula. Finalement, le laquais dut les interrompre :

« Les Directeurs vous attendent, messieurs. Leur temps est plus que précieux. »

Les deux hommes cédèrent ensemble. Ils n'ajoutèrent pas un mot tandis qu'ils parcouraient une enfilade d'antichambres ornées de fresques à la gloire de la Compagnie. Portraits de capitaines et silhouettes de navires toutes voiles dehors se déployaient du sol au plafond. Une incroyable collection d'instruments de navigation complétait le décor : boussoles, sextants, longues-vues, astrolabes par dizaines, sans compter un nombre impressionnant d'objets plus mystérieux encore pour un profane tel que monsieur Chandaigne. Mais il n'eut pas le loisir de s'extasier longtemps face à pareille profusion. Passée une ultime porte, il eut l'impression d'être soudain de retour sur l'île du bagne, au plus fort de la saison chaude.

Un air brûlant, étouffant, lui emplit les poumons. Il se mit à transpirer abondamment. La toile de sa chemise et la soie de son gilet furent trempées en quelques secondes à peine et lui collèrent à la peau.

Pour couronner le tout, une brume à couper au couteau empêchait de rien voir à plus de deux pas. Monsieur Chandaigne craignit d'être tombé dans un guet-apens. Par réflexe, il porta la main à la crosse d'un de ses pistolets.

« Ces messieurs sont arrivés ! » s'écria le laquais.

Sa voix résonna en écho, donnant une idée des proportions de la pièce surchauffée : gigantesque. Puis la porte claqua dans le dos de monsieur Chandaigne. Il résista à l'envie de vérifier si le domestique l'avait verrouillée pour empêcher les visiteurs de fuir. Au lieu de quoi, il fit quelques pas dans la purée de pois, prêt à sortir son arme. Haggis ne le quitta pas d'une semelle.

« Soyez les bienvenus...

— Avancez jusqu'à nous...

— Vous n'avez rien à craindre. »

Le tireur s'immobilisa. Les voix, basses et profondes, provenaient de trois directions différentes.

« Nous sommes désolés...

— ... de vous recevoir dans de telles conditions...

— ... mais nous n'avons pas d'autre choix. »

Du coin de l'œil, monsieur Chandaigne vit Haggis s'immerger d'un pas décidé dans la nappe de vapeur. Il l'imita, tous les sens aux aguets, à la recherche de ceux qui avaient parlé.

« Vous y êtes presque...

— Encore un peu...

— Voilà, n'avancez plus ! »

Cette fois, les voix étaient toutes proches. Mais les Directeurs demeuraient invisibles. Monsieur

Chandaigne pouvait cependant sentir leur présence. Son instinct de chasseur l'avertissait que quelque chose d'énorme évoluait alentour. Un frisson lui dévala l'échine. Jamais encore il n'avait éprouvé pareille sensation. Pourtant, il avait traqué à peu près tout ce que la création comptait de prédateurs, humains ou non. Pourquoi la proximité des Directeurs le mettait-elle aussi mal à l'aise ?

« Ainsi donc, voici le fameux...

— ... monsieur Chandaigne...

— ... tireur émérite et chasseur d'hommes. »

Le susnommé salua, se sachant surveillé de près.

« J'ai cet honneur », dit-il.

Il n'aimait guère s'adresser à un mur de brouillard. Mais il n'était pas certain de vouloir découvrir à quoi ressemblaient ceux qui se dissimulaient derrière.

« Vous avez une solide réputation...

— On prétend que vous n'avez jamais failli...

— ... car vous possédez un talent rare. »

S'agissait-il d'un interrogatoire ? Monsieur Chandaigne accepta de s'y soumettre – il n'avait guère d'autre possibilité.

« Le plomb de mes balles obéit à ma volonté, dit-il. C'est la cause de ma fortune comme de mon malheur. Car mon sang est empoisonné à force de manipuler le métal indispensable à la pratique de mon art. »

Un bref instant, il crut discerner une masse sombre, large comme trois hommes, haute comme deux, penchée sur lui, presque à le toucher. Mais elle s'éclipsa sans un bruit, le temps d'un battement de paupières.

« Nous pourrons faire de vous un homme riche...

— ... si vous vous montrez à la hauteur de ce talent...

— Mais l'appât du gain n'est pas votre seule motivation. »

Le tireur ne répondit rien. Il attendait la suite, intrigué. Les Directeurs laissèrent passer un silence, jouant avec ses nerfs.

« Vous vous mourez, monsieur Chandaigne...

— C'est le sort de chacun d'entre nous...

— Mais la maladie hâte votre marche vers le trépas. »

C'était la vérité. Inutile de la contester.

« Nulle médecine ne peut retarder l'échéance...

— Tout juste vous empêcher de souffrir...

— Mais il existe un moyen de vous guérir. »

Monsieur Chandaigne tressaillit malgré lui. Les Directeurs se moquaient-ils de lui ? Ou cherchaient-ils à le tenter ? Il avait parcouru le monde, sillonné les mers, à la recherche du remède miracle. En vain. Il avait fini par se faire une raison, contraint, forcé, avec le soutien des philosophes. Mais pourquoi les Directeurs lui mentiraient-ils ? Ils n'avaient pas besoin de ça pour le convaincre d'entrer à leur service. Leur réputation suffisait. Un fol espoir envahit le cœur du tireur. Soudain, toutes les leçons des philosophes lui parurent dénuées de sens. Comme il semblait toutefois encore hésiter, les Directeurs enfoncèrent le clou :

« Donnez-nous satisfaction...

— ... et nous vous donnerons...

— ... la vie ! »

Jamais on ne lui avait proposé meilleur marché. Monsieur Chandaigne se demanda quelle en pouvait être la contrepartie. Il fallait qu'elle soit de taille. Prudent, il attendit la suite :

« Il existe un garçon...

— ... pas encore un homme...

— ... mais plus vraiment un enfant. »

Le chœur des Directeurs s'emballa soudain. Ils parlaient de plus en plus vite, tournant autour de leur interlocuteur, tels les chevaux d'un manège devenu fou.

« Les agissements de ce garçon...

— ... portent un sérieux préjudice...

— ... au commerce de la Compagnie. »

Ça semblait difficile à croire, mais le tireur se garda bien de le faire remarquer.

« Nous avons jusque-là toléré...

— ... que certains prélèvent leur part...

— ... même indue, sur nos activités. »

Monsieur Chandaigne ne savait pas à quoi ou à qui les Directeurs faisaient allusion. L'explication suivit :

« Les pilleurs d'épaves, appelés Naufrageurs...

— ... servaient nos intérêts, car celle qui les dirigeait...

— ... nous ressemblait en bien des points. »

Cela n'éclairait pas vraiment la lanterne du tireur. Il dut cependant s'en contenter.

« Mais celle qui fut un jour des nôtres...

— ... a cédé sa place au garçon...

— ... sans notre autorisation ! »

L'écheveau se débrouillait : il s'agissait apparemment d'une banale affaire de concurrence et de vengeance, les deux allant souvent de pair dans la pratique du négoce.

« Trouvez le garçon et tuez ceux qui l'entourent...

— ... afin que son souvenir s'efface à jamais de la mémoire des Naufrageurs...

— ... et rapportez-nous le drôle encore en vie. »

Les Directeurs se calmèrent. Monsieur Chandaigne en profita pour demander des précisions sur la manière de procéder.

« Nous allons entrer en contact avec celle qui fut des nôtres...

— ... comme nous en avons pris l'habitude...

— ... et l'attirer en ville, avec les siens.

— Comment être certain qu'elle tombera dans le piège ? voulut savoir le tireur.

— Elle est pareille que nous...

— Nous sommes comme elle...

— Même sang, même origine, même nature.

— Frères et sœur ? devina monsieur Chandaigne.

— Si nous étions humains...

— ... ce serait sans doute le cas...

— Soyez sûr qu'elle viendra.

— Est-ce que je devrai également l'éliminer ?

— Si, et seulement si...

— ... vous n'avez pas d'autre choix...

— ... nous vous le permettons. »

C'était tout ce que monsieur Chandaigne avait besoin d'entendre. Les Directeurs n'avaient cependant pas terminé :

« Haggis sait où se trouve son repaire...

— Il vous assistera dans votre mission...

— ... et sera notre homme de confiance. »

L'intéressé esquissa un sourire en forme de rictus sous son nez en bec d'aigle. Son expression se figea quand les Directeurs précisèrent :

« Même si la confiance...

— ... a en l'occurrence un prix...

— ... que nous acceptons de payer. »

Haggis s'inclina.

« Faites comme bon vous semblera, mais n'oubliez jamais...

— ... que rien de ce qui se passe à Rédemption ne nous est étranger...

— ... car nous sommes le cœur de la cité, son âme et ses pensées. »

Monsieur Chandaigne acquiesça. Il avait compris le message, lourd de menaces sous-jacentes.

« Allez, à présent...

— Agissez promptement...

— ... et longtemps vous vivrez ! »

La promesse aiguillonna le tireur. Il se retira de la chambre aux vapeurs bouillantes avec l'espérance de nouveau chevillée au cœur, et l'impression d'avoir rajeuni de vingt ans.

Le laquais attendait dans la pièce transformée en musée, avec un plateau chargé de serviettes et de quoi se désaltérer. Les visiteurs s'épongèrent volontiers. Ils acceptèrent l'eau fraîche avec reconnaissance. Après l'épreuve de l'étuve, elle leur fut un véritable nectar.

Ils quittèrent le palais d'acier et de brique des Directeurs sans échanger un mot. Tassés à l'arrière de la calèche, ils s'observaient en chiens de faïence – méfiants l'un envers l'autre. Le cocher avait repris la direction de la pension. Monsieur Chandaigne daigna briser le silence peu avant d'atteindre cette destination :

« Les Directeurs sont prêts à m'offrir beaucoup, dit-il. Plus, en vérité, qu'on ne m'a jamais payé pour aucun travail. Ce garçon doit être quelqu'un d'extra-ordinaire. Je serais curieux de connaître quel a été votre prix, Haggis.

— Le même que le vôtre, mon cher, rétorqua le vieil homme au profil d'oiseau de proie.

— C'est-à-dire ?

— La vie, tout simplement. Si j'obéis à leur désir, les Directeurs me la laisseront. Du moins, j'ose l'espérer... »

Entre-temps...

*E*lle rêva qu'elle était de retour parmi les siens, dans le palais de brique et d'acier élevé en pleine ville, d'où ses frères régnaient sur leur vaste empire maritime et commercial. Cela faisait bien longtemps qu'elle n'avait plus rêvé d'eux. Cela faisait longtemps qu'elle ne les considérait plus comme ses frères, d'ailleurs. Plus depuis qu'ils l'avaient chassée. Plus depuis qu'elle s'était constitué une nouvelle, belle et grande famille. Mais voilà qu'ils avaient songé à elle et que le lien s'était rétabli entre eux. Ils avaient songé à leur sœur bannie, avec laquelle ils continuaient de faire affaire à l'occasion, quand ils avaient besoin qu'elle les débarrasse d'une cargaison difficilement vendable, tout en niant son existence. Ils avaient songé à elle et l'avaient invitée dans leur rêve, tout simplement.

Elle évoluait dans un cocon de brume, dans la chaleur bienfaisante qui lui rappelait celle de l'endroit où ils avaient vu le jour, tous les quatre, des siècles plus tôt. Les machines à vapeur du palais de brique et d'acier étaient sans doute ce qu'elle regrettait le plus, parmi tout ce à quoi elle avait dû renoncer. Surtout à l'approche de la saison froide.

« *Que voulez-vous ? leur demanda-t-elle. – Te pardonner... Nous réconcilier... T'offrir la vengeance* », répondirent-ils, leurs voix se mélangeant dans son esprit. Elle se méfia. Ils étaient sans pitié, comme tous ceux de leur espèce, comme elle-même l'avait jadis été. Mais n'avait-elle pas changé ? Ils reprirent : « *En gage de bonne foi... Nous te donnons celui... Qui t'a causé du tort.* » Un visage apparut à travers le voile de brume. Elle reconnut sans peine le nez en forme de bec. « *Tu lui as volé un garçon... Il t'a repris sa fille... Votre querelle doit cesser.* » L'image du Maître s'effilocha peu à peu. Une fois qu'elle eut complètement disparu, elle demanda : « *Que proposez-vous ?*

— Une rencontre entre vous deux... Ici, dans cette maison qui fut aussi la tienne... Et où tout devra se terminer. » Elle ne répondit pas immédiatement. L'offre était tentante. Mais la contrepartie ? Il y en avait forcément une. Ses frères n'agissaient jamais gratuitement. « *Viens avec le garçon... Nous prendrons soin de lui... Pour qu'il devienne comme nous.* »

Ainsi, ils convoitaient l'apprenti tempestaire ! Jed pouvait s'avérer un atout considérable pour la Compagnie, une fois parvenu à la parfaite maîtrise de son art. Un talent pareil était une chose fort rare. Jed était même le seul humain à en posséder un, à sa connaissance. Pas étonnant que ses frères s'y intéressent. Mais pouvait-elle leur faire confiance ?

« *Nous viendrons en temps utile* », promit-elle avant de quitter la pièce embrumée, le palais de brique et d'acier, le rêve partagé avec ses frères.

Il était temps pour elle de se réveiller. Il était temps pour sa flamme sombre de se ranimer. Il était temps, enfin, de rentrer chez elle.

Chapitre 23

LE MASQUE DE VENGEANCE

Morrow était particulièrement fier de la façon dont il s'était joué de la fille du Maître. À aucun moment, elle ne s'était doutée qu'il avait usé à son encontre d'un talent analogue à celui de son père. Il avait réussi à la persuader de le débarrasser du vieux, s'évitant ainsi une besogne désagréable – et dangereuse, par surcroît. Il ne lui restait plus qu'à attendre qu'elle passe à l'acte pour récolter les fruits de sa vengeance, et prendre la place qu'il estimait devoir lui revenir, à la tête des Innocents.

D'ici là, il lui fallait survivre et se montrer discret. Ses économies l'y aidaient. Il avait loué une chambre dans une gargote à proximité du Quartier Gueux et passait le plus clair de son temps à vider des pintes dans les tavernes des alentours, tendant l'oreille. Tôt ou tard, les nouvelles en provenance de la Maison du Maître circuleraient. Morrow se tenait prêt à les saisir au vol. La bière l'aidait à tromper l'ennui. Il imaginait aussi de quelle manière il régnerait, une fois assis sur le trône de Haggis. Ceux qui l'avaient un jour maltraité ou humilié le regretteraient amèrement !

L'ivresse venant, les pensées de Morrow vagabondaient de plus en plus librement. Il se mit à songer au bourreau de Rédemption – il avait encore du mal à le considérer comme un père. Lui aussi paierait pour l'avoir abandonné, même s'il lui avait sauvé la vie en facilitant son évasion. N'avait-il pas osé le traiter de « froide machine de mort et de malheur » ? Étaient-ce là des paroles dignes d'un père pour son fils ? Il lui avait également prédit un bien sombre avenir : « Jamais tu ne pourras te passer de faire couler le sang, aussi longtemps que tu vivras. » Joli présage, en vérité !

Borguigne lui avait aussi conseillé de fuir, le plus vite et le plus loin possible, mais pour aller où ? Hors de la ville, Morrow était perdu – pire : inutile. Il était né à Rédemption, il y avait grandi et y était devenu un homme, du moins se considérait-il comme tel du haut de ses quatorze ans... Ici on connaissait son nom. Sous peu, on le craindrait et on le respecterait. S'il partait, il lui faudrait tout recommencer. C'était hors de question.

Bien sûr, il y avait cette histoire d'assassinat, rue des Lapidaires. Plutôt embêtant, quand on y songeait. Cela l'obligeait à frôler les murs et à éviter les patrouilles du Guet. Comment aurait-il pu deviner que la vieille bique était femme de conseiller ? Le bourgmestre n'avait-il donc rien de mieux à faire que s'acharner sur lui pour ce geste malheureux ? Vraiment, ce n'était pas juste ! D'autres canailles allaient et venaient sans craindre l'arrestation, et lui, Morrow, bientôt maître du Quartier Gueux, devait prendre garde à ne pas promener sa binette dans les rues trop fréquentées...

Cela ne risquait-il d'ailleurs pas de compromettre sa situation, dans l'avenir ? Haggis entretenait des relations pacifiques avec les membres du Conseil. Lorsque certains se montraient pointilleux, il leur graissait la patte pour faire taire leurs scrupules. C'était ce qu'il appelait de la politique. Et puis, chacun savait que le pouvoir véritable était détenu par les Directeurs. Ils nommaient les conseillers et leur dictaient la marche à suivre pour la gestion de la cité. Si quelqu'un était en mesure d'arranger son affaire de meurtre, c'était bien eux, à n'en pas douter.

Plus il y réfléchissait et plus Morrow se persuadait qu'il avait tout à gagner à leur rendre une petite visite. Après tout, il n'était jamais trop tôt pour rencontrer ses futurs partenaires, pas vrai ?

Il avala la dernière gorgée de sa pinte, abandonna quelques sous sur la table et se mit en route, emmitouflé dans un manteau dont il avait rabattu le capuchon jusqu'au ras des sourcils afin de passer inaperçu. Mêlé à la foule, il parvint sans encombre jusqu'au cœur de la ville, s'arrêtant de temps à autre pour vérifier qu'aucun uniforme de gens d'armes ne pointait à l'horizon.

Il longea l'imposante muraille de brique et d'acier qui délimitait la propriété des Directeurs en songeant à la meilleure manière de se présenter devant eux. Passant à hauteur du Pied du Mur, il ne put résister à la tentation de jeter un coup d'œil dans la salle de l'établissement, où Borguigne avait ses habitudes. Mais le colosse n'y était pas ce matin-là. Avait-il été arrêté pour avoir laissé filer un prisonnier ? C'était possible. Et plutôt cocasse, estima Morrow, car qui s'occuperait de le soumettre à la question ? Le Conseil avait toujours employé un seul et unique bourreau. Allait-il s'infliger la torture à lui-même ?

L'idée amusa Morrow. Il se mit à ricaner au milieu de la rue. Il riait encore quand le portail du domaine s'ouvrit dans le chuintement des pistons animant les lourds vantaux. Morrow eut à peine le temps de s'écarter pour éviter l'attelage lancé au trot qui jaillit de la cour. Manquant s'étaler sur le pavé, il jura et montra le poing. Le cocher fouetta ses bêtes et la calèche partit au galop.

Déjà, les battants métalliques commençaient à se refermer. Morrow bondit sur ses pieds. Le temps n'était plus à la réflexion. Il s'élança et se glissa dans l'entrebâillement une seconde tout juste avant que le portail ne fût entièrement clos.

Il examina d'un œil expert la muraille lisse, sans aspérité, nantie de piques affûtées à son sommet. Même sans avoir bu, il n'aurait pu l'escalader. L'enceinte était conçue pour empêcher les voleurs de pénétrer dans le domaine. Elle interdisait également d'en ressortir.

Puisqu'il n'avait plus le choix, Morrow partit en direction de la bâtisse illuminée de mille feux follets qui paraissait flotter sur une mer de brume, au milieu de la cour.

*

« J'aimerais visiter au plus tôt le repaire des Naufrageurs, dit monsieur Chandaigne.

— Pourquoi tant de hâte ? » s'étonna Haggis.

La calèche avait ralenti son allure. Par les vitres des
portières, les passagers pouvaient apercevoir la foule
qui emplissait les rues. La matinée était encore jeune,
mais chacun s'affairait déjà. Un timide rayon de soleil
effleurait le pavé encore humide. La température ne
grimperait guère. La saison froide s'annonçait. Bientôt, les toits de Rédemption seraient couverts d'un
duvet de neige sale, noircie par les fumées des fabriques, et la boue envahirait ses chaussées. Pour
autant, l'activité ne faiblirait pas.

« Souvent, le gibier en fuite revient au gîte, énonça
monsieur Chandaigne sur un ton sentencieux. Mais
j'ai une meilleure raison d'en finir au plus vite : je
n'aimerais pas passer la saison froide cloué au lit par
la maladie ! »

Haggis acquiesça. Il commanda au cocher de prendre la direction des quais.

« Mes affaires m'interdisent de quitter la ville, dit-
il. Mais je vais vous présenter à un jeune homme
digne de confiance. Il vous guidera à travers la lande.
Il suffira de soudoyer son oncle, le capitaine du Guet.

— Cela vous regarde. Vous avez entendu les Directeurs ? Dans cette affaire, vous êtes mon assistant. Je
vous laisse vous occuper des pots-de-vin. »

Le Maître maugréa entre ses dents. Il avait rencontré monsieur Chandaigne une heure plus tôt seulement et cela avait suffi pour qu'il le déteste. La
réciproque semblait vraie. Mais Haggis ne pouvait

s'autoriser de déplaire aux Directeurs. Pas dans sa situation. Il était à l'origine du bannissement de leur sœur, et même s'ils ne l'en avaient jamais blâmé, il se savait redevable. En les aidant à retrouver l'apprenti tempestaire, il escomptait apurer sa dette. Avec un peu de chance, peut-être en tirerait-il profit. Après tout, c'est lui qui avait accueilli Jed et s'était occupé de lui pendant plus de dix ans. Certes, il n'avait pas mesuré toute la valeur du garçon. Mais comment aurait-il pu déceler le formidable potentiel de son talent avant qu'il ne se manifeste ? En règle générale, il fallait attendre la douzième année pour voir éclore un don. Haggis était capable de reconnaître chez un nourrisson les signes extérieurs d'un pouvoir d'exception, mais pas de deviner de quelle manière il finirait par s'exprimer. Cela prenait du temps, mais cela en valait toujours la peine. Car les Innocents mettaient alors leur talent à son service, affermissant son autorité sur le Quartier Gueux. Aujourd'hui, cette autorité était battue en brèche, par la faute d'un mor- veux inconscient de sa destinée. Haggis ne pouvait pas le tolérer, pas plus qu'il ne pouvait s'y opposer – pour l'instant, du moins. Toutefois, il comptait bien tirer son épingle du jeu avant la fin de la partie !

« C'est entendu, dit-il. Je paierai ce que réclamera ce porc. Mais je vous saurai gré de m'avertir aussitôt que vous aurez trouvé où se cache le garçon. N'oubliez pas que je suis le seul à qui les Directeurs font confiance. »

Monsieur Chandaigne haussa ses frêles épaules. Cela lui était parfaitement égal.

« Comme vous voudrez, dit-il. Ça ne devrait pas prendre beaucoup de temps.

— Qu'est-ce qui vous rend si sûr de vous ?

— L'expérience de la chasse. Et celle de l'âme humaine. Une proie réagit de deux façons : elle se terre non loin de l'endroit où elle a toujours vécu, ou elle file aussi vite que possible, droit devant, sans se retourner. Les animaux adoptent plus volontiers la seconde option. Pas les hommes. Je vous parie que les Naufrageurs ne vont pas tarder à réapparaître. Et je serai là pour les accueillir, avec mon fusil. »

Une telle assurance confinait à de la prétention, estima le Maître. Il eut envie de rabattre le caquet de ce présomptueux freluquet. Monsieur Chandaigne avait besoin d'une bonne leçon. Et il allait la lui donner sans plus attendre :

« VOUS DEVRIEZ FAIRE PREUVE DE MODESTIE », suggéra-t-il, usant de son talent.

La réaction du tireur ne fut pas celle escomptée. Il se mit à transpirer, malgré la fraîcheur ambiante. Son front se couvrit d'une pellicule de sueur rosée, souillée de sang frais. Portant la main à l'intérieur de son veston, il en retira un pistolet dont il pointa le canon entre les deux yeux du Maître.

« Ne recommencez jamais ! commanda-t-il. Ou je jure que je vous abats sans hésiter. »

Haggis ne manifesta aucune émotion particulière. La curiosité le dévorait pourtant. Ainsi, le tireur émérite était capable de sentir qu'on tentait de le manipuler, qu'on utilisait un talent contre lui... Mieux encore, cela ravivait son mal. Intéressant, oui, vraiment intéressant...

« Veuillez me pardonner. C'était déplacé de ma part, et fort indélicat, je le reconnais. »

Mais tu ne perds rien pour attendre, ajouta Haggis pour lui-même. *Retrouve Jed pour moi, et nous reprendrons cette petite discussion à l'endroit où nous l'avons interrompue.*

« Nous sommes presque arrivés, j'aperçois la Tour de la Découvrance, dit-il à voix haute. Le poste des Chiens du Guet se trouve tout près d'ici. »

Monsieur Chandaigne rangea son arme. Il l'échangea contre un mouchoir immaculé et s'épongea le front. Sa main tremblait légèrement.

« Qu'on en finisse au plus vite, répéta-t-il. Et plus d'entourloupe, Haggis, c'est compris ? »

*

Naït errait dans le jardin, impatiente et malheureuse. Elle avait encore rêvé d'horizons infinis et de sa très chère lande. Au petit matin, sa détermination s'était évaporée comme la rosée au soleil. Elle s'était réveillée dans la peau de la fille du Maître des Innocents, prisonnière de sa Maison. Les mots prononcés par son père n'avaient rien perdu de leur pouvoir. Dès qu'elle esquissait seulement une pensée d'évasion, ils resserraient leurs chaînes autour de son esprit et l'abandonnaient pantelante, dans la plus grande confusion, en pleine déroute...

« Est-ce que ça va ? Tu n'as pas l'air dans ton assiette. »

Naït n'avait pas entendu la jeune fille blonde approcher. Elle mit quelques instants à se ressaisir.

« Ce n'est rien, dit-elle. Sûrement la fatigue.

— J'en suis sûre. Mais tu devrais peut-être t'asseoir sur ce banc le temps que ça passe. »

Naït songea d'abord à refuser, mais l'idée ne lui parut finalement pas si mauvaise. Une fois installée, elle détailla l'aînée des pieds à la tête.

« Tu es l'amie de Pucket, dit-elle. Et de cet autre garçon...

— Edwyn. Mon nom est Isiane.

— Tu ne devrais pas être déjà dehors à cette heure-ci ? »

Il y avait plus qu'un soupçon de jalousie dans le ton employé.

« Rien ne presse. Ton père n'est pas là. J'en profite pour traîner un peu. J'espère que tu ne le lui répéteras pas !

— Sois tranquille... Il ne m'écoute pas, de toute façon. Il se contente de parler.

— Sa parole est son pouvoir », rappela Isiane.

Un triste sourire étira les lèvres de Naït.

« Tu as raison. Je suis bien placée pour le savoir.

— On dirait que tu le regrettes », avança Isiane. Puis, comme Naït se renfrognait et ne répondait rien, elle proposa : « Si tu le souhaites, je peux t'aider.

— Comment t'y prendrais-tu ? Sans vouloir te blesser, tu n'es qu'une gamine, toi aussi sous l'emprise de mon père.

— Hum. Nous n'avons guère de différence d'âge, pour ce que je peux en juger. Et tu fais erreur : le Maître ne me contraint pas à l'enfermement.

— Ta prison est plus vaste que la mienne, je le reconnais. Ses limites sont celles de Rédemption. Mais tu n'as nulle part où aller en dehors de cette Maison. Combien de temps tiendrais-tu, livrée à toi-même, en pleine nature ? Saurais-tu trouver de la nourriture, un abri sûr ? » Isiane dut admettre que non. « Moi, reprit Naït, je sais tout cela. C'est comme une voix dans ma tête, qui m'indique ce qui est bon ou mauvais, quand je me promène dans la lande ou dans la forêt. Depuis que je suis enfermée ici, je ne l'entends plus. Sauf quelquefois, dans ce jardin, quand la ville dort. Mais même alors, elle est si faible que je ne comprends pas ce qu'elle me dit.

— C'est un formidable talent, apprécia Isiane, sincère.

— Je crains de le perdre, peu à peu. Par la faute de mon père.

— Je comprends mieux la haine qui t'anime... »

Naït coula un regard soupçonneux sur son interlocutrice.

« Pucket est venu te parler, n'est-ce pas ? Tu ne m'as pas rencontrée par hasard.

— Non, avoua Isiane. Pucket se fait vraiment du souci pour toi. Il est prêt à tout pour te venir en aide. Mais il est mon ami. Je veux lui éviter de commettre l'irréparable.

— Si tu envisages de me faire changer d'avis, oublie...

— JE PEUX VRAIMENT T'ÊTRE UTILE. TU DOIS ME FAIRE CONFIANCE. »

Les mots frappèrent Naït droit au cœur, en même temps qu'ils se glissaient dans son esprit. Elle eut soudain envie de s'en remettre à la jeune fille blonde, de la suivre aveuglément, mais le verrou imposé par les paroles de Haggis n'était pas près de sauter si facilement.

« Je ne sais pas...

— ESSAIE. PRENDS MA MAIN ET VIENS AVEC MOI. »

Naït obéit en tremblant. La paume d'Isiane était chaude, presque brûlante, comme sous l'effet d'une forte fièvre. D'ailleurs, des perles de sueur coulaient sur ses joues et dans son cou. L'effort consenti pour tenter de briser le barrage mental érigé par Haggis devait être terrible !

Elles firent quelques pas ensemble, en direction de la Maison. C'était moins dur que Naït l'aurait cru. Une fois dans le vestibule, tous les muscles de la sauvageonne se figèrent quand elle aperçut la porte aux masques sculptés qui ouvrait sur la liberté.

« Je ne peux plus avancer...

— PENSE À LA LANDE. À LA FORÊT. À CE QUE TU AIMES LE PLUS AU MONDE. »

Naït s'efforça de convoquer les images des paysages de son enfance. Mais elles ne parvinrent pas à franchir l'obstacle imposé par son père. C'était comme vouloir saisir le vent ou la poussière, chaque fois que l'on croyait refermer le poing sur eux, on n'attrapait que le vide.

« Je ne... peux pas... », balbutia-t-elle.

Edwyn fit son apparition, sortant du réfectoire.

« Hâtez-vous, souffla-t-il. Tout le monde est déjà sorti. Il faut en profiter. Pucket est allé rassembler nos affaires, il ne va plus tarder.

— Je ne pourrai pas..., haleta Naït. Ça fait trop mal... »

Elle se mit à vaciller sur ses jambes. Isiane la rattrapa de justesse.

« COURAGE. TU Y ES PRESQUE. ENCORE UN PAS. »

Elles atteignirent le seuil de la grande porte d'entrée. Edwyn s'empara de la poignée et tira le battant. Il inspecta rapidement la rue.

« La voie est libre. Vite !

— Ma tête..., geignit Naït. C'est affreux... Ah ! »

Elle poussa un cri et porta les mains à ses tempes.

Pucket dévala l'escalier, un baluchon sur l'épaule. Il arriva juste à temps pour retenir Naït avant qu'elle s'effondre, aussi molle qu'une poupée de chiffon.

« Qu'est-ce que tu lui as fait ? cracha-t-il à l'adresse d'Isiane.

— Je suis désolée... Je ne voulais pas...

— Ça va, elle respire encore, coupa Edwyn, l'oreille collée sur la poitrine de Naït. Ce n'est ni le lieu ni le moment de vous quereller. Le Maître peut rentrer d'un instant à l'autre. On ne peut pas rester là.

— Je me charge d'elle, dit Pucket en soulevant le corps de la sauvageonne entre ses bras. Vous deux, partez devant. Je marcherai à bonne distance. En cas de danger, séparons-nous et retrouvons-nous dans le parc où vous avez caché votre magot. On va en avoir plus que jamais besoin. Ensuite, nous aviserons. Si nous sommes encore en vie à ce moment-là, bien sûr ! »

*

Trouvant la Maison vide à son retour, à l'exception d'une poignée de cadets terrifiés, Haggis entra dans une colère noire. Il visita chaque pièce, de la cave au grenier, appelant sa fille, la sommant de paraître devant lui, mais en vain. Il se rua dans le jardin, fouilla chaque buisson, s'époumonant sans plus de résultat. Naït avait réussi à lui échapper. Impossible, à moins d'y avoir été aidée. Qui d'autre que ses propres élèves aurait pu lui prêter main-forte ? Et il avait fallu que cela lui tombe dessus au moment où les Directeurs se rappelaient à son bon souvenir !

Il ne pouvait pas rester sans rien faire. Les fondations de sa Maison en auraient été ébranlées. Chacun devait savoir qu'il s'apprêtait à sévir. C'est pourquoi il choisit dans sa collection le masque approprié : celui de la vengeance, sourcils froncés, bouche grande ouverte sur un cri de rage muet, traits figés dans un rictus étudié pour suggérer l'effroi.

Dans sa vie précédente, Haggis avait porté ce masque pour jouer les spectres revenus de l'En-Bas châtier leurs assassins. Aujourd'hui, il le réservait à sa vengeance personnelle. Il ne s'agissait plus seulement d'impressionner le public, mais aussi de faire savoir à quiconque croiserait son chemin quelles étaient ses intentions.

Il commença par interroger les mendiants du Quartier Gueux. Il n'eut même pas besoin d'user de son talent de persuasion. À la simple vue du masque, vrais et faux éclopés se mirent en quatre pour le satisfaire. Tous avaient aperçu le grand garçon, l'un des aînés, la jeune fille du Maître dans les bras, qui descendait la rue. Était-il seul ? Il semblait que oui, mais d'autres aînés l'avaient précédé de peu. Lesquels ? Une gamine aux cheveux couleur d'or et son compagnon, celui au teint foncé.

Haggis savait maintenant après qui il s'était mis en chasse. Ce n'était plus qu'une question d'heures avant qu'il ne mette la main sur les fuyards. Il fit passer le mot à tous les mendigots : cent livres en bon argent pour celui qui les repérerait. Mais interdiction absolue d'y toucher ! Il fallait juste l'avertir. Lui se chargerait de la punition. Elle serait exemplaire, et publique. Ainsi, chacun s'en souviendrait longtemps et il coulerait beaucoup d'eau sous les ponts avant qu'on tente de nouveau de lui fausser compagnie.

*

La brume matinale s'était dissipée partout dans Rédemption, mais pas autour du siège de la Compagnie. Tandis qu'il approchait de la bâtisse, Morrow constata que le phénomène n'avait rien de naturel. Les gueules des gargouilles métalliques suspendues aux gouttières et sous les avant-toits vomissaient un panache de vapeur, alimentant la nappe de brouillard, épaisse et moite.

Morrow s'apprêtait à entamer un tour du palais de brique et d'acier, à la recherche d'une fenêtre à forcer ou d'une entrée de service, quand on l'interpella : « Inutile de fracturer nos serrures... Présente-toi sur notre seuil... Tu y seras accueilli comme il se doit. »

Le garçon chercha à repérer qui avait parlé, avant de se rendre compte que les voix avaient résonné sous son crâne. Intrigué, il obéit à leur injonction. Un laquais en livrée noir et or, portant perruque poudrée et gants blancs, le fit pénétrer dans un vestibule aux proportions titanesques.

« Suivez-moi, dit-il. Vous êtes attendu. »

Le poing de Morrow se referma sur le manche de son couteau, dans le fond de sa poche. Tout le temps que dura la traversée des salles encombrées d'un incroyable bric-à-brac de marine, l'aîné se tint sur la défensive. Il commençait à regretter le coup de tête qui l'avait conduit jusqu'ici. Mais il était trop tard pour cela. Le domestique s'effaça devant une ultime porte, bardée d'acier, celle-là.

« Donnez-vous la peine d'entrer, *monsieur*. »

La pointe d'ironie n'échappa pas à Morrow. *Toi, mon gaillard*, songea-t-il, *tu ne perds rien pour attendre ! Quand j'en aurai terminé avec tes maîtres, je te ferai ravaler ton sourire jusqu'au fond de la gorge !*

Peut-être le laquais lut-il dans ses pensées, car au moment de refermer le battant derrière lui, il adressa un clin d'œil au visiteur, comme une ultime bravade. Morrow ne sut comment interpréter ce geste. Il se retrouva soudain noyé dans une mer de brume collante et chaude, telle de la poix liquide. Qu'est-ce que c'était que cet endroit ?

« Avance-toi sans crainte...

— Nous ne te voulons aucun mal...

— Bien au contraire, fils de la haine ! »

Morrow tressaillit. Comment l'avaient-ils appelé ?

« Tout en toi n'est que rage...

— ... dégoût, colère, ressentiment...

— Tout en toi réclame de voir le sang couler. »

Était-il donc si transparent ? Ses émotions se lisaient-elles sur son visage ?

« Comme chez ton père...

— ... avant que nous ne lui offrions...

— ... la place qui est la sienne. »

Ainsi, les Directeurs avaient nommé Borguigne à sa fonction de bourreau. Rien d'étonnant à cela. Mais comment connaissaient-ils le lien qui existait entre eux ?

« Rien de ce qui concerne Rédemption...

— ... ne nous est étranger, car nous sommes...

— ... son cœur, son âme et ses pensées ! »

Morrow accepta l'évidence. Il se fondit dans le brouillard, tâtonnant à la recherche d'obstacles. Au bout d'une vingtaine de pas, il s'immobilisa. Quelque chose frôla son épaule. Il fit volte-face, tirant son couteau, lame dépliée.

« Tu fais preuve de hardiesse...

— ... ou bien d'inconséquence...

— ... ce qui revient au même ! »

Ils se moquaient de lui, à présent. Il allait leur montrer...

« Modère tes bas instincts...

— ... conserve ta haine intacte...

— ... pour servir notre cause.

— Où êtes-vous ? demanda Morrow. Pourquoi ne puis-je vous voir ? »

Un nouveau frôlement, dans son dos cette fois, le fit sursauter.

« Parce que la brume est notre alliée...

— ... et qu'à la vue de notre véritable nature...

— ... tu pourrais perdre la raison. »

Voilà qui valait toutes les explications ! Morrow rangea son couteau et, écartant les bras en signe d'apaisement, reprit :

« Qu'attendez-vous de moi ? Je ne suis pas là par hasard, n'est-ce pas ? D'une façon ou d'une autre, vous m'avez attiré jusqu'à vous.

— Tu n'es pas sot, loin s'en faut...

— ... juste trop prompt à t'emballer...

— Ton père avait raison.

— Borguigne vous a parlé de moi ? s'étonna le garçon.

— Il a plaidé ta cause devant nous...

— ... après t'avoir sorti de prison...

— ... et avant de quitter la ville. »

Ils l'avaient donc banni, pour prix de sa trahison. L'exil valait mieux que la mort. Les Directeurs savaient faire preuve de clémence, à leur manière. Morrow se méfiait pourtant, plus que jamais.

« Vous souhaitez que je le remplace ? s'enquit-il.

— Tu as d'autres ambitions que de devenir bourreau...

« — Nous allons t'aider à les satisfaire pleinement...

— Car tu es nôtre désormais, que tu le veuilles ou non ! »

Morrow n'eut pas le temps de comprendre ce qui se passait. La brume poisseuse et lourde s'abattit sur lui, telle une voile tombée de la plus haute vergue, le forçant à plier, suffoqué de chaleur, les poumons en feu, les sens écartelés par une douleur si vive qu'il perdit connaissance.

Chapitre 24
LA COLÈRE DES CIEUX

Monsieur Torrence apprit la nouvelle peu après midi, alors qu'il errait en quête d'un chou pas trop pourri ou d'une poignée de fèves parmi les reliefs du marché, non loin de l'endroit où il avait vécu quand il avait encore un emploi et les moyens de l'exercer. À présent qu'on lui avait coupé la parole – de façon définitive –, il ne pouvait plus enseigner. Haggis l'avait privé de revenus et condamné à survivre dans les bas-fonds, avec pour seule compagnie les rats et les cancrelats. Aussi, lorsque la rumeur lui parvint, l'ex-précepteur comprit le parti qu'il pouvait en tirer.

Le Maître courait après sa fille et trois aînés en fuite. Monsieur Torrence ignorait tout de l'existence de la première, mais la description des derniers lui avait suffi pour les reconnaître. Tout ce que Rédemption comptait de canailles attirées par l'appât du gain se trouvait lancé à leurs trousses. Monsieur Torrence possédait toutefois un avantage sur cette meute : il connaissait les habitudes des aînés et serait capable de les identifier au premier coup d'œil. Il se rappelait particulièrement Isiane, la meilleure de ses élèves, curieuse et intelligente, l'esprit vif et pleine de répondant. Elle seule avait protesté et tenté de dissuader Haggis de déchaîner sa colère contre lui, ce jour maudit entre tous. Rien que pour cela, il était prêt à lui venir en aide. Mais s'il pouvait en plus causer du tort au Maître des Innocents, il n'allait pas s'en priver !

Il rabattit les pans du sac de toile qui lui servait de manteau. Il l'avait découvert sur un tas d'ordures, dans le fond de l'impasse qui était devenue son logis. Pour le reste, il portait les mêmes vêtements qu'au jour de son supplice, réduits à l'état de guenilles. C'était tout ce qui lui restait, après le pillage de son galetas. Une fois sorti de l'hôpital, il n'était pas retourné chez Haggis pour y toucher la prime promise pour la perte de son emploi – la peur de se retrouver face à son bourreau l'en avait dissuadé. Depuis, il errait, miséreux parmi les plus démunis, ressassant son dépit et ses vaines idées de vengeance. Rédemption, impitoyable, l'avait réduit à l'état de rebut d'humanité. Comme il ne pouvait pas punir la cité, il ferait payer Haggis, et au centuple encore...

Depuis plusieurs jours, il lui arrivait de rôder aux limites du Quartier Gueux. Il avait eu l'occasion d'observer les allées et venues des aînés. Plus d'une fois, il avait failli se manifester auprès d'Isiane, sans vraiment savoir pourquoi ; peut-être plaider sa cause, dans l'espoir qu'elle intercède auprès de Haggis en sa faveur. Jamais il n'avait osé passer à l'acte. Il s'était contenté de la suivre, de loin. C'est ainsi qu'il avait découvert le curieux manège de la jeune fille et de ses amis, qui se réunissaient chaque jour, en fin d'après-midi, dans un parc public des beaux quartiers.

Curieux, monsieur Torrence avait cherché la raison de ces rendez-vous discrets. Il avait fini par la découvrir dans le creux de la racine d'un grand chêne, cachée par une bourre de feuilles mortes. Elle tenait dans un mouchoir noué et pesait son poids en bon argent – il avait compté près de vingt livres. D'abord tenté, il s'interdit pourtant d'y toucher. Non par scrupule ou même par honnêteté, autant de vertus qui ne concernaient plus que son passé de professeur. Mais parce que s'il dérobait ce trésor inespéré, il ne saurait jamais pourquoi les aînés l'avaient constitué. Or monsieur Torrence se doutait que cela concernait indirectement le Maître, puisqu'ils avaient pris soin de le lui dissimuler. Aujourd'hui, il avait confirmation de son intuition : Isiane et ses compagnons avaient planifié leur fuite de longue haleine.

Il se mit donc en route pour le parc. Si, dans les heures à venir, les aînés échappaient à leurs poursuivants, c'est là qu'il les trouverait.

*

Pucket n'en menait pas large, même s'il s'efforçait de jouer les bravaches devant Isiane et Edwyn. Ou, plus exactement, *derrière* eux, car ses amis avançaient en éclaireur, attentifs aux mouvements de la foule et aux dangers qu'elle pouvait receler.

Ils avaient emprunté le dédale de ruelles secondaires pour sortir du Quartier Gueux, puis s'étaient aventurés sur les avenues mieux fréquentées de la partie commerçante de la ville. Personne ne s'était avisé de les arrêter. Personne n'avait osé demander pourquoi Pucket transportait le corps inanimé d'une jeune fille entre ses bras. Cela n'étonnait pas les citoyens de Rédemption. Chacun savait qu'il valait mieux se mêler de ses affaires, surtout quand celles des autres paraissaient louches !

L'itinéraire suivi par Isiane les éloignait du port et des quartiers industrieux. Plus ils mettraient de distance entre eux et le territoire de Haggis, meilleures seraient leurs chances de survie – Pucket ne les estimait pas énormes, mais s'ils parvenaient à atteindre les faubourgs avant que...

« Attention ! »

L'avertissement d'Isiane arriva trop tard. Le pommeau d'une canne avait jailli du renfoncement d'une porte cochère et fauché Edwyn au niveau des genoux. Il s'étala de tout son long sur le pavé tandis que le propriétaire de l'instrument sortait de sa cachette.

« Qui voilà ? fit-il mine de s'interroger en caressant la pointe de sa barbiche entre le pouce et l'index. Ne dirait-on pas les oisillons envolés de la cage du vieux Haggis ? »

À première vue, l'homme avait toutes les apparences d'un rejeton de bonne famille, élégamment vêtu d'une redingote en queue de pie et coiffé d'un chapeau cloche orné de rubans multicolores. Mais en y regardant de plus près, on constatait l'usure de la trame de ses habits et les nombreuses reprises au fil de couturière.

« Tu m'as tout l'air d'avoir raison, cher frère »,
répondit quelqu'un dans le dos de Pucket.

Ce dernier se retourna avec prudence. Un gaillard
à la barbe fournie barrait toute la largeur de la rue en
agitant une canne au pommeau d'acier. Pucket comprit l'usage qui pouvait être fait d'un tel outil : manié
d'une main experte, il ne devait pas avoir son pareil
pour briser les os ou fracasser le crâne. Le costume
bariolé du personnage contrebalançait son aspect
inquiétant. Son pantalon rouge et noir à carreaux
jurait atrocement avec le vert éclatant de sa veste et de
son gilet. Il portait lui aussi un chapeau cloche où flot-
taient des longueurs de ruban aux couleurs de l'arc-
en-ciel. Mais cette mise exubérante dissimulait mal une
certaine négligence, trahie par la cascade de cheveux gras
qui dévalait les épaules et la broussaille mal taillée de la
barbe.

« Cui-cui-cui, sifflota le premier gandin en enta-
mant une danse grotesque autour d'Isiane. La belle
oiselle que voilà ! Je la croquerais bien à la façon d'un
gros matou !

— Tss tss, fit le second, Haggis a dit "pas touche",
et quand le Maître parle, les Mirliflores écoutent.

— Dommage, dommage, j'en aurais fait mon ordinaire !

— Tu te consoleras en recevant la prime offerte
pour leur capture.

— Miaou ! C'est vrai ! Nous serons bientôt
riches... »

Ils brandirent leurs cannes et se mirent à sautiller
autour des aînés, leur coupant toute retraite. Edwyn

se redressa tant bien que mal. Sa chute l'avait à moitié sonné. Une bosse gonflait son front. Isiane lui offrit son bras pour qu'il s'y appuie.

« Petits, petits, petits, continua le Mirliflore, imitant le pépiement d'une volaille, par ici, gentiment... »

Du pommeau de sa canne, il indiqua le passage d'où il avait surgi.

« Plus vite, s'impatienta le barbu. Je n'ai pas envie de nous faire souffler cette jolie prise par de vilains jaloux ! »

Il donna une bourrade dans le dos de Pucket pour le forcer à avancer. L'aîné serra les dents. Si la brute s'en prenait à Naït, il ignorait de quelle façon il pourrait réagir.

Au bout d'une dizaine de pas, le passage débouchait sur une cour intérieure envahie par la mauvaise herbe. Des cabanes en planches s'adossaient aux murs lépreux des immeubles. De la fumée s'échappait des tuyaux de cheminée perçant les toitures de papier goudronné. Des gens vivaient là, des familles entières à en juger par les bouilles de marmot collées aux carreaux des fenêtres. Au ciel de ce village en miniature, du linge rapiécé séchait pendu aux fils qui s'entrecroisaient, nombreux, entre les façades. La plupart des vêtements étaient aussi voyants que ceux des Mirliflores.

« Bienvenue dans l'envers du décor, dit le barbu.

— Désolés de ne pouvoir vous recevoir autour d'une tasse de thé, dans le salon de nos appartements, ironisa son frère barbichu. De mauvais investissements paternels ont précipité la déchéance de notre famille. Et du troisième étage de cette maison, nous avons dû déménager pour ce charmant "pied-à-terre" ! »

D'un ample geste, il embrassa le panorama sordide de la cour. Un homme entre deux âges se présenta sur le seuil d'une cabane. Engoncé dans un habit moins chatoyant que celui des deux frères, il n'en arborait pas moins un air important, malgré son évident dénuement.

« Quand on parle du rat, railla le barbu, on en voit le museau...

— Que nous amenez-vous là, fichus godelureaux ? cracha l'homme avec mépris.

— Qui sait ? Peut-être le début de la fortune, à nouveau ? Mais cette fois, nous ne vous laisserons pas la dilapider, père !

— Insolent ! Jamais vous n'auriez osé vous adresser à moi sur ce ton lorsque je dirigeais nos affaires.

— J'aurais dû, car je vous aurais sans doute empêché de vous acoquiner avec les Directeurs, et nous n'en serions pas réduits aujourd'hui à frayer avec la canaille du Quartier Gueux pour survivre.

— Je vous aurais rossé pour bien moins...

— Et je vous ferais tâter de ma canne si vous aviez encore cette audace, mon père. À présent, disparaissez. Vous allez effrayer nos invités ! »

La plaisanterie arracha un éclat de rire au barbu. Humilié, le père des gandins tourna les talons et s'enferma dans sa cabane.

« Entrez là-dedans », intima le barbichu, désignant la cahute voisine.

Une large paillasse occupait la moitié de la pièce unique. Une commode, une table et deux chaises dépareillées complétaient le mobilier. Dans un coin, un poêle rudimentaire attendait sa provision de charbon.

Pucket déposa Naït sur le lit miteux.

« Elle est blessée ? demanda le barbu.

— Elle n'en a pas l'air, dit son frère. Tant mieux pour nous, d'ailleurs. Haggis serait capable de nous le reprocher !

— À propos, n'est-il pas temps de l'avertir ? J'ai hâte de sentir le poids des cent livres promises dans le fond de mes poches.

— Cinquante pour toi, cinquante pour moi, cher frère, corrigea le barbichu. Je vais aller à la rencontre du Maître avant que la nuit tombe. Toi, veille bien sur nos invités. Qu'ils apprécient leur séjour chez nous. Il ne sera pas dit que les Mirliflores sont mauvais hôtes ! »

*

Nunno ne tenait pas en place. Il multipliait les signes d'impatience, tournait en rond en soupirant. Sa nervosité était communicative : Arès se mit à imiter son maître, obligeant finalement monsieur Chandaigne à relever le nez de son livre.

« Comment pouvez-vous demeurer aussi calme ? lui demanda le Chien du Guet. On est enfermés ici depuis des heures et vous n'avez pas prononcé plus de dix mots ! »

Ils avaient rejoint le réseau de galeries souterraines vers le milieu de la journée, après une chevauchée à travers la lande. Monsieur Chandaigne avait d'abord tenu à explorer les différents niveaux, depuis la grotte à moitié envahie par les flots jusqu'aux chambres creusées à même le roc, à mi-hauteur de la falaise. Il avait finalement décidé d'établir son affût dans la pièce la plus agréable, nantie d'un impressionnant lit à baldaquin. Elle offrait de plus l'avantage d'une vue plongeante sur la mer et d'un panorama des plus vastes, depuis la fenêtre en forme de meurtrière ouverte dans la paroi rocheuse.

« Je ne suis pas venu faire la conversation, rappela le tireur, mais si vous y tenez...

— Je n'ai pas l'habitude de rester aussi longtemps enfermé, et Arès non plus, se justifia Nunno.

— Vous avez l'âge de l'impatience. J'étais comme vous, incapable de supporter l'inaction. Puis les choses ont changé.

— Que s'est-il passé ?

— D'abord, j'ai mûri. Puis je suis tombé malade. Enfin j'ai découvert ceci... »

Monsieur Chandaigne agita l'ouvrage relié de cuir qu'il avait emporté avec lui, en plus de la trousse qui contenait son fusil.

« Je n'ai jamais appris à lire, avoua Nunno. Mon oncle dit que c'est inutile.

— Si vous me permettez, jeune homme, votre oncle est un imbécile, doublé d'un peu ragoûtant personnage. Je ne l'ai croisé que quelques minutes, mais cela a suffi pour me forger une opinion à son sujet. Laissez-moi vous donner un conseil désintéressé : envoyez-le au diable et prenez votre liberté. Le monde est vaste, surtout pour qui aspire à l'aventure.

— J'y ai souvent songé, figurez-vous. Surtout en patrouillant dans le port, avec tous ces navires en partance pour des destinations dont je n'arrive même pas à prononcer le nom ! Mais je dois tout à mon oncle. C'est lui qui m'a fait embaucher. Je ne peux pas trahir sa confiance.

— Vous faites erreur, jeune homme. La seule personne à qui vous devrez jamais quoi que ce soit est présente dans cette pièce, et ce n'est pas moi. »

Nunno réfléchit quelques instants.

« Vous essayez de me faire comprendre qu'on est toujours responsable de sa situation, c'est ça ? »

Monsieur Chandaigne se fendit d'un sourire, imperceptible dans la pénombre.

« Vous ne savez peut-être pas lire, mais vous comprenez vite, félicita-t-il Nunno. À présent, si vous avez envie d'aller prendre l'air, je ne vous retiens pas. Je crois que votre camarade canin appréciera lui aussi une balade dans la bruyère. »

Une fois le molosse et son maître sortis, il reprit sa lecture au clair de lune, tout juste suffisant pour détailler les minuscules caractères d'imprimerie étalés sur la double page ouverte devant lui. Il n'avait pas parcouru plus de quelques lignes que Nunno repassait la tête dans l'ouverture de la chambre :

« Vous aviez raison, dit-il. On vient par la mer. J'ai vu une lumière dans la nuit. »

Monsieur Chandaigne reposa son livre et quitta à regret le moelleux édredon sur lequel il était installé, pour se poster devant la fenêtre. Un minuscule point jaune flottait au-dessous de la ligne d'horizon, pareil à une étoile pâlotte abîmée en mer.

« Vous pensez que ce sont eux ? demanda Nunno. Les Naufrageurs ?

— Qui d'autre naviguerait dans les parages à une heure aussi avancée ? »

Sans attendre de réponse, le tireur ouvrit sa trousse et commença à assembler les pièces de son fusil.

« On n'y voit goutte, fit remarquer Nunno. Comment allez-vous vous y prendre ?

— Nos amis ont été assez aimables pour m'indiquer la position de leur navire. Je sais donc dans quelle direction ajuster mon tir. Pour le reste, je fais confiance à mon talent. »

Tout en parlant, il inséra une bille de plomb dans le tube du canon, puis actionna la manivelle pour faire le vide d'air. Il épaula, visa la petite lumière jaune, ferma les yeux et tira, accompagnant le projectile dans son périple aérien. Ensemble, ils filèrent au-dessus des eaux noires, avec en point de mire la lueur du fanal qui signalait l'embarcation des Naufrageurs.

*

Guilvech' cessa soudain de frapper le pont avec sa béquille pour marquer la cadence. Depuis la poupe, Kerlan l'apostropha :

« Hé, ce n'est pas le moment de te reposer ! »

Mais le vieux marin semblait d'un avis contraire. Pour preuve, il s'affaissa lentement et s'allongea en travers du gaillard* d'avant. Un rameur reposa son aviron et s'approcha de l'unijambiste.

« Mais il est mo... »

Il n'eut pas le temps d'achever sa phrase. On entendit un bruit sec, comme celui d'une coque de noix qu'on brise dans le creux du poing. Le marin s'effondra sur Guilvech'.

La Matrone fut la première à comprendre ce qui se passait.

« Éteignez cette lanterne et tout le monde à plat ventre sous les bancs de nage ! ordonna-t-elle. Toi, ajouta-t-elle en désignant Jed, file te cacher là-dedans et n'en ressors pas avant que je te le dise. »

D'une main, elle releva la trappe d'accès à la soute arrière. De l'autre, elle propulsa sans ménagement l'apprenti tempestaire dans le réduit sombre et humide. Ghilla eut juste le temps de se faufiler derrière lui avant que le battant ne se referme en claquant. Jed tendit l'oreille pour capter la suite des événements.

La Matrone s'adressait à présent à Kerlan :

« Vire de bord, je vais nous sortir de là... »

Le pilote pesa de tout son poids sur la barre du gouvernail. La galiote continua cependant de filer sur son erre, emportée par l'élan que lui avaient imprimé les rameurs.

« Levez les mâts et hissez les voiles, vous autres ! s'époumona la Mère des Naufrageurs. Sans l'aide du vent, on ne s'en sortira pas ! »

Quelqu'un poussa un cri. Un bruit sourd signala une nouvelle chute sur le pont. Des jurons fusèrent de toutes parts.

« On nous tire toujours dessus ! Mais on n'y voit plus rien... Comment font-ils pour... Ah !

— Baissez la tête, bougres d'imbéciles ! rugit la Matrone. Ou vous allez tous y passer, les uns après les autres... »

Ballotté en tous sens, Jed prit peur. L'équipage était tombé dans un piège mortel. Qui pouvait ainsi s'acharner à la perte des Naufrageurs ? Et pourquoi ? Le garçon avait du mal à s'imaginer être l'enjeu de cette folie destructrice. Pourtant, la façon dont la Matrone veillait sur lui semblait confirmer l'hypothèse. Elle était apparemment prête au sacrifice des membres de sa famille. S'il avait pu faire quoi que ce fût pour empêcher un nouveau drame, Jed n'aurait pas hésité une seule seconde. Mais, enfermé dans cette partie de la soute, il se trouvait réduit à l'impuissance. Au moins n'était-il pas confiné dans d'absolues ténèbres : le globe de verre, cadeau de L'Anguille sur le chemin du Royaume d'En-Bas, diffusait une pâle lueur bleutée à travers l'épaisseur de toile dans laquelle Jed l'avait enrobé pour le protéger, avant de le glisser sous sa chemise.

Le hurlement du vent couvrit les éclats de voix des Naufrageurs. La Matrone était entrée en action. Combien de temps allait-elle pouvoir soutenir son effort ? Elle n'était sortie du sommeil que depuis quelques heures, et n'avait de toute évidence pas encore totalement récupéré. Chacun s'était étonné de la trouver debout au beau milieu de la journée. Personne n'avait osé la questionner quand elle avait donné l'ordre d'affréter la galiote pour le retour à la côte. On avait mis le cap sur les falaises au nord de Rédemption, dans l'intention de déposer le butin tiré du pillage de la goélette à l'abri des galeries souterraines. Et voilà qu'après des heures de navigation sans histoire, alors que la ligne noire des terres soulignait l'horizon baigné d'un clair de lune complice, les Naufrageurs étaient la cible d'un tireur d'une redoutable efficacité – il faisait mouche malgré la distance et l'obscurité.

Secouée par la houle, la coque craquait de toutes parts. Les provisions tassées dans le compartiment avant de la soute alourdissaient l'embarcation, sans parler du poids de la bombarde et des boulets. La Matrone devait avoir fort à faire pour diriger l'esquif et éviter les écueils, nombreux dans les parages. Jed regrettait de ne pouvoir lui être utile. Mais sa précédente tentative de contrôle des éléments s'étant soldée par une catastrophe, il valait peut-être mieux qu'il ne s'en mêle pas. Serrant Ghilla contre lui, autant pour calmer le familier que pour se rassurer lui-même, il tenta de se persuader que tout allait bien se passer. Toutefois, à mesure que défilaient les minutes, lentes comme des heures, l'angoisse le disputa à la peur.

Rien ne filtrait plus à travers les planches du pont. Le bruit sourd de l'étrave fendant les vagues et le sifflement du vent composaient une plainte funèbre de fort mauvais augure. Finalement, n'y tenant plus, Jed tambourina du poing contre la trappe.

« Holà ! appela-t-il. Il y a quelqu'un ? Je peux sortir ? »

Aucune réaction. Jed refusa de céder à la panique. Il frappa une nouvelle volée de coups. Comme personne ne répondait, il tenta de soulever l'abattant. Mais quelque chose bloquait la trappe. Quelque chose de suffisamment lourd pour l'empêcher de s'entrouvrir. Jed poussa de toutes ses forces, le dos cassé en deux, incapable de trouver une position lui permettant de prendre l'appui nécessaire. Le panneau de bois bougea à peine. Jed eut beau insister, rien n'y fit. Il retomba à genoux, le souffle court. Ghilla émit un trille interrogateur.

« Je ne sais pas ce qui se passe, répondit Jed. Personne ne réagit plus, là-haut. »

Un mouvement de roulis renversa alors la galiote sur le bâbord. Jed perdit l'équilibre et vint heurter la coque. La trappe s'ouvrit et se referma d'un coup en claquant. Le balancement subit avait dégagé l'accès vers l'extérieur.

Jed se hissa tant bien que mal à l'air libre. Il reçut aussitôt une gifle humide et salée. Le vent jetait des paquets d'embruns en travers du pont. Le ciel étoilé avait disparu derrière une épaisse couche de nuages. On n'y voyait plus à trois pas. Le claquement des voiles faisait songer à un battement d'ailes frénétique. Un grain terrible s'annonçait en grondant au-dessus de la mer déchaînée. Jed n'osait pas se mettre debout, de crainte de basculer par-dessus bord.

« Reste en bas, conseilla-t-il au familier, criant pour se faire entendre. Tu risquerais d'être emporté par une déferlante si tu pointais ton museau par ici. »

Comme pour confirmer les propos du garçon, une vague balaya toute la largeur du pont. Jed roula sur le flanc. Son dos heurta un obstacle moins dur que le bois d'un banc de nage. Il se mit à tâtonner et ne fut pas long à reconnaître la forme d'un corps, replié dans une drôle de position, les membres enchevêtrés dans ceux d'un autre cadavre.

Une série d'éclairs illumina la scène de cauchemar – les visages figés dans une expression de surprise et de terreur par la mort qui avait frappé les Naufrageurs sans s'annoncer. Tous avaient le front troué, un filet de sang frais sur l'arête du nez, et l'air de ne pas croire à ce qui leur était arrivé.

Jed se mordit l'intérieur de la joue pour ne pas hurler quand, l'apercevant, un des marins se mit à remuer les lèvres. Le fracas du tonnerre emporta les paroles du mort vivant et l'obscurité retomba sur le pont du navire transformé en charnier.

*

Monsieur Chandaigne reposa son fusil et entreprit d'en démonter les éléments un par un, avant de les ranger dans sa trousse. Ses mains tremblaient et une fine pellicule de sueur rosée maculait son front et ses joues.

« C'est fini ? demanda Nunno.

— Pour l'instant, oui. J'ai pu toucher la plupart des passagers, mais le navire est désormais hors de portée. La faute à ce coup de vent soudain. J'ai rarement vu le temps se gâter aussi vite. Le ciel était parfaitement dégagé, il n'y avait pas un souffle d'air, et voilà que les nuages s'amoncellent d'un coup et qu'une tempête semble se préparer !

— On ferait peut-être mieux de rester à l'abri, dans ce cas, suggéra le Chien du Guet.

— Faites comme bon vous semble, jeune homme. Pour ma part, j'ai un travail à accomplir. »

Le tireur avala à la hâte le contenu d'une fiole qu'il avait dans sa poche, puis il enfila son manteau et coiffa son chapeau. Nunno se résigna à l'accompagner. Arès suivit les deux hommes de près, la queue entre les pattes. Le roulement de tonnerre venu du large affolait son instinct de bête à demi sauvage. Le molosse n'avait jamais aimé l'orage, mais il ne craignait pas de mouiller son pelage. Ce qui se profilait à l'horizon était cependant de nature à raviver ses terreurs de chiot. Il sentait jusque dans sa moelle la colère vibrante des éléments. Mais comment avertir son maître de ce qu'ils s'apprêtaient à affronter ?

Une pluie cinglante et froide s'abattait sur la lande. Les rafales de vent couchaient les bruyères, agitaient les branches nues des buissons comme autant de sémaphores signalant l'approche de la tempête. Les chevaux montraient eux aussi d'évidents signes de nervosité. Monsieur Chandaigne dut solliciter l'aide de Nunno pour grimper en selle. Il se sentait encore faible, même si les signes avant-coureurs de la crise s'étaient estompés. La maladie s'était rappelée à son bon souvenir au moment d'ajuster son dernier tir – le plus important, puisqu'il visait alors la créature qui commandait aux Naufrageurs. Il l'avait atteinte, cela au moins était sûr, mais pas à l'endroit qui lui aurait permis de la tuer sur le coup. La balle avait raté de peu l'orbite et son contenu en communication directe avec le cerveau, pour glisser sur la squame de la tempe et frapper l'os du crâne. Il n'avait pas eu le temps de corriger son erreur. Comprenant que tout était perdu, la créature avait abandonné le navire. Puis les éléments s'étaient brutalement déchaînés. Inutile d'être grand clerc pour deviner que tous ces événements étaient liés.

Une fois juché sur le dos de sa monture, le tireur indiqua la direction des collines dont on devinait à peine la bosse noire dans les ténèbres brouillées par le déluge.

« Nous devons prendre l'orage de vitesse ! cria-t-il. Il faut que j'arrive en ville avant que les routes soient impraticables.

— Pourquoi tant de hâte ? interrogea Nunno.

— Parce que mon travail n'est pas encore terminé. Et je crois savoir ce qui motive la colère des cieux. Si je ne parviens pas à la calmer, définitivement, les citoyens de Rédemption le paieront très cher. Le chemin de l'En-Bas risque d'être plus encombré que jamais !

— Je ne comprends pas...

— Ce n'est pas le moment de vous expliquer. En route ! »

Monsieur Chandaigne enfonça d'un coup sec les talons dans les flancs de son cheval. L'animal se cabra en hennissant, puis s'élança au galop sur la piste détrempée.

Au moment où Nunno bondissait à son tour en selle, des éclairs déchirèrent le ciel, éclairant la lande comme en plein jour. Le Chien du Guet eut tout juste le temps d'apercevoir les monstrueux rouleaux de nuages qui fondaient sur les terres en tourbillonnant, leurs panses illuminées de l'intérieur par les traits de feu bleu et jaune décochés par les dieux ivres de destruction. Il n'avait jamais rien vu de tel. C'était un spectacle à la fois sublime et effrayant. La prédiction du tireur prit alors tout son sens : il y avait dans ces cieux-là suffisamment de colère pour anéantir une cité entière et tous ses habitants.

Entre-temps...

*E*lle ne sentait pas la douleur. Elle avait pourtant reçu son content de plomb, une balle logée en pleine tempe, qui avait perforé l'os du crâne avant de s'immiscer plus avant dans le siège de ses pensées. Heureusement pour elle, l'épaisseur de sa squame avait ralenti la bille de métal. Celle-ci ne s'était pas enfoncée à plus d'un ou deux pouces une fois franchi l'obstacle de la boîte crânienne. Néanmoins, le coup l'avait ébranlée.

Surprise par le choc, elle avait lâché la bride à la tempête une fraction de seconde seulement. Mais cela avait suffi pour que les éléments échappent à son contrôle. Si elle n'avait pas été épuisée par les événements des semaines passées, si elle n'avait pas été obligée d'interrompre son sommeil pour répondre à la convocation de ses frères, alors peut-être tout se serait-il passé différemment...

Il était trop tard pour regretter quoi que ce fût. Il était trop tard pour beaucoup de choses. Trop tard pour sauver les derniers membres de sa belle et grande famille. Trop tard pour parfaire l'enseignement de l'apprenti tempestaire. Mais peut-être pas encore trop tard pour rendre une dernière visite à ceux qui avaient tout déclenché.

Elle avait sauté à la mer et s'était débarrassée de sa pèlerine, encombrante et inutile. Aussi nue qu'au premier jour, elle avait rejoint le fond sablonneux et s'était mise à nager. Des sensations qu'elle pensait avoir oubliées lui étaient revenues. Des souvenirs qu'elle croyait à tout jamais enfuis, dissous par l'acide du temps, avaient refait surface, telle l'écume de sa mémoire.

L'île de son enfance, le palais des jours heureux où elle avait grandi dans la compagnie de ses frères, la magnifique cité de verre et de métal précieux, ses glorieux bâtiments et ses ingénieuses machines, sa population pacifique et les trésors de sa civilisation, déjà ancienne avant même l'apparition des humains, tout, absolument tout avait disparu en l'espace d'une journée maudite entre toutes.

Elle était fautive, tout autant que ses frères. Ensemble, ils avaient voulu repousser les limites de leur pouvoir. Bravant les interdits, ils avaient mis leur incroyable savoir à l'épreuve. Ils s'étaient crus plus puissants que les anciens dieux eux-mêmes. Car à eux quatre, ils maîtrisaient chacun des Éléments qui étaient à la base de tout – de l'univers et de la vie, du monde des vivants et du royaume d'En-Bas. Ils avaient cru qu'en associant chacun de leurs talents, en ne faisant plus qu'un de quatre, les secrets de la création leur seraient révélés. Incommensurable folie d'orgueil !

Ils avaient déclenché la plus terrible des catastrophes. L'océan et la terre avaient tremblé, le feu avait jailli des entrailles du sol, l'air s'était embrasé, semant ruines et destruction de par le monde. Une vague géante s'était levée et avait tout emporté : leur île, sa merveilleuse cité, son peuple et sa grandiose civilisation. De tout cela il n'était plus rien resté.

Les dieux, cruels et vengeurs, les avaient épargnés, ses frères et elle. Uniques survivants de la grande catastrophe, derniers représentants d'une race qui avait régné sur le monde, ils s'étaient trouvés réduits à l'état d'animaux vagabonds, obligés de rogner leur pitance sur les décombres du passé, perdu et oublié. Leur exil avait duré des milliers d'années. Puis les humains étaient venus, et avaient pris leur place, peu à peu, génération après génération.

Beaucoup de temps avait passé, depuis. Trop pour qu'elle puisse s'en souvenir, malgré sa fabuleuse mémoire. Lentement, avec la patience qui caractérisait les anciens maîtres, ses frères et elle avaient reconquis une position au sommet. Dès que les hommes avaient commencé à naviguer pour commercer entre eux, ils avaient pris part à l'aventure, dans l'ombre de leur palais – de pierre d'abord, puis de métal. Ainsi était née la Compagnie, dont les quatre tritons emblématiques avaient bientôt fait le tour du monde, peints sur les voiles des galères, sculptés en figure de proue des galions*, moulés dans l'acier des canons embarqués à bord des frégates.

Ainsi avaient vécu les derniers des Élémentaires.

À présent, elle voyait sa propre existence arriver à son terme, non sans soulagement, par l'entremise d'une petite bille de plomb dirigée avec talent.

Mais avant de se décider à mourir, elle souhaitait racheter ses fautes, comme elle avait tenté de le faire en prenant les Réprouvés de Rédemption sous sa protection.

Chapitre 25

PRENEZ GARDE À L'HOMME AU MASQUE !

« C'est moi... Kerlan... Je ne suis pas mort. » Jed se remit à respirer. Il avait cru mourir de frayeur quand le marin au visage couturé s'était animé quelques instants plus tôt.

« La Matrone m'a sauvé, expliqua Kerlan.

— Où est-elle passée ?

— Je l'ai vue basculer par-dessus bord... Elle a été touchée par le tireur. »

Jed s'agrippa au bastingage pour essayer de percer les ténèbres.

« Inutile, dit Kerlan. C'est trop tard. On ne peut plus rien pour elle. Tâchons au moins de préserver nos vies. Je vais essayer de rejoindre la côte. Tu vas devoir m'aider, moussaillon ! »

Le Naufrageur se glissa jusqu'à la barre, rampant entre les cadavres de ses compagnons. Jed le suivit comme son ombre. La galiote roulait et tanguait sans répit, mais elle tenait bon.

« Si on parvient à éviter les récifs et le chavirage, on a une chance de s'en tirer, reprit Kerlan. Mais je n'ai aucune idée de l'endroit où nous sommes, ni du cap à suivre. Avec tous ces nuages, je n'ai plus aucun repère. Arrange-toi pour les dissiper, j'ai besoin d'apercevoir les étoiles. »

C'était facile à dire ! Jed s'était toujours entraîné par temps calme. Comment lever le vent alors qu'une tempête était déjà à l'œuvre ? Il n'y avait qu'une façon de le savoir.

Il ferma les yeux. Pas évident de se concentrer avec toute cette agitation. Il fallait ignorer les mouvements du navire, les paquets d'eau qui balayaient le pont, le froid et la voix menaçante du ciel. Jed ne devait plus penser au danger. Ne plus penser aux morts, passés ou à venir. Mais seulement au vent. Et à la petite flamme sombre qui brûlait en lui. Il devait penser à ce qui se cachait derrière les nuages et au meilleur moyen de l'atteindre. Il devait penser aux étoiles impassibles dont les milliers d'yeux dorés contemplaient la grande scène du monde...

D'un coup, le silence retomba et Jed ne trembla plus. Il flottait loin au-dessus de l'orage, là où le calme régnait. La tapisserie scintillante du firmament s'étendait à l'infini, dans toutes les directions. Les pointes du Trident indiquaient le sud. Du côté du manche se trouvait la terre ferme. Jed-le-vent souffla alors sur les nuages, creusant un sillon dans leur masse cotonneuse, comme il aurait écarté les pans d'un rideau de soie légère. Sous lui, il aperçut la galiote malmenée par les vagues, réduite à la taille d'un jouet. Il se vit, accroupi sur le pont, prostré aux pieds du barreur, les bras refermés autour des genoux. Il vit Kerlan lever le nez au ciel et pousser un cri de joie en découvrant la saignée étoilée ouverte au-dessus de sa tête.

Et l'univers bascula soudain, ciel et mer emmêlés. Une force redoutable dispersa les pensées du jeune tempestaire. Jed eut l'impression d'un écartèlement des sens. Il chuta, en proie à un brusque accès de panique. Comme dans ses cauchemars, la situation échappait complètement à son contrôle. Il devait absolument se réveiller – ou plutôt, rouvrir les yeux...

« Bien joué, moussaillon ! »

La voix de Kerlan ramena Jed à la réalité de la galiote.

« Que... Quoi ? balbutia-t-il, étourdi par son vol perturbé à la dernière seconde par l'attaque brutale dont il avait été victime.

— Je disais que tu avais réussi... J'ai eu le temps de repérer le bon cap. Nous ne sommes plus très éloignés de la côte... Avec un peu de chance, on pourra même atteindre la rade de Rédemption... Est-ce que ça va ? On dirait que tu vas être malade ! »

Jed secoua le menton. Il se sentait affaibli, comme après chaque envolée. Mais la brutalité de ce qu'il avait rencontré *là-haut* le préoccupait davantage.

« Je n'étais pas seul, dit-il. Il y avait quelque chose avec moi dans l'air.

— Un oiseau affolé par le grain ? suggéra Kerlan.

— Non, pas une bête. Mais c'était sauvage, et maléfique... Je l'ai senti. »

Le pilote afficha une moue perplexe.

« Alors on ferait mieux de gagner le rivage au plus tôt », dit-il, pesant de tout son poids sur la barre pour maintenir le cap.

Jed approuva. Il retourna s'abriter dans le compartiment arrière de soute. Ghilla l'accueillit avec une salve de trilles joyeux. La réaction du familier mit un peu de baume au cœur du tempestaire.

« Il n'y a pas lieu de se réjouir de notre situation, dit-il, mais je te remercie quand même ! »

*

« Fameux grain que celui qui s'amène ! s'exclama le Mirliflore barbu en jetant un coup d'œil par l'unique fenêtre de la cabane. Le ciel est déjà aussi noir qu'au plus fort de la nuit. Et écoutez-moi le tonnerre ! On dirait un grondement de bête furieuse.

— Vous feriez mieux de nous laisser partir, suggéra Isiane.

— Par ce temps ? Ce serait de la folie, belle oiselle !

— JE SUIS SÛRE QUE VOUS NE VOULEZ PAS NOUS GARDER AVEC VOUS. »

Le gandin fit la grimace. Il enfonça la pointe de son auriculaire dans son oreille droite et se la cura consciencieusement, en retirant un bouchon de cire jaunâtre tout à fait répugnant.

« Qu'est-ce que tu m'as fait ? demanda-t-il. J'ai comme un moucheron qui zonzonne sous mon crâne, à présent !

— IL FAUT NOUS LAISSER NOUS EN ALLER », insista Isiane.

Le Mirliflore s'empara de sa canne et menaça la jeune fille :

« Cesse tes diableries ou je t'assomme ! »

Mais Isiane n'était pas décidée à céder. Elle avait réussi à capter l'attention de leur ravisseur. Le barbu résistait à ses tentatives de persuasion, comme la plupart des citoyens de Rédemption qui avaient trop longtemps côtoyé les sources de talents. Avec plus d'expérience, et dans de meilleures conditions, elle ne doutait pas de pouvoir le manipuler. Ce n'était toutefois pas son objectif.

« NOUS DEVONS PARTIR, continua-t-elle en le fixant droit dans les yeux.

— Tu l'auras voulu, diablesse ! »

Il leva le pommeau d'acier de sa canne. Pucket n'attendit plus et fonça, tête baissée, visant la panse du Mirliflore. Il se tenait prêt, sur le qui-vive, depuis qu'Isiane avait pris la parole.

Le choc coupa le souffle au barbu. Il valdingua sur la paillasse, mais ne lâcha pas sa canne. Pucket bascula avec lui. Il n'eut pas le temps de s'écarter. Le bâton lesté de métal s'abattit sur son épaule. Il y eut un craquement sec. Pucket laissa échapper un cri. La douleur irradia son bras, désormais inutile car déboîté par le choc.

Edwyn s'était déjà précipité vers la porte de la cabane.

« Vite ! s'écria-t-il. Le vieux arrive par ici. Il a dû nous entendre... »

Isiane ramassa la seule arme à sa disposition : le tisonnier de fer forgé posé près du poêle. Elle en asséna un coup sur l'occiput du Mirliflore alors qu'il cherchait à se relever. Son chapeau cloche orné de rubans multicolores vola à travers la pièce. Le barbu retomba sur la paillasse en geignant. S'il n'était pas complètement étourdi, au moins ne représentait-il plus aucun danger dans l'immédiat.

« Occupe-toi de Naït, je vais retenir le père de ces fripouilles. »

Elle se porta au-devant du vieil homme, brandissant le tisonnier. L'orage choisit ce moment pour enfin éclater. Le ventre des nuages creva d'un coup, tel un sac de blé déchiré par la lame d'un couteau. Des trombes s'abattirent sur la cour misérable où survivaient les Mirliflores.

« N'AVANCEZ PLUS ! ordonna la jeune fille, hurlant pour se faire entendre sous le déluge qui frappait les carreaux des fenêtres et les ardoises des toits avec une violence de mitraille.

— Que se passe-t-il ici ? Où sont donc ces canailles... Ah, te voilà, toi ! »

Le cœur d'Isiane sauta plusieurs battements. Comme le vieil homme, elle avait aperçu le Mirliflore barbichu sous la voûte du passage, à l'entrée de la cour. Le gandin n'était hélas pas seul. Haggis marchait derrière lui – qui d'autre aurait pu arborer un masque grimaçant ?

Edwyn déboula à son tour sous l'orage, portant Naït du mieux qu'il pouvait. Pucket l'aidait de son bras valide. À eux trois, ils ne donnaient pas l'impression d'être assez vaillants pour seulement traverser la cour sans encombre.

« On est fichus ! se lamenta Edwyn en reconnaissant la silhouette du Maître.

— Pas encore », rétorqua Isiane. Puis, fondant sur le père des Mirliflores, elle se mit à scander : « PRENEZ GARDE À L'HOMME AU MASQUE ! IL EST VENU POUR VOUS TUER. IL FAUT VOUS EN DÉBARRASSER ! »

Comme elle l'avait espéré, le vieil homme se montra plus réceptif que son fils. Sans doute ses défenses étaient-elles érodées, avec l'âge et la déchéance qui l'avait précipité dans la misère. Il fit volte-face, oubliant la jeune fille, et se rua sur les nouveaux venus en vociférant :

« Ah, bandit ! Vaurien ! On vient m'assassiner, chez moi ! »

Le barbichu s'interposa :

« Père, que signifie cet esclandre ?

— Écarte-toi ! Tu es sans doute de mèche avec cette canaille ? »

Profitant de la diversion, Isiane avait rejoint ses amis. Ensemble, ils refluèrent aussi vite que possible vers le fond de la cour, à la recherche d'une issue. L'averse noyait tout, estompant les formes, délavant les couleurs. On n'y voyait guère à plus de dix pas.

La voix du Maître tonna soudain dans le dos des fuyards :

« TAIS-TOI, VIEIL IDIOT, ET RENTRE DONC CHEZ TOI ! »

La ruse d'Isiane avait tourné court, même si elle leur avait permis de gagner quelques précieuses secondes d'avance. Ils se faufilèrent dans l'étroite ruelle qui serpentait entre les cabanes pouilleuses rassemblées en village miniature, caché dans l'ombre altière des immeubles bourgeois. Ils arrivèrent finalement à hauteur d'une palissade. Des caisses de bois pourrissaient en tas un peu plus loin, sur ce qui ressemblait à une décharge improvisée. Les désignant, Isiane ordonna :

« Edwyn, aide-moi à en empiler suffisamment. »

Ils se mirent à l'ouvrage, jetant tout ce qui leur tombait sous la main contre les planches de la palissade, jusqu'à parvenir à mi-hauteur.

« Ça devrait suffire, fit Edwyn. Vas-y, passe la première. Je ferai basculer Naït par-dessus une fois que tu seras de l'autre côté. »

Isiane escalada l'obstacle avec agilité. Malgré la pluie et le manque de stabilité des caisses, elle se réceptionna dans la cour voisine sans anicroche.

« J'y suis ! » s'écria-t-elle.

Edwyn chargea alors Naït en travers de ses épaules. Ses jambes fléchirent sous le poids, pourtant faible, de la jeune fille, mais il tint bon. Pucket s'adossa à la pile de caisses pour l'empêcher de s'écrouler le temps que son ami parvienne au sommet. Quand ce fut le cas, Edwyn jeta un coup d'œil en direction des cabanes. Il repéra Haggis, flanqué des Mirliflores, à quelques pas de là. Le barbu se frottait le haut du crâne, où le tisonnier avait abandonné une vilaine plaie, lavée à grande eau par la pluie.

« Dépêche-toi ! s'écria Isiane. Qu'est-ce que tu attends ? »

Trop tard, songea Edwyn. *Je n'aurai jamais le temps...*

« REVIENS VERS MOI IMMÉDIATEMENT ! » exigea le Maître.

Edwyn tenta de résister, vainement. Il n'avait plus le moindre choix. Il devait obéir. Il avait envie d'obéir...

« Ne l'écoute pas ! rugit Pucket, à pleins poumons. Va-t'en avec elle ! »

Sa voix grave et éraillée pouvait rivaliser avec celle du Maître en termes de puissance sonore, mais le grand garçon ne possédait aucun talent à opposer à celui de Haggis. Malgré tout, Edwyn recouvra ses esprits le temps nécessaire pour hisser Naït jusqu'au faîte de la palissade, dans un effort désespéré, et la faire pivoter par-dessus.

Avant de passer à son tour de l'autre côté, Edwyn vit Pucket ramasser un long clou rouillé qui traînait dans la boue, à ses pieds, et le brandir face au masque du Maître. Était-il devenu fou ? Il ne comptait tout de même pas se battre avec une arme aussi dérisoire !

« NE PROVOQUE PAS MA COLÈRE, conseilla Haggis. TU AS DÉJÀ AMPLEMENT MÉRITÉ TON CHÂTIMENT.

— Je n'écouterai plus jamais tes paroles pleines de fiel ! » lança Pucket.

Et, avant que quiconque ait pu réagir, il enfonça la pointe du clou dans son oreille droite. Puis, alors que la douleur le pliait en deux, il trouva encore la force de répéter l'opération avec l'oreille gauche. Stupéfaits, les Mirliflores l'observaient sans savoir que faire. Edwyn, du haut de son perchoir, n'en revenait pas, lui non plus.

« Tes mots ne servent plus à rien avec moi, vieillard ! » cracha Pucket, riant et pleurant en même temps.

Armant son bras valide, il asséna un coup de poing en plein milieu du masque. Il n'avait pas lâché le clou dégoulinant de son propre sang. La tête de métal rouillé dépassait à présent du front de Haggis, qui partit à la renverse. Les Mirliflores le reçurent et lui évitèrent de s'étaler. Edwyn en avait assez vu. Il sauta à bas de la palissade, dérapa sur le pavé mouillé, se rétablit et se redressa aussitôt. Sans perdre un instant, il rejoignit Isiane, et, soutenant tous les deux Naït, ils décampèrent.

*

Une fois passée l'entrée de la rade, la galiote cessa de tanguer. Les brise-lames édifiés au bout de la jetée jouaient parfaitement leur rôle, atténuant la houle. Mais le vent soufflait toujours et la pluie s'était mise de la partie. Kerlan fut contraint d'abandonner la barre pour ramener les voiles avant que l'esquif ne vienne heurter les rochers. Jed lui prêta main-forte. Ils s'emparèrent ensuite chacun d'un aviron et se mirent à souquer en cadence, faufilant l'embarcation entre les coques des grands vaisseaux de la Compagnie, à bord desquels régnait une vive agitation. Les équipages se préparaient à affronter la tempête. On obstruait les sabords pour éviter les infiltrations et on débarrassait les ponts de tout ce qui pouvait être emporté par le vent. Sur les quais, les dockers s'activaient eux aussi. Les marchandises déchargées dans la journée devaient être placées à l'abri, dans les entrepôts. L'arrivée de la galiote passa donc inaperçue.

Kerlan noua un filin d'amarrage à l'un des anneaux sertis à même le quai. Puis il déploya la voile d'artimon sur les cadavres des Naufrageurs, à la manière d'un suaire digne des gens de mer.

« Que le Grand Dab vous prenne en pitié et vous épargne le supplice de ses galères, lança-t-il en guise de prière. Et maintenant, on ferait bien de se réfugier au sec, moussaillon...

— Je sais où aller, dit Jed. Quelqu'un m'a un jour assuré que sa porte me serait toujours ouverte.

— Alors, ne traînons pas. J'ai envie d'un bon feu, et plus encore besoin d'une grande lampée de rhum ! »

*

« Tu es sûre qu'ils ne sont plus après nous ? »

Exténué et trempé, Edwyn craignait surtout de retomber entre les mains des Mirliflores.

« En tout cas, on ne les entend plus », répondit Isiane.

Les cris de bête poussés par les deux frères lancés à leurs trousses avaient en effet cessé depuis un moment. Edwyn risqua un œil à travers l'épaisseur du bosquet où ils avaient trouvé refuge, sans rien apercevoir que les ténèbres brouillées par l'averse. Il n'aurait jamais imaginé pouvoir atteindre le jardin public sain et sauf. La peur lui avait donné la force de soutenir Naït jusqu'au bout. Isiane avait tenu bon, elle aussi, tout le long de l'interminable périple dans les ruelles désertées, où soufflaient de rageuses bourrasques chargées d'air marin.

« Ils ont dû renoncer, avec cette pluie, reprit Edwyn. Et puis, si le Maître est mort, ils peuvent dire adieu à la récompense pour notre capture.

— S'il est bien mort, répéta Isiane.

— J'ai vu Pucket lui enfoncer un clou entre les deux yeux, après s'être crevé les tympans ! »

La jeune fille prit un air lugubre pour rétorquer :

« Il a fini par découvrir seul son talent : un courage sans pareil. »

Edwyn acquiesça tristement.

« Il s'est sacrifié pour nous, dit-il. Et pour elle. »

Il désigna la silhouette recroquevillée entre eux deux, sous l'enchevêtrement des branchages. Naït était toujours plongée dans l'inconscience. À peine si sa poitrine se creusait et se soulevait au rythme lent de sa respiration. Même les gifles glacées assénées par l'averse n'y avaient rien changé.

« Espérons que son geste n'aura pas été vain, dit Isiane. Continue à surveiller les alentours. Je vais aller récupérer notre pécule.

— Fais bien attention.

— Promis. Je ne serai pas longue. »

Elle se glissa à quatre pattes par l'étroit tunnel pratiqué dans la masse du feuillage persistant. Les aînés avaient découvert cet antre d'une absolue discrétion en cherchant la meilleure cachette pour leur trésor de guerre, ainsi qu'ils dénommaient les objets volés et revendus à l'insu de Haggis. Ils lui avaient finalement préféré la partie creuse des racines d'un grand chêne. Mais le bosquet n'était pas demeuré inutile, puisqu'il avait accueilli les réunions tenues par le trio, désormais amputé d'un de ses membres.

Edwyn suivit la progression de son amie, les tripes nouées par l'angoisse. Il la vit disparaître, avalée par la nuit tombée en avance sur Rédemption, par la faute des nuages accumulés au-dessus des toits. Le crépitement ininterrompu de la pluie était soutenu par les sifflements d'un vent moqueur, qui semblait se gausser du malheur des fuyards.

« Je t'en prie, reviens vite... Ne me laisse pas seul ici. »

Un ululement de chouette s'éleva à proximité. Le cœur d'Edwyn sauta un battement. Il avait forcément mal entendu ! Mais non : un second cri répondit au premier, encore plus proche, aurait-on dit. Le garçon n'imaginait que trop bien le genre d'oiseaux de mauvais augure capables de chanter sous un tel déluge : plumage bigarré, chapeaux cloche et cannes plombées brandies à bout de serres.

N'y tenant plus, il se précipita hors de l'abri. Une pogne solide se referma autour de son col. Edwyn se sentit soulevé du sol. La face hilare et hirsute du plus gros des Mirliflores lui apparut soudain, emplissant tout son champ de vision. Le barbu riait à gorge déployée, heureux de la farce jouée. Les rubans de sa coiffe pendaient en longs serpentins amollis par l'humidité sur les revers de sa veste à carreaux, mêlés à des mèches grasses. Une rafale ébouriffa le tout, à croire que l'impossible chevelure était venue à la vie. Le rire du gandin redoubla. Il se mua d'un coup en hoquets et grognements porcins.

Edwyn crut d'abord que l'hilarité était la cause des soubresauts qui agitaient le Mirliflore, mais il se trompait. L'un des serpentins lui enserrait le cou et l'empêchait de respirer. Ses traits s'assombrirent comme son front et ses joues viraient à l'écarlate. Il ouvrit la bouche pour aspirer de l'air, mais réussit seulement à émettre un gargouillement pitoyable. Il relâcha Edwyn et tomba à genoux dans un râle à peine perceptible.

Une silhouette informe se dressait dans le dos du Mirliflore à l'agonie. Le tonnerre gronda et un éclair illumina le jardin public. Edwyn étouffa un cri de surprise en reconnaissant son ancien professeur. Monsieur Torrence avait passé une lanière de cuir autour du cou de son adversaire et tournait le bâton relié aux extrémités, comprimant à chaque tour davantage la glotte du Mirliflore. Finalement, celui-ci s'effondra en silence dans la boue.

L'étrangleur dénoua la ceinture qui lui avait servi d'arme et la repassa autour de sa taille. Un nouvel éclair embrasa les nuées. Edwyn put distinguer le sac de toile dont son sauveur était vêtu.

« M... merci », balbutia-t-il.

Monsieur Torrence agita le bras en direction de l'endroit où était planté le chêne. À la faveur des éclairs, qui se succédaient à présent sans interruption, Edwyn aperçut Isiane, agenouillée au pied de l'arbre, occupée à creuser le mélange de boue et de feuilles en décomposition. L'autre Mirliflore approchait par l'allée centrale du parc. Le roulement continu du tonnerre couvrit la voix d'Edwyn quand il appela :

« Isiane ! »

Elle ne pouvait pas l'entendre. Rassemblant son courage, il s'élança à la rescousse. Monsieur Torrence haletait sur ses talons. Le Mirliflore les repéra alors qu'ils se trouvaient encore à mi-chemin. Lentement, il leva le pommeau de sa canne au-dessus de la tête de la jeune fille, qui n'avait toujours rien remarqué. Un poing de glace se referma autour des entrailles d'Edwyn. Il accéléra l'allure, ignorant les protestations de son pauvre cœur, soumis à rude épreuve.

Isiane se figea soudain. Elle avait sans doute senti la présence du gandin dans son dos. Elle amorça un mouvement sur le côté, mais trop tard. Le pommeau d'acier s'abattit et la faucha en pleine tempe. Avec horreur, Edwyn la vit s'écrouler entre les racines qui émergeaient à l'air libre.

Le Mirliflore n'attendit pas son reste. Abandonnant sa canne, il détala à toutes jambes. Monsieur Torrence se lança à sa poursuite. Ils se fondirent bientôt dans les ténèbres. Edwyn les laissa fuir. Le cœur près d'exploser, nauséeux, il contemplait, ahuri de chagrin, le corps de son amie, gisant, crâne fracassé, sa magnifique chevelure couleur miel teintée de sang et de boue. La voix de Wyned retentit alors dans son esprit, confirmant ce qu'il avait déjà compris : « *Isiane est en route pour le royaume d'En-Bas, mon frère. Mais le chemin est long avant d'arriver à destination. Tu peux peut-être encore l'en détourner. Écoute-moi attentivement, voici de quelle manière il te faut procéder...* »

*

L'averse avait redoublé de violence quand Jed et Kerlan débouchèrent rue de la Fosse-aux-Loups. Ils avaient erré un moment dans les quartiers annexes du port avant de trouver le bon endroit. Finalement, un voisin pressé de regagner ses pénates avait daigné leur indiquer la bicoque du Maître Découvreur avant de reprendre sa course sous la pluie battante.

Jed tambourina à la porte jusqu'à ce que Rorrick vienne lui ouvrir.

« C'est toi ? s'étonna-t-il en reconnaissant le garçon derrière ses bésicles. Mais que fais-tu dehors par un temps pareil ? »

Sans attendre la réponse, il s'effaça pour laisser entrer les visiteurs, puis referma derrière eux. Il enfourna ensuite une pleine pelletée de boulets de charbon dans le poêle qui ronronnait au milieu de la pièce, éclairée par deux chandelles et le brasillement du foyer. Ghilla abandonna le giron de Jed pour venir se coller à la panse du fourneau en pépiant de contentement.

« Merci de nous recevoir », fit Kerlan, frissonnant dans ses habits détrempés.

Rorrick s'approcha au plus près du marin balafré et l'examina des pieds à la tête à travers les verres épais de ses bésicles.

« Je t'ai déjà vu quelque part, dit-il. N'aurais-tu pas servi à bord de la *Merveilleuse* ?

— Si fait, admit Kerlan. J'étais gabier* sous les ordres de son bosco*. Mais c'était dans une autre vie.

— Tu me parais encore jeune pour parler de la sorte, remarqua Rorrick. Si tu me disais plutôt ce qui vous amène, ton jeune ami et toi ? »

Kerlan s'expliqua du mieux qu'il put, encouragé par les approbations muettes de Jed. Il relata l'attaque du repaire des Naufrageurs, la fuite en galiote et les événements des dernières semaines, jusqu'au massacre perpétré par le tireur embusqué dans la falaise. Le Découvreur l'écouta attentivement, sans l'interrompre.

« Ainsi, tu es un Réprouvé, lâcha-t-il finalement, pensif.

— Je l'étais, corrigea Kerlan. Aujourd'hui, je ne suis plus que le dernier des Naufrageurs.

— Hum. Et tu dis que la Matrone a été tuée avant que cet orage n'éclate ?

— Elle est tombée à la mer, après avoir reçu une balle en pleine tête.

— Mais tu n'as pas vu son cadavre ? »

Kerlan haussa les épaules.

« Qu'est-ce que ça change ?

— Tout, rétorqua Rorrick. Je me doutais que cette tempête avait quelque chose de bizarre. J'étais à mon poste, en haut de la Tour, toute la journée, et je n'ai aperçu aucun signe annonciateur du grain. Pas le plus petit nuage à l'horizon. Et voici qu'un déluge s'abat sans prévenir sur Rédemption !

— Tu crois que la Matrone est à l'origine de l'orage ? Mais elle ne s'est toujours attaquée qu'aux navires de la Compagnie. Pourquoi s'en prendrait-elle à la cité ?

— Peut-être ne cherche-t-elle à atteindre que certains de ses habitants, suggéra le Maître Découvreur. Quoi qu'il en soit, cela n'augure rien de bon. »

Rorrick décrocha la pèlerine pendue à une patère, au dos de la porte, et commença de l'enfiler.

« Que fais-tu ? demanda Kerlan.

— Je dois m'assurer qu'aucun danger plus sérieux qu'un bon grain ne menace Rédemption. Et sonner l'alerte si cela s'avère nécessaire. J'espère me tromper, mais dans le cas contraire, il ne faut pas que je traîne... »

Le Naufrageur échangea un regard consterné avec Jed. Ce dernier exprima à voix haute leur pensée à tous deux :

« Nous ne pouvons pas vous laisser y aller seul.

— Comme vous voudrez, dit Rorrick. Prenez une lanterne et de quoi boire et manger, ajouta-t-il en désignant le buffet branlant près de l'évier en pierre taillée. Vous me paraissez en avoir besoin. Et ce sera peut-être votre dernier repas ! »

Chapitre 26

AVANT QU'IL SOIT TROP TARD

Rorrick se figea devant la porte de la Tour, ses clés à la main.

« Que se passe-t-il ? demanda Kerlan.

— La serrure a été forcée, répondit le Maître Découvreur. Quelqu'un nous a précédés.

— Écartez-vous », commanda le Naufrageur.

Il tira son couteau de sa ceinture et pénétra le premier dans la Tour. Le vieillard suivit et Jed ferma la marche. Ils entreprirent l'ascension de l'escalier en colimaçon à pas de loup, attentifs au moindre bruit. Seuls leur parvenaient les hurlements du vent, atténués par l'épaisseur des murs. À l'approche du sommet, Rorrick souffla la flammèche de sa lanterne. L'obscurité les enveloppa, presque totale. Un mince rai de lumière bleutée filtrait du sac porté en bandoulière par le tempestaire – outre quelques vivres, il contenait le globe de verre de L'Anguille. Ghilla avait préféré se percher sur l'épaule de son jeune maître.

Ils gravirent les dernières marches jusqu'à la trappe, restée ouverte. Kerlan fit signe au Maître

Découvreur de ne pas aller plus loin. Jed s'immobilisa lui aussi, retenant son souffle. Le Naufrageur coinça la lame de son couteau entre ses dents, afin de conserver toute sa liberté de mouvement, et, prenant appui des deux mains sur l'encadrement de la trémie, il se propulsa d'un bond sur la plate-forme d'observation.

Une masse de muscles et de poils dégageant une odeur de fauve lui sauta à la gorge. Kerlan bascula en étouffant un cri. Le couteau lui échappa de la bouche. Deux énormes pattes lui plaquèrent les épaules au plancher. Une gueule bardée de crocs lui souffla son haleine fétide au visage.

« Suffit, Arès ! Ne le tue pas, pas encore... »

Jed reconnut immédiatement cette voix. Il fit à son tour irruption sur la plate-forme.

« Nunno ? »

Le Chien du Guet adressa un signe du menton au tempestaire. Il n'était pas seul. Un homme de taille moyenne, la taille mince et les traits anguleux, avait l'œil collé au petit bout de la lorgnette conçue par Rorrick. Les pans de son manteau de cuir dégoulinaient encore de pluie.

« C'est lui, monsieur, lâcha Nunno. Le garçon après qui court toute cette fichue ville !

— Sois le bienvenu, dit l'homme sans interrompre son observation. En te présentant ici, tu m'évites beaucoup de peine. »

Il s'exprimait calmement, comme indifférent à la fureur des éléments, et avec une pointe d'accent distingué, telle que Jed n'en avait jamais entendu.

Rorrick passa alors la tête par l'encadrement de la trappe.

« Qu'est-ce que vous faites ici ? demanda-t-il.

— Vous devez être le Maître Découvreur, dit monsieur Chandaigne. Je vous présente mes excuses pour cette intrusion. Mais je n'avais pas le temps de vous demander la permission.

— Tripes pourries ! jura Kerlan, sans oser élever la voix. Est-ce que quelqu'un pourrait éloigner cette bestiole ?

— Si vous promettez de rester sage, avertit monsieur Chandaigne, tout se passera bien. Enfin, je l'espère. »

Nunno émit un bref claquement de langue. Arès relâcha aussitôt sa proie, avec un gémissement de dépit. Il alla se coucher aux pieds de son maître, sans lâcher le Naufrageur du regard, oreilles dressées, prêt à bondir au moindre geste suspect. Kerlan resta prudemment assis dans son coin, hors de portée de son couteau.

« Approche, mon garçon, reprit l'homme au long manteau. N'aie pas peur. J'ai besoin de vérifier que tu es bien ce que je pense. »

Jed demeura sur la défensive.

« Pourquoi devrais-je vous obéir ?

— Parce que, comme moi, tu veux éviter la destruction de Rédemption. Et nous sommes sans doute les deux seuls capables d'y parvenir.

— La destruction ? » répéta Jed.

L'homme acquiesça. Il décolla son œil de la lentille optique et indiqua la base de sa propre nuque d'un geste du doigt.

« Je dois m'assurer que tu portes ici les bonnes marques, dit-il.

— Quelles marques ?

— Celles que tes parents t'ont léguées : quatre minuscules taches de naissance, toutes identiques, et presque invisibles à l'œil nu.

— Comment le savez-vous ? »

Monsieur Chandaigne esquissa un sourire.

« J'ai beaucoup lu et voyagé, mais là n'est pas la question. Veux-tu me laisser regarder ? »

Jed n'avait guère le choix. Il vint se planter face à l'inconnu. Ghilla, toujours perché sur ses épaules, pépia de façon menaçante. Absolument pas impressionné, l'homme écarta le familier d'un revers de paume. Puis il souleva la masse de cheveux mouillés qui recouvraient la nuque du garçon.

« Maître Rorrick, auriez-vous l'obligeance de me prêter vos bésicles ? » demanda-t-il.

Le Découvreur s'exécuta. Monsieur Chandaigne chaussa les verres épais au bout de son nez. Il les rendit à leur propriétaire au bout de quelques instants.

« Elles sont bien là, dit-il. Les quatre marques. »

Son ton avait changé. Il exprimait non plus une lasse indifférence, mais plutôt une sorte d'incrédulité teintée de respect. Jed s'impatienta :

« Je porte des marques de naissance, et alors ? La belle affaire ! Je ne sais toujours pas qui vous êtes, ni ce que signifie cette histoire de destruction ! »

L'homme soupira.

« Mon nom est Chandaigne, dit-il. Par ma faute, la sœur des Directeurs a déclenché la colère du ciel et de la mer, deux puissants éléments parmi les quatre qui président à la vie de toutes choses sur cette terre. J'ai manqué mon tir, et les citoyens de Rédemption vont payer cher le prix de mon erreur. »

Un mot, plus que tout autre, fit réagir Jed :

« Votre tir ! Vous êtes l'assassin des Naufrageurs ! »

La colère le fit trembler de la tête aux pieds. L'indignation l'emplissait d'un courage qu'il ne se connaissait pas. Il se mit à marteler les flancs de l'inconnu avec ses poings. Au lieu de le repousser, l'homme l'encouragea en ces termes :

« Laisse la rage te submerger, jeune tempestaire ! Tu vas devoir puiser dans tes ultimes ressources pour repousser l'attaque déclenchée par la Matrone. S'il te faut me haïr jusqu'à la mort pour cela, je t'y autorise. Frappe, cogne, déchaîne tes émotions, et vole jusqu'au cœur du cyclone avant qu'il soit trop tard ! »

*

Les dockers affolés s'effacèrent devant elle, priant les dieux de leur panthéon ou même le Grand Dab de les préserver de sa colère. Mais la Matrone ne s'intéressait pas aux employés de la Compagnie. Elle avait pris pied sur le quai de Rédemption avec un seul objectif en tête : le palais de brique et d'acier où l'attendaient ses frères.

Le vent la précéda, vidant les rues où s'aventuraient encore de rares inconscients, bousculant tout ce qui n'était pas solidement arrimé, emportant les ordures et les déjections. La pluie lavait le pavé à grande eau, comme pour purifier la cité avant de la sacrifier à la colère des éléments. La ville était les Directeurs, les Directeurs étaient la ville, aussi la Matrone ne faisait-elle aucune différence entre eux, dans son aveuglement vengeur.

Les portes du domaine s'ouvrirent dans le chuintement de leurs pistons quand elle se présenta devant elles. Des bourrasques dispersèrent le banc de brume perpétuelle vomie par les gargouilles du palais, dégageant la cour. La Matrone n'eut pas besoin de frapper à l'huis ferré de l'entrée. La tempête l'avait annoncée et le serviteur de ses frères attendait sa visite.

Elle l'écarta d'une rafale. Le mobilier de l'immense vestibule en fut tout chamboulé. Les collections du musée maritime furent dispersées de la même manière. Enfin, elle arriva devant l'ultime obstacle qui la séparait de ses frères : les vantaux d'acier de la salle aux machines à vapeur.

La Matrone n'eut qu'à les pousser pour entrer. Une bouffée de nostalgie la submergea aussitôt. Le brouillard chaud et poisseux lui était comme une seconde peau. Elle s'y abandonna, semblant soudain délivrée d'un fardeau.

« Ainsi tu es venue...

— Mais sans ton protégé...

— Qu'as-tu fait du garçon ? »

Ils n'avaient pas changé, toujours intéressés par leur unique profit, celui de la Compagnie.

« Jamais vous ne l'aurez, les défia-t-elle. Il a péri en mer.

— Voilà qui est fâcheux...

— Mais pouvons-nous te croire...

— Toi qui nous as déjà trahis ? »

Elle devina leurs présences, presque à bout de griffes, hors de portée toutefois – comme ils avaient raison de se méfier d'elle !

« J'ai voulu rompre l'ennui d'une existence cloî-trée, dit-elle, et vous m'avez fait payer assez cher mon erreur. À ce propos, où est celui qui fut la cause de mon exil ? Vous m'avez promis Haggis. »

Ils s'enfoncèrent dans la brume, vers les profon-deurs de la salle. Elle les suivit sans hésiter.

« Nous avons respecté notre part du marché...

— Celui que tu réclames et qui causa ta perte...

— Est ici, avec nous, tel qu'on nous l'a remis. »

Qu'est-ce que cela signifiait ? Les connaissant, elle s'attendait au pire.

« Montrez-le-moi ! exigea-t-elle.

— Puisque tel est ton désir...

— Il sera exaucé...

— Vois : Haggis vient à ta rencontre ! »

Une silhouette humaine se dessina dans la brume, quelques pas plus loin. Elle avançait d'un pas raide, mécanique, mais aucun doute possible, il s'agissait bien du Maître des Innocents. La Matrone reconnut son masque de vengeance, le même qu'il avait jadis porté lorsqu'il était venu quémander son aide pour retenir celle qu'il aimait, à tout jamais...

Toutefois, un détail intrigua la Matrone. Pourquoi la tête d'un clou de charpentier dépassait-elle de l'arête du nez ? Elle n'eut pas le temps de lui poser la question. Haggis bondit soudain, comme propulsé par un ressort. Elle frappa par réflexe, toutes griffes déployées, lacérant la tunique du Maître, y abandonnant cinq sillons écarlates. Mais elle s'était trompée de cible. Elle comprit trop tard sa méprise, en découvrant du coin de l'œil celui qui s'était approché au plus près en se dissimulant derrière le corps de Haggis, à la fois marionnette et bouclier.

Une lueur de démence brillait dans les yeux du jeune homme, pas tout à fait adulte, mais déjà sorti de l'enfance. Il était nu, couvert de sueur, tous muscles frémissants, les cheveux plaqués à l'arrière du crâne, et brandissait au bout de chaque bras les crochets métalliques qui lui avaient permis de manipuler le Maître.

La Matrone perçut l'ensemble de ce singulier portrait l'espace d'une seconde, la dernière de son existence. La suivante, les pointes des crochets s'enfonçaient profondément sous la squame écailleuse qui cuirassait sa poitrine, à hauteur du cœur. Le jeune assassin avait frappé avec une étonnante rapidité, et une précision plus redoutable encore, parachevant la trop lente œuvre funèbre ébauchée par la balle du tireur.

La Matrone s'affaissa lourdement et fut bientôt engloutie par la brume.

*

Jed était plongé en plein chaos. Même au cœur de son pire cauchemar, quand le monde s'écroulait autour de lui et qu'il chutait sans fin, précipité dans l'abîme, les choses conservaient un sens. Ici, où que ce fût, il n'avait plus aucun repère.

Tout était sombre autour de lui, mais cette noirceur était le contraire même du vide et de l'absence. Jed ignorait comment il avait pu l'atteindre, mais il pouvait ressentir le mal qui l'habitait jusque dans la moelle de ses os.

Il se rappelait la vague de furie qui avait déferlé sous son crâne quand l'homme au manteau de cuir avait avoué être le tireur de la falaise. L'émotion, brutale et vive, s'était muée en énergie, et son talent avait fait le reste, le projetant en esprit dans l'âme ténébreuse du cyclone en formation au large de Rédemption.

Comment s'y prendre pour repousser un monstre pareil ? L'affronter était une pure folie ! Il avait été engendré par le ressentiment de la Matrone, dont il représentait la part d'ombre. Jed allait se faire dévorer, il n'en doutait pas.

Mais il ne pouvait pas laisser planer une telle menace de dévastation sans au moins tenter d'en dévier la course. S'il parvenait à souffler assez fort lui-même pour diriger l'incroyable masse de nuages vers la lande, elle finirait peut-être par se disperser en s'enfonçant dans les contrées de l'intérieur...

Quoi qu'il en fût, cela valait la peine d'essayer.

Le tempestaire puisa la force nécessaire au plus profond de ses moindres ressources émotionnelles – rage, dépit, tristesse et bien d'autres encore.

Puis, animé cette fois par le désespoir, il se rua sur le monstre qui grondait et crachait le feu du ciel.

*

Edwyn avait écouté son frère avec la plus grande attention. Il lui faisait confiance, comme cela avait toujours été le cas, même si cette histoire de globe de verre ne lui paraissait pas très claire. Mais Wyned s'était montré catégorique : tant qu'Isiane n'avait pas atteint l'En-Bas, elle pouvait être ramenée du côté de la vie grâce à la flamme d'une *anima* – le nom savant donné à l'impalpable énergie qui brûlait en chacun des êtres vivants. Toutefois, il n'y avait pas de temps à perdre, car chaque minute écoulée rapprochait la jeune fille davantage de sa destination finale.

Comment se procurer une *anima* ? avait demandé Edwyn. Wyned lui avait expliqué que Jed connaissait, lui, la réponse, ce qui n'avait pas étonné Edwyn outre mesure. Restait toutefois à retrouver leur camarade là où il se cachait depuis sa disparition.

Dans l'immédiat, le plus urgent était de mettre Isiane et Naït à l'abri. Elles ne pouvaient pas rester dans le jardin public, sous le déluge, à la merci du premier venu. Mais Edwyn ne savait pas où se rendre, à supposer qu'il pût se charger, seul, des deux jeunes filles. Aussi fut-il soulagé de voir monsieur Torrence revenir sur ses pas, après s'être lancé à la poursuite du Mirliflore barbichu. Sans prononcer le moindre mot, le professeur déchu souleva le corps d'Isiane et commença de s'éloigner dans l'allée centrale du parc.

« Attendez », dit Edwyn.

Il s'accroupit là où son amie avait commencé de creuser la terre meuble, sous les racines du chêne. La petite bourse de cuir était toujours là. Edwyn l'empocha, puis il alla chercher Naït. Celle-ci montrait des signes de retour à la conscience. Elle agitait les lèvres et roulait les yeux dans ses orbites, derrière ses paupières baissées. Edwyn comprit qu'elle rêvait. Il la secoua pour tenter de la réveiller. Naït poussa un gémissement. Encouragé par ce résultat, Edwyn lui asséna une série de tapes sur les joues, du plat de la main. Elle se mit à protester mollement, balbutiant des mots incompréhensibles.

« Réveille-toi, intima Edwyn. Fais un effort, je t'en supplie ! »

Mais ses prières demeurèrent vaines. Naït restait incapable de se libérer de l'emprise des mots du Maître. Cependant, elle n'opposa aucune résistance lorsque Edwyn la traîna de force hors du bosquet. Elle se tint même debout après qu'il l'eut redressée. Appuyée contre sa hanche, elle se mit en marche au rythme imposé par le garçon. À défaut de pouvoir atteindre son esprit, au moins pouvait-il se faire obéir de son corps.

Monsieur Torrence les entraîna sous l'averse battante jusqu'à une venelle voisine de la sortie du parc. L'étroitesse du passage, encadré par des immeubles de cinq étages, empêchait le vent de s'y engouffrer. Mais on pataugeait dans un immonde brouet composé de déchets et de boue, qui atteignait par endroits la hauteur du mollet. Les gouttières dégorgeaient de véritables cataractes. Des torrents miniatures dévalaient les rues en pente, convergeant vers le Quartier Gueux, dans la ville basse.

Au bout de quelques pas, monsieur Torrence s'arrêta devant une grille rouillée, entrouverte sur une volée de marches en pierre qui s'enfonçaient dans le sous-sol. Edwyn trouva l'endroit lugubre, mais il n'avait pas le choix. Il était à bout de forces, après cette horrible nuit. Et puis, tout valait mieux plutôt que de retomber entre les griffes de prédateurs comme les Mirliflores. Il s'engagea donc à pas prudents dans l'escalier, soutenant Naït et s'appuyant de sa main libre contre un mur pourri d'humidité. Monsieur Torrence le suivit, Isiane entre les bras.

Edwyn accommoda peu à peu, regrettant de ne pouvoir se boucher le nez, car un relent de pourriture montait des entrailles de la ville. Il finit par poser le pied sur une dalle glissante, couverte de moisissure. De petits cris aigus l'accueillirent. Il eut la vision fugitive de dos ronds, hérissés de poils noirs, qui s'égaillèrent sur son passage avant de se faufiler par l'embouchure de plusieurs tuyaux sertis dans la maçonnerie.

Des rats ! Il ne manquait plus que ça... Au moins, ils étaient à l'abri de l'orage. Edwyn en profita pour souffler un peu. Il aida Naït à s'asseoir et en fit autant. Monsieur Torrence déposa Isiane sur un carré de dalle à peu près propre et sec, puis émit une sorte de gargouillement interrogateur.

« Je n'en peux plus, expliqua Edwyn. Je vous suis reconnaissant pour ce que vous avez fait dans le parc. Mais je dois partir à la recherche de Jed. Vous vous souvenez de lui ? Il est le seul en mesure de ramener Isiane à la vie... Sauf que je n'ai aucune idée de l'endroit où il se trouve, ni même s'il est toujours vivant... »

Monsieur Torrence désigna alors la sortie, puis se frappa la poitrine.

« Vous allez le chercher, dehors ? » traduisit Edwyn.

Nouvel acquiescement. Monsieur Torrence pointa ensuite l'index sur chacun de ses invités, avant d'englober d'un geste ses misérables pénates.

« Nous pouvons rester là... En sécurité ? »

L'ancien précepteur opina de nouveau, puis s'élança et disparut dans l'escalier. Edwyn espéra de tout cœur qu'il avait raison de lui faire confiance, car monsieur Torrence ne semblait plus avoir toute sa tête...

Mais il leur avait sauvé la vie, à Naït, Isiane et lui. Cela était incontestable. Et Edwyn se sentait trop épuisé pour s'inquiéter. Ses paupières se mirent à papillonner, et l'instant suivant, il s'endormait, la joue contre l'épaule de Naït.

*

Un gigantesque serpent ailé était lové au cœur du cyclone. De sa gueule grande ouverte, il crachait le feu du ciel – les éclairs se succédaient sans interruption, embrasant les ténèbres de l'intérieur. Le froissement des immenses ailes de cuir couvertes d'écailles s'amplifiait pour donner naissance au tonnerre. Les yeux de la bête étaient comme des miroirs teints au noir, impénétrables et brillants à la fois. Surtout, ils étaient fixés sur Jed.

C'est impossible, je dois rêver ! songea le tempestaire. Mais il savait, au plus profond de son être, là où brûlait sa flamme sombre, qu'il contemplait en réalité la forme primordiale, brute et sauvage, des forces vitales de la Matrone, domptées par elle de son vivant, à présent déchaînées et ivres de destruction.

Est-ce que je porte également en moi une telle créature ? se demanda-t-il, fasciné et effrayé par cette découverte. Il n'attendait pas de réponse à cette question, mais il en reçut pourtant une : « Chaque Élémentaire possède sa propre *anima*... Or tu es l'un des nôtres... Donc elle sommeille aussi en toi ! »

Trois nouveaux serpents avaient surgi des nuages et dansaient à présent autour de Jed. Ils volaient avec une grâce sans pareille, totalement maîtres des courants aériens. De fines pattes étaient repliées sous leurs ventres écailleux, terminées par des griffes en forme de crochets qu'on devinait affûtées comme la lame d'un couperet. Avant même que Jed ait pu saisir leur intention, ils s'étaient rués sur leur congénère et avaient entrepris de le tailler en pièces.

L'inégal combat vira à l'exécution. Harcelée de toutes parts, l'*anima* de la Matrone n'eut pas la moindre chance. Elle fut bientôt dispersée aux quatre vents, dans une pluie de sang noir comme l'encre. Le trio assassin se retourna alors vers Jed.

« Vois ce qui arrive quand on cherche à nous défier... Sors de ta cachette et viens nous retrouver... Nous avons les moyens de t'apprivoiser. »

C'en était trop pour le tempestaire. Il avait deviné à qui il avait affaire. Si les frères de la Matrone n'avaient pas hésité à la sacrifier, comment réagiraient-ils confrontés à son refus de collaborer ?

Il n'avait plus d'autre choix qu'accepter leur offre... ou fuir à tout jamais, le plus loin possible.

Entre-temps...

« **C**apitaine ? Hé, capitaine ? Tu m'entends ? »

Il fit signe que oui. Il avait encore eu une absence. Prolongée, cette fois. « Est-ce que la vigie a signalé un grain à l'horizon ? » demanda-t-il.

Le bosco le regarda d'un drôle d'air. « Rien de ce genre, dit-il. Le ciel est complètement dégagé. Tu as dû trop boire, capitaine ! »

Il grogna une vague réponse. Le bosco sourit, montrant ses chicots noirs et jaunes. Puis il cracha à ses pieds et désigna les cartes étalées sur la table. « Où met-on le cap ? demanda-t-il. J'attends tes ordres. »

Il reporta son attention sur les précieux documents, qui indiquaient avec un rare luxe de précisions les routes commerciales empruntées par les navires de la Compagnie lorsqu'ils sillonnaient les mers de l'Archipel. Il avait commencé de calculer sa course en fonction des prises espérées, mais avait dû s'interrompre quand autour de lui tout était devenu noir. Le tonnerre avait grondé dans sa tête. Des éclairs avaient jailli sous ses paupières, l'aveuglant presque. Il avait ressenti une atroce douleur dans tout son corps, une déchirure dans chacun de ses membres, comme si quelque tortionnaire expert prenait un malin plaisir à le déchiqueter. Puis il s'était évanoui.

L'absence avait duré tout au plus cinq minutes, estima-t-il en jetant un coup d'œil sur le sablier qui achevait de se vider, dans un coin de sa table de travail. Mais c'était la plus longue depuis bien longtemps. Et la plus violente dans ses effets, également.

Cela ne présageait rien de bon. De graves événements avaient eu lieu. D'autres ne manqueraient pas de suivre, il en avait la certitude.

« Alors, capitaine ? » s'impatienta le bosco.

Il lui fit signe d'approcher et posa l'index sur le goulet qui séparait deux îles, à l'extrémité septentrionale de l'Archipel. Le bosco étira encore plus son peu ragoûtant sourire.

« Joli choix, capitaine. Avec l'arrivée de la saison froide dans le Nord, ceux de la Compagnie ne vont plus tarder à se précipiter dans nos filets ! »

Il acquiesça, puis congédia son quartier-maître. Il avait besoin d'être seul, pour réfléchir à ce qui se préparait. De grandes choses, assurément, sinon son talent ne l'aurait pas averti. Mais lesquelles ? Il songea à l'ironie du sort qui l'avait doté d'un don bien singulier. À quoi bon, en effet, deviner l'imminence de bouleversements dans son existence, s'il n'était pas fichu d'en connaître la nature ?

Parfois, tant d'injustice assombrissait son humeur. Souvent, elle lui laissait dans la bouche un goût d'amertume. Il en avait d'ailleurs tiré son nom de flibuste et l'avait rendu célèbre dans tout l'Archipel.

On l'appelait Sombramer et partout on le craignait.

Chapitre 27

AUSSI LOIN QUE LE VENT T'EMPORTE

Naït eut un début de panique en rouvrant les yeux sur cet endroit sombre, humide et puant. Cela ressemblait tellement à l'idée qu'elle avait de l'En-Bas – tout le contraire de sa chère lande... Mais en découvrant le garçon au teint foncé assoupi à ses côtés, elle prit conscience de son erreur. Le nom de l'aîné lui revint : il s'appelait Edwyn, et faisait partie de la petite bande de Pucket. D'ailleurs, la fille aux cheveux dorés était là, elle aussi, allongée sur la pierre couverte de moisissure de cette espèce de cloaque...

L'évidence la frappa soudain : elle ne se trouvait plus dans la Maison de son père ! Elle n'avait aucun souvenir de la façon dont elle s'y était prise pour en sortir, mais elle ne put que s'en réjouir, d'autant qu'elle ne ressentait plus l'influence des paroles du Maître. Le pouvoir de Haggis devait s'atténuer au-delà d'une certaine distance, ou alors le vieil homme avait été obligé de relâcher son emprise mentale pour une raison inconnue. Mais, là encore, peu importait.

Elle était libre ! Et elle comptait bien en profiter pour disparaître, fuir cette horrible cité à tout jamais...

« Où vas-tu ? »

Edwyn s'était réveillé et la fixait d'un air hagard.

« Loin d'ici, souffla-t-elle. Et tu ferais bien d'en faire autant.

— Je ne peux pas. Monsieur Torrence a promis de ramener Jed ! »

Naït se figea en entendant prononcer le nom de l'apprenti tempestaire. Edwyn lui résuma les événements de la nuit – la course-poursuite dans les rues de Rédemption, leur capture par les Mirliflores, le courageux sacrifice de Pucket, enfin le sort tragique réservé à Isiane et l'espoir que Jed représentait pour elle. Naït fut davantage émue qu'elle ne voulut bien le montrer. Elle regretta d'avoir cherché à manipuler le grand garçon à la voix éraillée. Elle était sincèrement désolée pour Isiane, également.

« Tu dis que Jed peut la sauver ? demanda-t-elle.

— Mon frère l'assure. Il ne m'a jamais menti avant sa mort. Je ne vois pas pourquoi cela changerait. »

Évidemment... Naït ne chercha pas à expliquer ce nouveau prodige.

« Ton monsieur Torrence ferait bien de ne pas traîner, dit-elle. Je n'ai pas envie de m'attarder dans ce trou à rats ! »

*

« Tu es sûr de ce que tu as vu ? » demanda monsieur Chandaigne.

Jed hocha le menton. Il venait de résumer l'incroyable mise à mort à laquelle il avait assisté, sous sa forme éthérée, en plein ciel.

« L'orage semble bel et bien se dissiper, indiqua Rorrick, l'œil collé à la lentille de sa lunette, braquée au-dessus du port. J'aperçois les premières lueurs de l'aube à travers les déchirures dans les nuages, précisa-t-il.

— Les Directeurs ont protégé les biens de la Compagnie, cracha Kerlan, comme ils l'ont toujours fait.

— Ils n'ont pas voulu mettre Jed en danger, dit monsieur Chandaigne. Ils tiennent vraiment à lui, ou plutôt à son talent. »

Le tempestaire réagit violemment à ces propos :

« Vous ne m'obligerez pas à vous suivre chez eux ! Je préfère me jeter du haut de cette Tour !

— Ne dis pas de bêtises. J'ai changé d'avis en ce qui te concerne. Tu es trop précieux pour que je t'abandonne entre les griffes de ces monstres. Et, crois-moi, il m'en coûte de revenir sur ma parole dans cette affaire ! Beaucoup plus que tu ne pourrais l'imaginer. » Monsieur Chandaigne coiffa son chapeau à larges bords et ramassa la trousse posée à ses pieds. Puis il indiqua l'escalier : « Mieux vaut ne pas traîner ici. Avec un peu de chance, pas mal d'argent et ce qu'il conviendra de menaces, nous pourrons embarquer à bord d'un navire en partance avec la première marée.

— Je ne m'en irai pas sans mes amis, prévint Jed. C'est hors de question. Pucket, Isiane et Edwyn sont toujours sous la coupe de Haggis, et Corey croupit en prison.

— Je ne sais pas ce qu'on peut faire pour ce dernier, mais il ne me déplairait pas de causer du tort au vieux Haggis avant de disparaître ! Seulement il va falloir faire vite. Quand les Directeurs comprendront que je les ai doublés, ils risquent de fort mal le prendre.

— Cela vous regarde. Je ne pleurerai pas sur le sort d'un assassin !

— Avant de me souhaiter mille morts, tu ferais mieux de réfléchir, mon garçon. Je suis le seul à pouvoir te venir en aide, désormais. »

Kerlan s'agita dans son coin.

« Hé, il va falloir compter avec moi ! Partout où ce drôle ira, on me trouvera aussi.

— J'en prends bonne note, ironisa monsieur Chandaigne. Ainsi, les forces s'équilibrent, n'est-ce pas ?

— Je vous accompagne, lâcha alors Nunno. Et Arès également, bien entendu.

— Bien entendu ! soupira le tireur, levant les yeux au ciel.

— Je ne fais que suivre vos conseils, lui renvoya le Chien du Guet. Vous m'avez convaincu de prendre mon destin en main.

— J'aurais mieux fait de tourner sept fois ma langue dans ma bouche ! Et vous ? demanda monsieur Chandaigne en s'adressant au Découvreur. Vous souhaitez nous accompagner ?

— Avec quelques années de moins, j'aurais été tenté... Mais je ne peux pas abandonner mon poste.

— Sans vouloir vous froisser, je m'en réjouis. Parce que vous allez m'être plus utile en gardant l'œil ouvert sur la ville dans les heures qui viennent. » Comme Rorrick ne donnait pas l'impression de comprendre, monsieur Chandaigne s'expliqua tout en tirant ses pistolets de sa ceinture : « Je n'aurai pas le temps de finasser, dit-il. Je vais donc jouer cette partie à la manière d'un duel entre Rédemption et moi. Un duel sans merci. Bientôt, les événements vont se précipiter. J'aimerais garder autant que possible une longueur d'avance sur nos adversaires. Aussi je compte sur vous pour m'avertir si les Directeurs lancent l'offensive. »

Le Maître Découvreur acquiesça.

« Vous pouvez compter sur moi. En cas de danger, je déclencherai la sirène de la Tour. Bonne chance à vous tous. »

Monsieur Chandaigne le remercia d'un hochement du menton. Rorrick s'adressa alors à Jed :

« Bonne chance à toi, surtout, moussaillon. Tu en auras besoin, aussi loin que le vent t'emporte ! »

*

Le soleil avait fait son apparition au-dessus des toits lorsque la calèche frappée de l'emblème de la Compagnie déboula dans le Quartier Gueux. Le cocher fut obligé de tirer sur les rênes pour freiner l'attelage, tant la foule était nombreuse, qui se pressait sur le pavé détrempé par l'orage.

La carcasse de Haggis roula sur le plancher. Le Maître avait toujours son clou fiché en plein milieu de la figure. Morrow laissa échapper un éclat de rire nerveux.

« Te voilà bien avancé, vieux cinglé... Que ressent-on quand on arpente le chemin de l'En-Bas ? Non, ne réponds pas maintenant, je ne suis pas pressé de le savoir ! »

Morrow jubilait. Après qu'il avait tué la Matrone, cette nuit, les Directeurs avaient consenti à l'adouber Maître des Innocents, en récompense pour ses services d'assassin officiel de la Compagnie. Aussitôt annoncée par le concierge du domaine, la nouvelle s'était répandue à travers la ville, criée de bouche en bouche. Les gens avaient accouru pour apercevoir celui qui allait régner sur le Quartier Gueux et lui prêter allégeance.

Penché à la fenêtre de la portière, Morrow distribua les saluts aux miséreux, vrais et faux invalides, mais authentiques mendiants. Il suspendit son geste en apercevant celui qui se tenait juché sur les épaules d'un Chien du Guet, un sac en bandoulière, à quelques pas de l'entrée de la Maison du Maître – non, rectification : de *sa* Maison, à présent. Jed ne pouvait pas réapparaître à un meilleur moment !

Le cocher arrêta la calèche au plus près du perron. Morrow bondit sur les marches et pénétra en trombe dans le vestibule. Aînés et cadets s'étaient rassemblés pour attendre son retour. Certains semblaient ravis, tandis que d'autres auraient visiblement préféré détaler en courant – mais pour aller où ? Morrow désigna deux garçons en qui il avait confiance et leur ordonna d'aller récupérer le corps de Haggis, puis de le conduire jusqu'à sa chambre.

« Revêtez-le de ses plus beaux habits et étendez-le sur son lit. Chacun pourra venir lui rendre un dernier hommage, aujourd'hui. Ensuite, on l'enterrera dans le jardin, ou bien on le donnera à manger aux cochons, je m'en fiche ! »

Morrow se précipita ensuite à l'étage. Il n'y avait pas une minute à perdre.

*

« Je n'aime pas ça, souffla monsieur Chandaigne. Cette foule me rend nerveux. »

Il s'était mis à transpirer et ne cessait de s'éponger le front avec son mouchoir. Sang et sueur rosissaient l'étoffe. Le tireur grimaça. Une crise était sur le point de se déclarer. Et ses réserves de potion étaient épuisées.

« Est-ce que ça va ? » demanda Nunno.

La réponse de monsieur Chandaigne fut noyée dans les exclamations de la foule. Haggis était apparu, extrait de la calèche par deux aînés. Il portait un masque aux sourcils froncés, la bouche ouverte sur un rictus de rage ; la tête d'un grand clou dépassait de son front. Il avait l'air tout ce qu'il y a de plus mort.

« Regardez ! s'écria Jed, qui profitait d'un point de vue idéal du haut de son perchoir, sur les épaules du Chien du Guet. Ils emportent le corps du Maître...

— Ça me plaît de moins en moins, fit monsieur Chandaigne. Si Haggis n'est plus de ce monde, qui dirige sa Maison ? »

Une fenêtre s'ouvrit alors à l'étage et Morrow parut, affectant une pose de triomphe, les bras levés vers le ciel presque entièrement dégagé à présent. La tempête n'était plus qu'un mauvais souvenir. Après un instant d'hésitation, des vivats s'élevèrent de chaque gorge alentour. Les acclamations se répandirent dans toute la rue, telle une déferlante sonore.

« Je crois que vous avez votre réponse, dit Kerlan.

— Oh non, pas lui ! s'exclama Jed. Il est cent fois pire que Haggis et n'hésite pas à tuer pour son plaisir... Il est à moitié fou ! »

Comme pour confirmer le portrait que l'apprenti tempestaire venait de brosser, Morrow imposa le silence et lança d'une voix haute et claire, vibrante de joie contenue :

« Le Maître est mort cette nuit et ses assassins sont parmi vous ! » D'un geste, il désigna Jed et ceux qui l'entouraient. « Le Chien du Guet a trahi la Compagnie, enchaîna-t-il sur un ton de plus en plus exalté. Les Directeurs me l'ont confirmé. Le gamin a servi d'appât. L'étranger a tué Haggis. Ils ont agi pour le compte de la Matrone des Naufrageurs. Voyez, un Réprouvé marche avec eux...

— Ne l'écoutez pas, il ment », tenta de contrer Jed, courroucé par tant d'audace.

Mais il ne possédait pas le talent de persuasion, comme Morrow. Celui-ci savait manipuler son prochain. Et la foule ne demandait apparemment qu'à être convaincue.

Morrow reprit, extatique :

« Ils doivent payer pour leur crime. Les Directeurs les veulent vivants. EMPAREZ-VOUS D'EUX ! »

*

Monsieur Torrence avait écumé les bouges une partie de la nuit, en quête d'informations. Avec l'orage, marins et dockers avaient abandonné les quais pour se réfugier à l'abri et au sec. La tempête alimentait l'essentiel des conversations. L'ancien professeur passait de table en table, tendant l'oreille. Ici, on évoquait le Grand Dab et ses œuvres démoniaques, là, on accusait les Naufrageurs d'avoir déclenché la colère des cieux ; certains affirmaient avoir aperçu une hideuse créature se diriger vers le cœur de la ville, d'autres qu'un vaisseau chargé de cadavres avait accosté, avec à son bord un Réprouvé et un gamin aux cheveux presque blancs qui n'était certainement pas de ce monde ; quelqu'un se souvint de les avoir croisés rue de la Fosse-aux-Loups, où ils avaient demandé qu'on leur indique la maison du Découvreur. Monsieur Torrence s'y était précipité, mais il avait trouvé porte close. Il avait alors songé à la Tour, destination habituelle du vieux Rorrick. Le temps de la rejoindre, le vent et la pluie s'étaient calmés. Il était arrivé pile au bon moment. Une troupe hétéroclite venait de faire irruption du bâtiment, parmi laquelle un Chien du Guet et son molosse, un marin à la joue balafrée, un curieux bonhomme en manteau long et chapeau à larges bords, et, plus intéressant pour l'ancien professeur, Jed en personne. Il avait suivi tout ce petit monde jusqu'au Quartier Gueux, intrigué par le nombre de curieux qui s'amassaient sur les places et dans les rues. Il se passait quelque chose d'important, mais quoi ? Tout s'était soudain éclairci avec la harangue de Morrow...

Un coup de feu claqua tout près de monsieur Torrence et quelqu'un s'effondra, un trou entre les deux yeux. La foule s'écarta vivement du tireur. L'homme au long manteau avait dégainé deux pistolets. Le canon de l'un fumait, celui de l'autre se promenait sur les visages renfrognés autour de lui.

Le molosse avait retroussé les babines et montrait les crocs en grondant. Le maître de l'animal, Jed toujours perché sur ses épaules, menaça :

« Laissez-nous passer, ou je lui donne l'ordre d'attaquer ! Arès n'a pas mangé à sa faim depuis longtemps et il n'hésitera pas à dévorer le premier qui nous barrera la route. »

Un passage s'ouvrit comme par magie au milieu de la rue. Les compagnons de Jed s'y engouffrèrent.

Morrow fulminait à sa fenêtre :

« Arrêtez-les, espèces d'idiots ! JE VOUS ORDONNE DE LES ARRÊTER ! »

L'assemblée fut parcourue d'un frémissement de mauvais augure. Le tireur pointa alors son pistolet encore chargé sur le premier étage de la Maison. Son bras tremblait. Son front s'était curieusement mis à saigner. Il vacilla sur ses jambes, mais ne céda pas d'un pouce alors que la foule se rapprochait dangereusement.

« Courez ! » s'écria-t-il.

Le Chien du Guet et le marin ne se le firent pas répéter. Ils disparurent à l'angle de la rue.

Le tireur fit feu. Mais il rata son coup. La balle ne fit qu'effleurer la tempe de Morrow, qui reflua à l'intérieur de la Maison. L'homme au long manteau fut submergé par la marée humaine.

Monsieur Torrence détala sans attendre la suite des événements. Mais au lieu d'emprunter le même chemin que les fuyards et leurs poursuivants, il obliqua dans une ruelle parallèle. En se hâtant, il avait encore une chance de prendre chacun de vitesse.

*

Jed s'accrochait d'une main à la tignasse de Nunno et, de l'autre, empêchait son sac d'être trop secoué en le serrant contre sa poitrine. Il avait vu monsieur Chandaigne disparaître sous une avalanche de corps, après avoir tiré sur Morrow. L'homme au long manteau leur avait ainsi offert quelques précieuses secondes d'avance. S'était-il sacrifié en connaissance de cause, ou bien escomptait-il abattre l'aîné penché à sa fenêtre ? Jed n'aurait sans doute jamais la réponse à cette question.

Arès courait devant son maître et Kerlan, plus lent, peinait derrière lui. Ils n'auraient jamais le temps d'atteindre les quais, à supposer même qu'ils parviennent à sortir du Quartier Gueux. Les cris de la foule chauffée à blanc par Morrow s'élevaient dans leur dos. Jed n'osait pas se retourner pour jeter un œil sur leurs poursuivants. Il était trop occupé à conserver l'équilibre, chahuté par les mouvements de Nunno, et à scruter les environs tout en fouillant sa mémoire, à la recherche d'un raccourci. Mais il dut vite admettre qu'il n'avait aucune idée de l'endroit où ils se trouvaient.

Une silhouette surgit d'un passage entre deux bâtisses et leur barra la route. Arès lui sauta aussitôt à la gorge. L'homme bascula sur le pavé en lâchant un geignement plaintif. Jed le reconnut en arrivant à sa hauteur.

« Monsieur Torrence ? »

Étendu sous le molosse, le professeur acquiesça avec vigueur. D'un geste de la main, il indiqua le goulet d'où il avait fait irruption. Les crocs d'Arès claquèrent à moins d'un pouce de son visage. Monsieur Torrence adressa un regard désespéré au garçon penché au-dessus de lui.

« On peut lui faire confiance ? » demanda Nunno.

Le précepteur émit un son étouffé qui pouvait sonner comme un « oui ». Il ouvrit la bouche en grand pour expliquer la cause de son mutisme. Il lui manquait une bonne moitié de langue. Néanmoins, il parvint à articuler un nom :

« *Hi-Hia'e... Hi-Hia-He !* »

Jed comprit aussitôt :

« Isiane ! »

Monsieur Torrence opina.

« Debout », commanda Nunno.

Il saisit le professeur par le col et le remit d'aplomb, au grand regret d'Arès. Puis chacun s'engouffra à la suite du jeune homme dans un boyau obscur et puant, jonché d'ordures. Au bout d'une vingtaine de pas, des escaliers s'enfonçaient dans le sous-sol. Nunno reposa Jed. Ils hésitèrent à continuer.

« Trop tard pour reculer, maintenant, souffla Kerlan. Les autres excités ont envahi la ruelle. »

On les entendait, en effet, piétiner le pavé et s'inter-
peller bruyamment. Ils ne seraient plus très longs à
découvrir le passage.

« Allons-y, décida Nunno en poussant monsieur
Torrence devant lui. Mais à la moindre entourloupe,
Arès se fera un plaisir de vous bouffer le peu de lan-
gue qui vous reste ! »

*

« Quelqu'un vient, j'entends des bruits de pas, avertit Edwyn. On dirait qu'ils sont nombreux... Ah ! »

En voyant le molosse bondir au pied de l'escalier,
le garçon avait eu un mouvement de recul. Naït
ramassa un morceau de bois pourri qui traînait par
terre et s'apprêta à défendre sa peau. Elle avait
reconnu la bête de la colline. Elle ne laisserait pas
cette sale bestiole la terrasser une deuxième fois sans
combattre !

Un Chien du Guet déboula à son tour dans la cave.

« Couché, Arès ! Tu effraies la jeune dame. »

L'animal obéit à la voix de son maître. Il se roula
en boule dans un coin et se mit à lécher le bout de ses
pattes avec application, se désintéressant totalement
de ce qui l'entourait.

Mais Naït ne lâcha pas son arme, si dérisoire
fût-elle. Elle avait reconnu l'uniforme des hommes
qui avaient accompagné Haggis sur la lande et
dévasté le repaire des Naufrageurs. Celui-là paierait
pour les autres. Elle chargea en poussant un cri
sauvage.

Le Chien du Guet évita le coup de justesse. Le bâton se fracassa sur le mur de pierre. Naït utilisa alors ses ongles comme des griffes, visant les yeux de son adversaire.

« Arrête ça ! ordonna une voix qu'elle connaissait bien. Celui-là est avec nous... »

Kerlan le Naufrageur, un des plus vieux compagnons de la Matrone, se tenait sur la dernière marche de l'escalier, plié en deux, essoufflé. Il n'était pas seul. Un jeune homme vêtu de hardes le suivait de près. Mais Naït s'intéressait surtout au dernier membre de la petite troupe.

« Jed !

— Naït ! »

Ils se tombèrent dans les bras. Edwyn laissa éclater sa joie, lui aussi.

« Tu es en vie ! Oh, c'est merveilleux ! Wyned avait raison... Merci, mon frère, merci ! »

Soudain, Jed s'arracha à l'étreinte de la sauvageonne. Il venait de repérer la silhouette allongée sur une dalle, dans le fond de la cavité. Il se précipita vers elle et s'agenouilla en bredouillant :

« Isiane... Oh non, je t'en prie, pas toi...

— Elle n'a pas encore atteint le bout du chemin qui conduit En-Bas, dit Edwyn. Mais ça ne saurait tarder. Wyned prétend que tu peux encore lui faire faire demi-tour.

— Comment dois-je m'y prendre ? »

Edwyn répéta les explications données par son jumeau, aussi fidèlement que possible, même si leur sens lui échappait toujours.

« Voilà, dit-il, tu en sais autant que moi. Enfin, un peu plus, j'espère...

— Oui », confirma Jed en fouillant dans son sac.

Il en retira un paquet de chiffons, qu'il défit avec soin, jusqu'à révéler un globe de verre à peine plus gros qu'un poing, à l'intérieur duquel brûlait une minuscule flamme bleue.

« L'*anima* de L'Anguille. Un cadeau précieux. Je n'ai pas compris pourquoi il me l'a fait, sur le coup, mais maintenant, je sais. »

Jed souleva les mains d'Isiane – elles étaient si froides ! – et les reposa sur sa poitrine, à hauteur du cœur. Puis il plaça le globe entre les paumes de la jeune fille.

« Que doit-il se passer ? » interrogea Naït.

Elle s'était accroupie à côté des garçons et leur jetait des coups d'œil inquiets et curieux, à tour de rôle.

« Comment veux-tu que je le sache ! répliqua sèchement Jed. Tu crois que je ramène tous les jours des morts à la vie ? »

Il regretta aussitôt son emportement. Mais Naït ne lui en tint pas rigueur. Elle ouvrait de grands yeux fascinés et désignait le globe.

« Regardez... »

La flammèche en forme de feu follet avait triplé de volume. Elle continua de grandir, jusqu'à emplir toute la sphère de verre. Une lumière blanche presque insoutenable envahit l'espace alentour. Des larmes mouillèrent les yeux de Jed. Il dut battre des paupières pour les en chasser. Quand il eut recouvré une vision à peu près nette, la clarté incroyablement pure s'était elle aussi dissipée. Le globe était à présent vide. Il roula sur le sol et se brisa lorsque les doigts d'Isiane se mirent à bouger.

« Elle a fait demi-tour ! Elle revient vers nous ! » s'enthousiasma Edwyn.

La sirène de la Tour de la Découvrance lança alors son sinistre mugissement, aisément identifiable.

« C'est le signal de Rorrick, fit Nunno. Les Directeurs ont dû réagir. Il ne faut pas rester là.

— Le port n'est plus très loin, indiqua Kerlan. En se dépêchant, on peut profiter de la marée du matin.

— Aucun capitaine ne nous acceptera à son bord, rappela le Chien du Guet.

— Tu te trompes. J'en connais un. Et toi aussi. »

Le marin à la joue balafrée posa la main sur l'épaule de Jed.

« Il est plus que temps de hisser les voiles de notre galiote et d'y faire souffler le vent, dit-il. Écoutons la voix de Rédemption, qui nous avertit du danger. Elle n'offre pas souvent une seconde chance.

— Il a raison, dit Nunno en soulevant Isiane entre ses bras. On doit te mettre à l'abri, car tu as des ennemis puissants. »

Jed trouvait cela dément, mais l'accumulation de catastrophes des semaines précédentes, ainsi que le sang abondamment versé accréditaient cette thèse. Des forces phénoménales, qui dépassaient l'entendement, s'étaient affrontées pour un unique enjeu : lui-même. Des vies avaient été gâchées, d'autres avaient failli l'être – Jed pensait à Isiane, sauvée *in extremis* sur le seuil du Royaume d'En-Bas, mais aussi à Wyned, Corey, Pucket, la Matrone et les membres de sa belle et grande famille, et même au vieux Haggis et à ce curieux assassin étranger, monsieur Chandaigne... Pour eux, il n'avait pas le droit de se laisser prendre au piège. De plus, depuis que le tireur avait repéré sur sa nuque la marque des Élémentaires, Jed mourait d'envie d'en apprendre autant que possible à ce sujet – qui étaient les Élémentaires ? Pourquoi l'avaient-ils abandonné peu après sa naissance et confié au Maître des Innocents ? Autant de questions dont les réponses ne se trouvaient pas dans un trou sordide des bas-fonds de la cité, mais plus sûrement dans le palais des Directeurs – ses ennemis !

« Allons-nous-en, dit-il, avant d'ajouter, mû par une détermination nouvelle pour lui, et citant les dernières paroles de Rorrick : Mais aussi loin que le vent m'emporte, je n'en ai pas encore fini avec Rédemption... »

Petit lexique du monde de la marine à voiles

Artimon : désigne l'arrière et le mât arrière d'un bateau à voiles.

Barre : déferlement puissant et continu de vagues en une ligne parallèle à la côte, dont le franchissement peut s'avérer périlleux pour les navires.

Bastingage : rambarde qui entoure le pont d'un navire.

Bosco : maître d'équipage, il a autorité sur les marins et dirige les manœuvres.

Brisants : désigne à la fois les vagues qui se brisent sur un récif, et le récif sur lequel les vagues se brisent.

Cabotage : navigation à faible distance des côtes ou de port en port.

Carguer : fixer une voile repliée à une vergue ou à un mât.

Chaloupe : grande barque servant dans les ports et pour le service des navires, ou comme canot de sauvetage.

Château : structure du pont supérieur d'un navire dans laquelle se trouvent les cabines.

Cinq-mâts : voilier à cinq mâts (de proue en poupe : mât de misaine, grand mât avant, grand mât central, grand mât arrière, mât d'artimon).

Corvette : petit navire de guerre à voiles, équipé de trois mâts, léger et rapide.

Flibuste : ensemble des flibustiers, pirates de la mer des Antilles.

Flûte : navire de guerre servant au transport du matériel.

Frégate : voilier de guerre à trois mâts, rapide et légèrement armé, de tonnage moyen.

Gabare : voilier de taille moyenne, gréé de un à trois mâts, destiné au transport de marchandises, très sûr et robuste (et donc apprécié des explorateurs).

Gabier : marin préposé à l'entretien des voiles et des gréements.

Gaillard d'arrière : construction située à l'arrière du pont supérieur, appelée aussi dunette.

Gaillard d'avant : construction située à l'avant du pont supérieur d'un navire.

Galère : vaisseau de guerre ou de commerce, à voiles et à rames.

Galion : grand vaisseau commercial armé possédant de trois à cinq mâts.

Galiote : petite embarcation à fond plat et aux bouts arrondis, utilisée pour naviguer en eaux peu profondes ou pour le cabotage*.

Goélette : voilier à deux mâts.

Grain : coup de vent violent et subit, vocabulaire de la marine.

Grand mât : entre le mât de misaine et celui d'artimon, le plus grand d'un navire (on parle de grand mât avant, central et arrière, quand ils sont trois).

Gréement : ensemble de l'équipement indispensable pour la propulsion et la manœuvre d'un navire (ses voiles, haubans...).

Hauban : cordage ou câble métallique servant à assujettir un mât.

Hune : plate-forme placée entre le bas-mât et le mât supérieur des grands voiliers, poste de la vigie.

Misaine : mât situé à l'avant du navire, et voile basse de ce mât.

Paquet de mer : grosse vague qui s'abat en déferlant sur le pont d'un bateau ou une jetée.

Timonier : marin chargé de la surveillance de la route ; pilote du navire.

Vergue : longue pièce de bois ou de métal cylindrique, posée perpendiculairement au mât et sur laquelle est fixée la voile.

Vigie : marin chargé d'observer la mer pour prévenir des dangers de la navigation ; à terre, personne qui surveille le large.

Table

Composition Nord Compo
Achevé d'imprimer en Espagne
par Litografia Roses
le 12 avril 2010
Dépôt légal avril 2010. EAN 9782290017906
Loi 49-956 du 16 juillet 1949 sur les publications destinées à la jeunesse

Éditions J'ai lu
87, quai Panhard-et-Levassor, 75013 Paris
Diffusion France et étranger : Flammarion